ことことこーこ

阿川佐和子

角川文庫
22778

目次

プロローグ

鼻歌が聞こえる。いつものメロディだ。なんの歌かはわからない。いや、歌というより、高い音から始まって四つの音階がひたすら繰り返されるだけである。音を当てはめようとしてもうまくいかない。ドー、ソファミ。違う。レー、ラファミ……？　これも違う。スナップエンドウの筋を取りながら、私も合わせて口ずさむ。

「ねえ、なんの歌、それ？」

手を休め、背中に声をかけてみるが返事はない。鼻歌を歌いながら、母はガラス戸の前の籐《とう》椅子に座って庭を眺めている。ヒヨドリがギーヨギッギイと、母の歌に応《こた》えるかのように甲高く鳴いた。母はヒヨドリとなにを語り合っているのだろう。

三年前の、あれは一月二日の夕刻だった。年に数度しか寄りつかない弟一家を交えて家族一同が集まった。父と母、弟の岳人《がくと》とその嫁の知加《ちか》、三歳になったばかりの弟の息子、そして、私の計六人。

結婚する以前の、私がこの家の娘だった頃の正月とさして変わらぬ風景である。違うのは、甥《おい》の賢太《けんた》がちょろちょろ動き回っていることぐらいで、相変わらず母と私と知加ちゃんが交代で台所と食卓の間を行き来しながら晩ご飯の支度をしている。

ただ、そこに流れる空気はあの頃と別物だ。私はもはや無垢《むく》な娘ではなくなって、二十八歳のときに一度この家を出たはずが、前年の暮れ、結婚十年にして出戻ってきたという、居心地の悪い立場にある。居心地悪く思っているのは私だけではないらしく、弟も知加ちゃんも、私に向ける視線がどことなくよそよそしい。

知加ちゃんと弟は小学校時代の同級生で、本格的につき合い始めたのは中学になってかららしいが、二十代半ばに一度、別れた（と弟は証言している）二年間を別として、子供の頃から頻繁にこの家へ遊びにきていた。私には女きょうだいがいなかったので、二歳年下の知加ちゃんを実の妹のように思っていた。

小さい頃からしっかり者だった知加ちゃんは、格別愛嬌《あいきょう》のある子ではなかったが、それでも弟抜きで映画を観に行ったりご飯を食べたり、ボン・ジョヴィの来日公演のときは、弟と音信不通期間だったにもかかわらず、私の友達に交ざってコンサートで一緒に欣喜雀躍《きんきじゃくやく》したことだってある。

だから、途中の紆余《うよ》曲折はさておいて、最終的に弟が知加ちゃんをお嫁さんに選んだことは、姉として素直に嬉《うれ》しかった。二人が結婚した後も、まあまあ仲良くしてきたつもりだ。世の中には嫁と小姑《こじゅうと》の関係がうまくいっていないケースが多いと聞く。その点、私は幸せな小姑だ。同じクラスにいたら積極的に友達になりたいタイプではないけれど、知加ちゃんとなら、歳を取っても上手につき合っていけそうだと思っていた。その知加ちゃんが、出戻ってきた義姉の私に、こころなしか他人行儀なのはなぜだろう。

「で、どうすんの、香子《こうこ》」

弟の岳人が食卓の椅子に腰掛けて、隣室のテレビ画面に目を向けたまま問いかけてきた。

弟は姉の私を小さい頃から呼び捨てにする。赤ん坊にとって「おねえちゃん」という言葉よりも、「コーコ」のほうが覚えやすかったのだろう。私も長年、それを許してきたのだから今さら文句はない、その点に関しては。しかし、

「どうすんのって、なにが」

質問の意図はわかっている。わかっているからこそ、私はあえて聞き返す。つまりアンタたちは不満なんでしょ。口うるさい姉が他家へ嫁いでくれてこれ幸いと思っていたら、三十八歳にして不幸とストレスいっぱい土産に抱えて戻ってこられちゃ、たまりませんよと、そう言いたいんでしょ。

言っとくけど私は不幸なんかじゃない。結婚したことも離婚したことも、どっちも後悔していないし嘆いてない。むしろこれからの第二の人生、もう一花二花咲かせる意欲は満々だ。ただ、今の中途半端な状況がまわりを不安にさせているのはじゅうじゅう承知の助である。悪かったわよと、言い返したいけれど、ここで私が突っかかったら、正月早々、本格的な姉弟喧嘩《げんか》になりかねないから言葉を飲み込んだ。が、顔には本心が出

ていたらしい。

「ちょっと、なにも喧嘩腰にならなくたっていいじゃないか。そんな怖い顔してさ。またシワ、増えちゃうよ」

岳人が小鼻から息を噴き出して笑った。小さい頃は素直で可愛かったのに、私の後ろにくっついて泣きべそかいてばかりいたくせに。私の背丈を超えたあたりからだ、ときおり姉を小馬鹿にするようになったのは。どこで覚えたんだ、その下品な笑い方。

いっぽう岳人の隣に立ち、食卓に並べられたおせち料理を幼い息子のために取り分けている知加ちゃんは無反応だ。

「これ、イヤ。タマゴがいい」

「タマゴ、もうお皿に載ってますよ。じゃ、田作《ごまめ》ちゃんはどうかな」

「ごままちゃん、いらない。コンブコンブ」

賢太がその場でジャンプしながら、コンブコンブを連発した。

「あら、賢ちゃんはコンブがちゅきなんでしゅかあ？」

と、赤い漆の屠蘇《とそ》セットを抱えてちょうど通りかかった母の琴子《ことこ》が腰を曲げ、賢太に赤ちゃん言葉で語りかけた。

「偉いわねえ。今からコンブいっぱい食べてると、ジージみたいに頭つるんつるんにならなくていいわよお」

「あ、お義母《かあ》様。すみません、賢太がお腹空《す》いたってうるさいんで、先におせちいただいてます」

「いいのいいの。たくさん取ってあげて」

知加ちゃんは母に向かって軽く頭を下げると、再び賢太のおせち選びの相手を慈愛に満ちた母親顔で再開した。

「余計なお世話。シワはもともと多いの」

私は食卓に正月用の箸《はし》を並べながら弟を一喝する。

「あ、また香子が怒っちゃったよぉ。おい、なんとかしてくれよ」

弟は嫁の腰を肘《ひじ》で突ついて助けを求めた。

「え、なに？　聞いてなかった、私」

突っつかれた知加ちゃんは、寝耳に水とばかりに驚いてみせる。こういうとき夫の失言をたしなめるのが嫁の務めではないのか。知加ちゃんは私と弟が口喧嘩を始めると、だいたいいつも知らぬふりを決め込む。それが嫁の知恵というものらしい。

まあいい。実際、私が家族に怒りをぶつける権利はない。今は分が悪すぎる。私は箸と銘々皿を食卓に並べ終えると、気を取り直して弟に向かった。

「これからどうするかってことはですね、今、少しずつ考えてるから。なるべく父さんや母さんやあんたたち家族に迷惑をかけないようにしますから」

「考えてるって、たとえばこれから職を探すとかってこと？　だけどこのご時世でアラフォー女を雇ってくれるとこなんてあるかなあ。ま、ないことはないだろうけど、条件はかなり厳しいよな。香子、今まで完璧専業主婦だったわけだし。たいしたキャリアないもんな。子供がいないからまだ自由は利くだろうけど、そう簡単にはさあ……」

「だから自分でなんとかするって言ってるでしょ」

「俺だって心配してやってるんじゃないか。何もそうキンキンすることないだろ？」

「もうその話はあとにしなさい。岳人、テレビを消して。そこのふすまを閉めなさい」

二階の書斎で年賀状の返事を書いていたはずの父がぬうっと現れて、食卓に歩み寄った。

父とて弟同様、出戻った娘の今後が気になっているにちがいない。でも、何も問いかけてはこない。聞かれないとこちらとしても、あえてこの問題に触れる気になれず、うやむやのままである。

夫との離婚の話し合いは一応の決着を見たとはいえ、家財道具などの分配でもめているうちに、あらゆることが面倒臭くなった。もうぜんぶ差し上げますのでどうぞと啖呵《たんか》を切り、嫁入りしたときに持ち込んだものと自分の衣類以外は権利を放棄して、ほとんど着の身着のままの状態で十二月の初めに実家に転がり込んだ。

以来、暮れのドタバタに紛れ、両親と話し合う機会を作らないまま年が明けてしまった。実家に帰って唯一両親に報告したのは、一度、嫁いだ娘がこんなかたちで戻ってきたことを申し訳なく思う、夫と別れた理由は複合的で一言では説明できないが、もし許していただけるならば、しばらくこの家に住まわせてもらえないでしょうか、光熱費と食事代は負担します、自立の目処《めど》が立ったら出ていきます、申し訳ありません、すみません、ごめんなさい。一気呵成にまくしたて、両親の前に深々と頭を下げて父の怒声を待った。すると父は、

「大人のお前が判断したことだ。親がとやかく言う筋合いでもないだろう。落ち着くまで、しばらくここに、いるがぁよい」

大岡越前守《おおおかえちぜんのかみ》のような、はたまた、歌舞伎役者が見得を切るときのようなもったいぶった言い回しで私に告げた。目を上げると、父は反対に目を伏せて、爪の間に挟まった汚れを掃除したり、ときどき取れたカスのにおいを嗅《か》いだりしている。母は父の隣で一文字に口を閉じ、情けなさそうな顔でしきりに手の甲をさすっていた。

思えば結婚したい人がいると告白した日も、結婚式の当日でさえ、こんなふうに両親の前に座ってきちんと挨拶《あいさつ》をしなかった。「お父様、お母様、長らくお世話になりました。香子は嫁いでまいります」なんて、小津安二郎《おづやすじろう》の映画じゃあるまいし。家の造りは多少、小津ワールドじみているかもしれないけれど、だからといってそんな照れくさいことができるものか。

でもやっぱり一応のけじめはつけておいたほうがいいだろう。最後にそう思い直して家を出る直前、両手に持っていた紙袋やバッグをいったん床に置いた。その場で膝《ひざ》を折り、両手を前に出し、母と父の顔を交互に見ながら声を出そうと思ったら、着慣れぬモーニング姿でロボットのような歩き方をしていた父が私を一瞥《いちべつ》し、

「なんだ、腹でも痛いのか。できちゃった婚なら早めに言ってくれないと困る」

と、よくわからないことを吐き捨てて、さっさと玄関に向かっていくし、母は母で、

「あんた、二階の鍵《かぎ》は閉めてくれた？　私、ちょっともう一度、お手洗いへ行っておくわ」

と、留め袖《そで》の衣擦《きぬず》れの音をシャリシャリ立てて、私の前を小走りで通り過ぎ、トイレに入ってしまった。

基本的には厳格な父である。遊び相手をしてくれた記憶はないし、まして冗談を言って笑い合ったりじゃれ合ったりするような親子関係ではなかった。父と子供の間には常に一定の距離が保たれていた気がする。

なにか欲しいものがあったときや、頼みごとが生じた場合は、まず母に申し出て、そのあと母の根回しののちタイミングを見計らって自ら父と交渉するという、二段階直訴システムが我が家には存在していた。

「この家の主《あるじ》はお父さんなんだから。お父さんが働いてくださるおかげで、あんたたちはご飯を食べたり学校へ行けたりしてるんですよ」

母は口癖のように私たち姉弟にそう言い聞かせてきた。父が鉄鋼関係の会社に勤めていることは知っていても、どんな種類の仕事をしていて、いくらくらいお給料をもらっているのかはまったく知らされていなかった。それに、背丈はあるが胸板は極めてうすく、幅の広い肩を左右に振って歩くときの姿はトランプのようにヒラヒラしている。父

がいるだけであたりが緊張するほどの威圧感があるわけではなく、実際、よほどのことがないかぎり声を荒らげて感情的に怒鳴り散らすこともない。

だから母にそう言われていなかったら、もっと父を軽視していただろう。でも、子供とは素直なものである。耳にたこができるほど母が「お父さんのおかげ」と繰り返してくれた成果は確実にあったようで、ウチでいちばん偉くて怖いのは父なんだと、そう思い込んで私たちは大きくなった。

もっとも、真面目一本で面白みに欠けると思われる父が、年に一、二回ほどの割合で、思いも寄らぬひょうきんな一面を見せることがある。猫に追い詰められたネズミのごとく、緊張が度を超したり、なにかの拍子にタガが外れたりしたとき、父は突拍子もない言動に出る癖があった。歌舞伎の見得を切るときのような台詞《せりふ》は、その一つだったのだと思う。あるいは娘に対する精一杯の誠意の表れか。いずれにしても、我が家において極めて珍しい緊張の場面を親子で演じたあと、双方ともぐったり疲れ果て、その後の話し合いをする力を失った。

このままズルズル時の経つにまかせるわけにはいかないことぐらい、私自身がいちばんよくわかっていた。年明け早々に、まだ具体的な報告のできる段階にはないけれど、せめて途中経過ぐらいは伝えておくべきだろうと私は心に決めていた。せっかく弟一家が帰ってきたのだから、今夜の夕食が終わったあとにでも話を持ち出してみよう。そう思っていた矢先に、弟から軽く、あまりにも軽く切り出されたことにカチンときた。弟たちが帰ったあと、両親にだけきちんと報告することにするか。

「おい、母さん。母さんも座りなさい。おーい。また聞こえないのか。香子、母さんを呼んできなさい。食べ始めようじゃないか」

父は私と岳人の言い争いを止めたあと、食卓の自分の席について私に言った。少し耳が遠くなり始めた母には、父の声が届いていないようだ。そもそも我が家は父の祖父、すなわち曾祖父《そうそふ》が建てた築八十年になる二階建て木造家屋である。戦前の豊かな時代に建てられて、幸い空襲でも焼けずに残ったこの家はさすがにいい材木を使っていて、基礎だけは頑丈にできている。ただ、あちこちにガタが来ている上、間取りを贅沢《ぜいたく》に取った旧式の造りになっているせいで、たとえば廊下を隔てた食堂と台所にはかなりの距離があった。耳が遠くない時代から、母は父に大声で呼ばれては、しじゅう広い家の中で小走りをしていたものだ。

台所へ行くと、母が冷蔵庫を覗《のぞ》き込んでいた。母の頭の位置は以前より少し低くなった気がする。寄る年波に縮んだか。

「おかしいわねえ」

「なに捜してるの？」

母の後ろに立って訊《たず》ねると、

「うーん。賢ちゃんのために買っておいたバナナ、ここに入れておいたはずなんだけど」

「バナナを冷蔵庫に入れちゃダメでしょう」

「うん、でも入れちゃったのよ。なにしろこの冷蔵庫、大きすぎて、すぐものがなくなるから困っちゃうの」

この家の大型冷蔵庫は二年前、母の古稀《こき》の祝いに弟と二人で贈ったものだ。もうお父さんと二人だけなんだからそんな大きな冷蔵庫いらないわよと、母が遠慮するのをなだめて無理やり設置してみれば、母は食料品や瓶ものなどを次々に詰め込んで、あっという間に満杯にしてしまった。おかげでしょっちゅう、観音開きの扉の間にもぐり込んで捜し物をしている。

「なくなるわけないのよ」

「おい、早くこっちへ来て座りなさい」

また父が呼んでいる。それでもめげずに捜し続ける母の横に立ち、ためしに中段の冷凍庫コーナーを引き出してみたら、

「やだ、こんなとこにバナナ！」

私の声に、

「あっらー。かっちんかっちん。なんで私、こんなとこに入れたのかしら」

と言ってから、

「あんたがここに入れた？」

母は私に濡《ぬ》れ衣をきせようとした。

「入れるわけないでしょ」

「じゃあ、誰がこんなとこに入れたのかしら。おかしいわねえ」

　母はかっちんかっちんになったバナナを冷凍庫から取り出して、自らの頭を叩《たた》いたりしてみせる。

「おい、母さん！　いい加減にせんか」

「はあーい」

　父の少し厳しい声を聞き、ようやく母はバナナを果物籠《かご》に入れて食堂のほうへ走っていった。

「いいか。みんな盃《さかずき》を持ったか。全員揃うのは今年初めてだからな。改めて、明けましておめでとう」

　父の発声に合わせ、それぞれが屠蘇の入った平たい盃を両手で持ち、賢太だけはジュースのグラスを掲げて、

「おめでとう、ございます」

「今年もよろしくお願いしまーす」

「おめでとうございます」

「おめでとうごじぃあいまちゅ」

　新年の挨拶が終わると、さっそく四方から箸が伸び、食卓に飾られたおせち料理や数の子や母の得意料理である筑前煮《ちくぜんに》が、みるみるうちに取り分けられていく。

「知加さん、筑前煮まだいっぱいあるから、あとで持って帰ってちょうだいね」

「まあ、お義母様、ありがとうございます。賢太がお義母様の作る筑前煮、大好きなので、助かります」

「大しゅきじゃないよ、僕。僕が大しゅきなのはね、ハンバーグとね、バターマカロニとね、ともころしスープ」

賢太がすかさず口を挟んだので、

「ともころしスープじゃないでしょ。とうもろこしスープ！　ほら、またこぼした」

知加ちゃんが低い声で賢太を叱りつけた。

「そうよねえ。賢ちゃんはともころしスープ、大好きなのねえ。バーバが今度、作ってあげよっか？」

母は賢太と話すとき、こよなく嬉しそうである。私にも子供がいたら、さぞや可愛がってくれたろうに。

「ほんと？　バーバ、作れるの？」

「作れますとも。バーバの作るともころしスープは、おいしいのよぉ」

「いつ？　今日？」

「今日はね、材料がないから、今度ね」

私は母と賢太の会話を聞きながら、父に筑前煮のおかわりを取り、自分の取り皿にも少し載せた。ともころしスープはどうだか知らないが、母の作る筑前煮は、いつ食べてもいい味を出している。鶏肉《とりにく》、レンコン、牛蒡《ごぼう》、人参、里芋、こんにゃく、干し椎茸《しいたけ》は、それぞれ厚手の輪切りや乱切りになっているだけで、梅の花をかたどるなどといった手の込んだことは施されていない。

筑前煮の中で、こんにゃくだけは長方形に切ったあと、真ん中に切り込みを入れ、その穴に端を突っ込んでくるりとひっくり返し、手綱結びにしてあった。

手綱結びにするのは子供の頃から私の仕事だった。私にとって人生最初に覚えた料理の一つは、この手綱こんにゃく作りであり、料理の面白みを覚えたのも、手綱こんにゃくがきっかけだと言っても過言ではない。最初の頃は、くるりとひっくり返して形状が変わるのが楽しくて、何度もひっくり返してこんにゃくをちぎってしまい、よく母に叱られた。

一度、手綱結びを覚えると、何でも手綱結びにしてみたくなり、きゅうりや人参や大根で試してみたが上手《うま》くいかない。ならばと柔らかくした昆布を結んでみたところ、結ぶことはできたがあまり面白くなかった。大人になってからパン生地で手綱結びのパンを焼いたら、それなりのかたちにはなったものの、やはりこんにゃくほどの快感は味わえなかった。あの、ひっくり返したとたんにぷるんと変身する、手品を見たときのような驚きはなんだろう。結論として、手綱結びはこんにゃくにかぎるということだ。

「おい、母さん。日本酒を一本、熱燗《あつかん》にしてくれないか」

「はいはい」

母は父の声に反応し、席を立った。台所へ向かう母の後ろに賢太が続く。

「バーバ、ともころしスープ、作るの？」

「ともころしスープは今度、賢ちゃんがこのおうちに来たとき、作ってあげますよ」

まもなくのち、母が賢太と手をつないで食堂へ戻ってきた。

「あら、私、なにしに台所へ行ったんでしたっけ？」

キョトンとした顔で食堂の入り口に突っ立っている。一同、動きを止めて母を振り返った。母は立ったままげんこつで自分の頭を軽く叩くと、

「あ、そうそう、思い出しました。お醬油《しょうゆ》を持ってこなきゃと思ってたのよ。あー、やれやれ」

そう言って、また台所へ消えた。

「日本酒だよ」

母の姿が消えたあと、父が静かにそう唸《うな》り、盃に残っていたお屠蘇を干した。

「俺もさ、よくやるんだ。朝、出かけようとして玄関で靴を履いてから、携帯電話忘れたと思って靴脱いで部屋まで行くと、なに取りに戻ったか忘れちゃうの。で、もう一度、玄関に行って、思い出すんだよね。あれってどういうことだろうね。振り出しに戻らないと思い出さないんだよな。人間の脳みそって不思議だよな」

岳人が自説を展開する隙に、

「香子。日本酒をつけてきてくれないか」

父が私に言いつけた。

「はい」

忘れないうちに話を戻す。筑前煮の作り方である。

材料の下ごしらえをすべて終えたら、いよいよ煮付けていく。最初に牛蒡、人参などの堅い野菜を少量の胡麻《ごま》油で炒《いた》め、それからレンコン、こんにゃく、水に戻しておいた干し椎茸、そして鶏肉を加え、最後に下茹《したゆ》でしておいた里芋の順に鍋《なべ》へ放り込む。里芋を最後に入れるのは、型崩れさせないためである。

しばらく炒めてからいよいよ味つけだ。味の基本となる出汁《だし》と砂糖と醤油と、隠し味に使う梅干し。この梅干しの酸味が、母独特のうまみを出していたのかもしれない。そうそう、出来上がった筑前煮を中鉢に盛りつけるとき、軽く茹でておいたさやえんどうを彩りとして添えるのを忘れてはいけない。

筑前煮だけは、他の家で食べるものより、どんな和食の名店で食べるより、格段に、「母さんのがいちばん」だと思ったし、その順位は今に至るまで一度も譲られたことがない。娘の私が作っても、母の味にはかなわない。

味の基本となる出汁は、いつも作り置きのものを使っていた。深鍋に出汁昆布を入れ、大量の水にしばらくつけておき、それから火をつけて、沸騰したらたっぷりの削り節をぶち込む。驚くほど大量にぶち込む。学校から帰ってきて「ただいまー」と玄関の扉を開けたとたん、鰹節《かつおぶし》のほのかな香りが漂ってきたら、あ、母がまた出汁を作ったなと思ったものである。

「出汁って足が早いから、あんまりたくさん作り置きはできないの。少しだけ塩を入れておくと持つんだけどねえ」

母は私に教えさとすように、必ずそう言った。それから、湯気の上がる大量の出汁を布巾《ふきん》で漉《こ》し、そして完成した出汁を見つめて溜《た》め息をつき、「ああ、また作りすぎたわね」と呟《つぶや》くのである。用意しておいたガラス瓶に小分けし、ことあるごとに、ご近所や家に来たお客さん、水道屋さんや電気屋さん、ちょくちょく家の修理をしに来る大工の棟梁《とうりょう》や、配達をしてくれる酒屋の若旦那《わかだんな》に配った。当然、受け取った人たちは後日、母に会うと、「あの出汁、おいしかったですねえ」とお世辞を言いながら瓶を返してくれる。そんなとき、私は理解する。母は、その褒め言葉がほしくて大量の出汁を作っていたにちがいないと。

昔、正月の料理はほとんど母の手作りだった。歳を重ねるにつれ、少しずつ手抜きになっていき、母が還暦を過ぎたあたりから、正月の食卓にはデパートで買ってきた二段重ねの小振りのお重が並ぶようになった。

「だってあんたたちも家を出て、お父さんが退職したらお客様も減ったでしょ。たくさん作っても余らせるだけなんだもの」

母の理屈はもっともだ。それでも母は、筑前煮と数の子と白味噌《しろみそ》丸餅《まるもち》のお雑煮と、加えて三が日あたりからおせちに飽きるであろう家族のために、特製の牛すじ肉のカレーだけは毎年律儀に作り続けてきた。

牛すじカレーの作り方まで語っていると話が進まないので別の機会に譲ることとするが、これもまた、我が家の正月料理に欠かせない一品であり、母はよほどの理由がないかぎり、牛すじカレーを正月以外の季節には作ってくれなかった。牛すじカレーが食べたければ、お正月は家にいなさい。それが母の作戦だった。私と弟はいつも、友達とのスキー旅行と牛すじカレーの狭間《はざま》に立って悩んだものである。

正月にスキーへ行けば、その年の牛すじカレーにはお目にかかれない。それは悔しい。でもスキー旅行にも行きたい。究極の選択を若い頃から何度強いられたことか。そして結局、友達を説き伏せて、一月二日の夜に、作りたての牛すじカレーを掻《か》き込んでから、深夜バスに乗り、遅れてスキーに参加すると決めるのが常であった。

あさましいと思われるかもしれないが、私たち姉弟にとっては重大な問題だったのだ。何かの雑誌で誰かが言っていたのを読んだことがある。子供を不良にしたくなかったら、ウチでおいしい料理を作ることです。どんなに家庭から離れても、母親の料理を食べたくなれば子供は必ず戻ってきますと。そうだよねえと私はその記事を読んで膝を叩いた。母の料理のおかげかどうかはわからないけれど、私と弟は思えば本格的な反抗期を迎えた覚えがない。高校時代、多少、親とギクシャクして口を利きたくないと思った時期がなかったわけではないけれど、そんなときでさえ、家を出たいとは思わなかった。

そうだった。私は夫の篤史《あつし》の転勤にくっついてニューヨークで三年間暮らしたときに、突然、そのことを思い出したのである。日本料理でいちばん懐かしいのは、母が昔から飽きもせず作ってきたお惣菜《そうざい》だったことに。

日本で暮らしている間、私はさほど味噌汁に興味がなかった。母が作る味噌汁はそれなりに飲んでいたけれど、なければないでなんとも思わなかった。だから結婚後も自分から積極的に作ることはなく、夫の篤史も朝食はパン党だったし、ことさら「味噌汁を作ってくれ」と言われなかった。年に数回、おいしそうななめこをスーパーで見かけたときとか、新鮮なアサリを見つけたときとかに「お味噌汁にしよう」と思い立つ程度だった。

それなのに、どういうわけか、アメリカ生活二年目のあたりで、ある日突然、「お味噌汁が飲みたい！」という衝動にかられた。身体の内部からマグマが噴き出すかのように、無性に味噌汁が飲みたくなった。それ以来、ニューヨークの我が家の食卓にときどき味噌汁が登場するようになった。

近年ニューヨークでは、日本食ブームの勢いもあってか、日本の食材はだいたい手に入る。多少値は張るものの、味噌も八丁味噌から田舎味噌、白味噌に至るまで十数種類は揃っているし、醬油も濃い口、薄口、減塩まで、日本のスーパーとおよそ変わらぬ品揃えである。私の好きな徳島のすだち酢もあるし、インスタント食品やレトルトカレーはもとより、おいしい豆腐や油揚げ、明太子や納豆、さらに嬉しいのは、すき焼きやしゃぶしゃぶ用に使う薄切り牛肉や豚肉が手に入るようになったことだ。

二十年前には考えられないほど便利な時代になって、もう日本に住んでいるのとまったく変わらないのよと、長くアメリカに住んでいる日本人主婦たちが一様に驚いていた。

本格的な出汁を取ることも不可能ではなかった。そこで、私は削り節を買ってきて、出汁昆布も使って、母のようにきちんと出汁を取り、味噌汁を作ってみた。すると、なんと天才的においしくできたかと自画自賛したくなるほどの出来映えとなったのだ。あのときは夫も喜んでいた。ところがその後、帰国して、久々に実家で母の作る味噌汁を飲んだ瞬間、仰天した。

私のものとはぜんぜん味が違う。

なにが違うのか。水か。それとも味噌の質か。出汁はちゃんと取ったつもりだが、もともとの削り節の鮮度が悪かったのか。そのことを母に伝え、

「なにが違うんだろうねえ」

首を傾げると、

「愛情よ」

母は鶏のように首を前に突き出して、ニンマリ笑った。

「ちょっとさあ……」と私は箸とお椀《わん》をテーブルの上に置き、母を見返した。

「そういう、新興宗教の勧誘員みたいなこと言うの、やめてくれる？　もっと具体的な理由があるでしょう」

すると母は、

「だってそうだもの。お味噌汁さん、おいしくなあれ、おいしくなあれ。みんながおい

しく飲んでくれますように、おいしくなってちょーだいな！　って、唱えながら作ってると、おいしくできるのよぉ」

家族に対する母の愛情が冷めたのか。

出戻ってからわかったのだが、正直に言ってどうも母が作る味噌汁の味に締まりがなくなった気がする。以前ほどの感動が伝わってこない。気のせいか。あるいは、母があえて薄味にしているのかとも考えた。大病こそしていないが、いかんせん父は七十八歳、母は今年で七十二歳になる高齢夫婦である。昔ほどの食欲も、濃い味に対する興味も体力も落ちて当然だ。そして今日の、母自慢の関西風白味噌雑煮も、どことなく……。

「どう？　ちゃんと、味、ついてる？　お餅、柔らかくなってる？」

母がみんなの顔色を窺《うかが》った。

「ええ。とってもおいしいです、お義母様」

即座に答えたのは知加ちゃんだ。こういうところは嫁として当意即妙である。

「そう？　あー、よかった。ちょっと薄かったかなと思って」

なんだ、本人に自覚があるのかと知って、

「そうね。ちょっといつもより白味噌が薄いかも」

私がさり気なく言い足すと、

「ちょっとじゃない。おおいに薄い」

父が毅然《きぜん》と言い放ったとたん、母は慌てて立ち上がった。

「あら、やっぱり。じゃ、お味噌足してきます。でも、おかしいんですよ。白味噌、酒屋さんに持って来てって暮れに配達を頼んでおいたのに、とうとう持ってこなかったの。あれだけ忘れないでねって言ったのに。だから去年の残りの白味噌使ったんだけど、やっぱり量が足りなかったわね」

「去年の……」と岳人が静かに呟いた。

「でも、私、見たよ。中川《なかがわ》酒店の若旦那が配達してくれたとき、日本酒の瓶とお屠蘇の素と一緒に、白味噌のパックもあったと思うけど」

「あら、じゃあ香子がどっかにしまったの？」

「しまわないわよ。母さんがしまったんでしょ」

「私はしまいませんよ。どこにしまうって言うの？」

「冷凍庫にでも入れたんじゃないの？」

と岳人が茶化すと、もう意地悪、と岳人の肩を軽く叩いて、母はまた小走りで台所へ消えた。

夕食は一時中断となった。賢太はすでにおせちを食べ終わり、隣の和室でテレビを見ている。テレビの音声だけが部屋に響き、会話は途絶えた。

「さてと」

私は立ち上がり、それぞれの前にある椀を集めてお盆に並べた。お雑煮を作り直すとなれば、すでに銘々の椀に残る食べかけの雑煮を回収し、鍋に戻さなければならない。

「あ、私も手伝いましょうか」と知加ちゃん。

「いいわよ、座ってて。みんなが立ち上がると食卓が寂しくなるから」

岳人が、俺、ビール飲んでもいいかなあ、父さんはビール飲まない？　と、父に声をかけると、父は立ち上がった岳人の顔をいったん見上げ、「ん？」と気のない返事をしてから顎《あご》を引き、ぶ然とした表情で私たち子供を見渡した。

「なに？　どうしたの、父さん？」

父は顔をゆっくり廊下のほうへ向け、それから前に向き直り、声を発した。

「お前たち、気づいているかどうか知らないが」

「なにに？」

するとと父は、意を決したかのように言った。

「母さんは、呆《ぼ》けた」

「いや、それはまだ……」と思わず私は反論しかけた。が、本当のところ、かすかにそんな気がしていなかったわけではない。さっきバナナを捜すときに気づいたのだが、毎年必ず母が用意する牛すじカレーの材料が冷蔵庫に入っていなかった。牛すじ肉も人参も玉ねぎもじゃがいもも生姜《しょうが》もにんにくも、いつもは一つにまとめてプラスチック袋に入れていたのに。こんなことは今まで一度もなかった。でもそれぐらいのことで、母が呆けたとは言い切れないだろう。

「そうかなあ。そんなに呆けたようには思えないけど。母さん、昔からあんな感じだったし、ちょっと耳が遠いせいで呆けたように見えるだけで、別に本当に呆けたわけじゃないんじゃないの？ ただ、昔より動作とか反応とかはゆっくりになった気がするね」

岳人が得意げに分析するのをさえぎって、

「いや、まちがいない。母さんは呆けた、母さんは呆けた、母さんは呆けた！」

父が憤然と、というか、やけくそのように、一語一句を声高々と、三回続けて言い放った。

第一章　つまずき

「大丈夫！　心配せんかて大丈夫！」

小さなモニター画面に、白い上っ張りを着た男性料理人の人なつこそうな顔が大きく映し出された。

「えー、でも私、失敗するイメージのほうが強くて、なんとなく避けてきたんですよねえ」

「いや、ポイントさえきっちり押さえといたら、こんなん簡単ですわ。誰でもできます。それをこれから私がお教えしましょ。お正月明け最初のメニューは茶碗蒸《ちゃわんむ》しいうことで。寒い夜なんかによう合いますわ」

「よろしくお願いします。ではまず三人分の材料から。テレビをご覧の方は、メモのご用意をお願いします。卵二個。出汁《だし》2カップ。薄口醬油《しょうゆ》、みりん、ともに小さじ1／2。塩小さじ1／3。そこまでが卵液の材料ですね。それから中に入れる具として、エビ、鶏《とり》のささみ、生椎茸《なましいたけ》、ぎんなん、三つ葉、柚子《ゆず》の皮、あと日本酒少々。以上でよろしいですか、先生？」

「まあ、具はね、好きなものを入れはったらよろしいんですわ。エビがないんやったら貝類でもええし、穴子でもおいしいですよ。それもないんなら、かまぼこでもええしね。ぎんなんのかわりにゆり根を好む方もおられますし。生椎茸がなかったら、しめじとかエリンギとか、近頃いろんなキノコが出てますから、お好きなもん使うてみたらどうでしょ。マイタケは生で入れたらあかんですよ、卵が固まりませんから」

「そうなんですか⁉」

生放送のスタジオでの女性アナウンサーと有名日本料理店の大将のやりとりが、「消えもの室」と呼ばれる狭い調理室の隅の、小さなモニターを通して流れてくる。

私はステンレス調理台の前に立ち、二人の会話を聞きながら出演者の試食用茶碗蒸しを準備していた。タオル地のエプロンをかけ、セミロングの髪の毛を後ろで縛り、頭に三角巾《さんかくきん》を巻いている。それが戦いに臨むときの私のスタイルだ。

私は調理台の上に並べられた五つの茶碗に、下茹《したゆ》でしたエビと鶏のささみ、四つ切りにした生椎茸、ぎんなんを順に入れ、その上から味噌漉《みそこ》し用の丸いステンレスざるで漉した卵液をまさに注ぎ込もうとしていた。

「茶碗蒸しの卵と出汁の分量は、一対三が基本。この料理は出汁が命です。できればきっちり昆布と鰹節《かつおぶし》で取ってほしいんです。ただ、ま、どうしても面倒やとか時間がないいう方は、インスタントでもね」

「先生、インスタントでもオッケーですか？」

「オッケーオッケー。近頃のインスタント出汁は、案外、ようできてますから。ここだけの話、私もうちではインスタント、使うことありますよ。いずれにしても、最初に出汁を取っておくことが肝心やから。卵と合わせるときに熱々だと固まってしまいますやろ。先に作っといて、冷ましておきたいんです」

私は作業の手を休めることなく、しかし耳では料理人の一言たりとも聞き漏らすまいと神経を尖《とが》らせた。料理はレシピより、作る人間のちょっとした言葉の端に大事なコツが隠されている場合が多い。

大阪の料亭で長く修業を積んだのち、東京に小さな割烹《かっぽう》を開いて十数年。今や西麻布《にしあざぶ》の巨匠と呼ばれる大将は、味に定評があるだけでなく、柔らかい関西弁での教え方がわかりやすく、手順や材料などについてもシロウト向けに融通を利かせてくれるから助かる。しかもコロンとした体型がクマのぬいぐるみみたいで可愛いと、主婦の間でじわじわ人気が上がっている。私もこのおおらかな料理人が出演するときに、フードコーディネーターとして間近で立ち会いたいと前々から思っていた。

私がテレビ番組や雑誌のためのフードコーディネーターという仕事を始めてすでに二年の月日が経っていた。なぜこの仕事に就いたのか。強いて言えば、離婚する前、夫、篤史の転勤に伴ってニューヨークで暮らしたことがきっかけだったかもしれない。

アメリカで生活をしていると、日本にいるとき以上に客を招く機会が増える。招いたり招かれたり、なにかにつけてアメリカ人はホームパーティを開きたがる。ある意味でそれは、日本のサラリーマンが居酒屋へ行って仕事仲間との親交を深めるのと似たようなもので、各家々で家族ともども仲良くなることが、仕事上の信頼関係を密にする手立てになっているとも思われた。だから篤史も同じ商社の同僚や現地社員、さらには取引先の会社のアメリカ人パートナーの家族までをも積極的に自宅へ招くようになった。

慌てたのは妻の私である。

「どんな料理でおもてなしすりゃいいの？」

夫に訊《たず》ねると、

「ごく普通の家庭料理でいいんだよ。みんな、日本食に興味があるらしくてさ。普段、日本人はウチでどんなご飯を食べてるのかって、やたらと知りたがるんだ」

普通の家庭料理と言われても、私がよく作るのは、蒸し豚や肉と野菜の中華風炒《いた》めなどの、ごく簡単な惣菜《そうざい》ばかりだ。大したレシピの持ち合わせはない。

しかし考えてみれば、私たち夫婦が招かれた先のアメリカ人家庭でも、それほど立派な料理は出てこなかった。むしろ、本場のバーベキューはこんなに手軽なのかとか、サンドイッチと簡単なオードブルだけでこれほど見た目も満足度も高いパーティになるのかとか再認識させられることのほうが多かった。アチラがそう来るのなら、コチラは和食の技を入れて、海苔《のり》や酢飯や中に挟む具をテーブルに並べ、お客様が自分で好きなものを巻く海苔巻きパーティなんてやったら喜ばれるかもしれない、あるいはちらし寿司《ずし》パーティや、ガーデン天ぷらパーティなんかも受けるかなと、少しずつアイディアが浮かぶようになった。

最初は及び腰で取り組んだもてなし料理だったが、どんどん面白くなっていき、そのうち驚いたことに、アメリカ人のみならず駐在している日本人の奥様連中からも「作り方を教えてほしい」と求められるようになった。

しだいに欲が出てきた。亭主や友達のためだけに包丁を持つのではなく、もうちょっと広く、社会と関わるかたちで料理を作り続けることはできないものか。そうなると、少々料理が得意だという程度では済まなくなる。もっと基礎から、さらに栄養学などの勉強もして、自分の料理の技が世間でどれほど通用するのか、試してみたいと思うようになった。

その時点で、篤史との離婚は念頭になかった。主婦の片手間として小遣い程度の収入を得られたらいいなあぐらいの気持だった。そのことを夫にさりげなく相談したところ、「いいんじゃない？」と意外にあっさり賛同してくれただけでなく、まもなく、「同僚の奥さんに東京で料理教室をやってる人がいてさ。ためしに聞いてみたんだけど、とりあえずフードコーディネーターを育てる学校に入るって手があるらしいぜ」と貴重な情報まで仕入れてきてくれた。

私は夫のアドバイスに従って、ニューヨークから戻るとすぐ、都内のフードコーディネーター養成学校に入学申込書を出した。思い返せば、夫のおかげでこの仕事に就けたようなものである。

「茶碗蒸しが難しいと思われがちなんは、蒸し方で失敗することが多いからちゃいますかね」

料理人が卵液を金ざるで漉しながら女性アナウンサーに話しかけている。

「そうなんですよ。気がつくと、鬆《す》が入ってしまって、ぼそぼそになって……」

「大丈夫。ちゃんとコツがあります」

「先生、そのコツを是非、今日は……」

「まずね、鬆が入るのを怖がってずっと弱火で蒸してもあかんのですわ。いいですか。最初の二、三分は強火で。表面が少し白うなったな思うたら、中火にして十二、三分。これだけ覚えといたら、ぜったい失敗しませんわ！」

「ホントですか⁉」

「私、今まで嘘言うたことあります？　あと、蒸し器の蓋《ふた》はね、こうして布巾かタオルでくるんでね、上をゴムかなんかでちょちょっと留めておくのがええですよ。これは湯気が落ちんようにするため。こんなぐあいに」

お腹の突き出た料理人が、卵液と具で口いっぱいになった茶碗を片手でつまみ上げて蒸し器の中にそっと置き、蓋の説明を始めた。

「そろそろ差し替え用、お願いしまーす」

消えもの室にアシスタントディレクターの男の子が駆け込んできた。私はすかさずタイマーに目を走らせる。蒸し始めて十分二十秒。スタジオに運び込む時間を入れるとちょうどいいタイミングだ。

「はい、これ、お願いしまーす」

「はーい。持って行きまーす」

私の指示に後輩フードコーディネーターの麻有《まゆ》が高めの声で応《こた》え、ガス台から、湯気の出ている蒸し器をムチムチとした両手でつかみ上げた。

「熱いから気をつけて。それ、抱えて持っていくつもり？　カートに載せたほうがいいんじゃない？」

忠告すると、

「あ、手で持ってったほうが早いんで。大丈夫でーす」

明るく言い残し、麻有はスタジオへ向かって走り出した。麻有は縦横ともどもかなりボリュームがあるけれど、動きも反応もきびきびしていて気持がいい。

「気をつけて。ひっくり返さないでよ！」

麻有の揺れる背中に私が叫ぶ。

「中火にしたあとは、蓋の下に菜箸《さいばし》を挟んで、蒸気を逃したらええんですわ。こんなぐあいに……」

「なるほど。そして……、こちらが十二、三分後の、蒸し上がった茶碗蒸しですね」

モニターから落ち着いたアナウンサーの声が聞こえてきた。無事、差し替えが間に合ったようだ。ホッと一息つく。が、まだそれで終わりではない。もう一つのガス台では、試食用の五つの茶碗蒸しがそろそろ蒸し上がりつつある。タイマーに目を向ける。蒸し上がる一分前に、柚子の皮と三つ葉を載せよう。

「次のコマーシャルの間に、試食用、入れてくださーい！　ＣＭまであと三分です！」

またもやＡＤ君が飛んできた。

「はい、わかりましたー」

私は蒸し器の蓋を開け、三つ葉と柚子の皮を五つの茶碗それぞれに載せると、再び蓋をして、火を止めた。それから廊下に用意されているカートの上に、蒸し器ごと載せ、いざスタジオへ。焦ることはない。コマーシャルはたっぷり一分半あるはずだ。私はカートを押し、前室を通って、スタジオへ続く扉を抜ける。

「大丈夫ですか？」

助手の麻有がスタジオの奥から走り寄ってきて、ひそひそ声をかけてきた。

「大丈夫、大丈夫。それより、テーブルセッティングはできてるの？」

「はい。出演者も、もう席についてます」

「よっしゃ」

私は試食コーナーとして設《しつら》えられたテーブルに向かい、再びカートを押した。麻有が後ろをついてくる。

その瞬間だった。カートがガタンとぐらついた。どうやらカメラのケーブルを踏んだらしい。やばい！　しかし今、蒸し器の中を点検している暇はない。私はそのままカートを押してテーブルの脇で止め、祈るような気持で蒸し器の蓋を開けてみると、

「ぎゃっ！」

思わず大きな声が出てしまった。私の叫び声に反応し、コーナー担当ディレクターがイヤホンを外しながら飛んできた。麻有が私の背中越しに覗《のぞ》き込み、

「あちゃー。これ、ちょっと、やばいかも」

ちょっとどころの騒ぎではない。蒸し器の中で五つの茶碗が重なり合っている。二つは完全に横倒しの状態で、なかの黄色い茶碗蒸しが半分以上、流れ出てしまった。もう二つはかろうじて立っているが、中身の表面が明らかに崩れている。残る一つだけがなんとか無事だった。

「すみません」

反射的に頭を下げた。担当ディレクターの若者が一瞬、私を睨《にら》みつけたが、即座に視線を麻有のほうへ向け、

「予備の茶碗蒸し、用意して」

大柄な麻有のほうが、パニクっている私より落ち着いていたせいか、頼りになるのはそっちだと思われたらしい。

「予備の茶碗蒸し？」

命じられた麻有は目をしばたたいて、「予備？　予備ってもんに関しては……」と、

私のほうへ顔を向けた。

「作ってないのか？」

担当ディレクターの厳しい声がスタジオに響きわたる。心拍数がどんどん上がっていくのを感じながら、私は猛スピードで頭を回転させた。

「そうだ、実演用の二つがあちらに……」

スタジオ内の調理台を指さすと、

「使えねえだろうが、バカ。あれはタイトルバック用にまだ撮影するんだよ」

「じゃ、これから二個、追加ですぐ作ります。試食タイムをちょっとあと回しにしてもらうってわけには……？」

担当ディレクターが舌打ちをした。

「バカじゃねえの、お前」

「え、どうしたの？　茶碗蒸し、倒れちゃったの？」

気配を察したか、試食するためテーブル前に控えていたはずのメイン司会者の女優が心配そうな顔で、しかし明らかに興味津々な目つきで近寄ってきた。

「あ、大丈夫です、ジュリアさん。席に座ってお待ちください。すぐ、入れますから」

ディレクターはメイン司会者のジュリアに向かい、打って変わって笑顔を作った。席に戻りながらジュリアは他の出演者と囁《ささや》き合っている。

「コマーシャル明けまで、あと三十秒！」

　スタジオにフロアディレクターの声が響く。いつのまにか、二階の調整室から番組のチーフプロデューサーが降りてきて、ライトの当たっていないスタジオの片隅でしきりに頭を掻《か》いている。暗がりにいてもチーフプロデューサーの居場所はすぐにわかる。異様に派手だからだ。一瞬、ラテン系のバンドマンが来たのかと見間違えそうになるほど、毎回、鮮やかな色の襟高シャツに、下は裾《すそ》の広いズボンを穿《は》いている。その派手派手プロデューサーの隣には、腕を組んで立っている料理人の白い上っ張り姿が見えた。

「とにかく、まともなヤツをゲストの前に出して。あと崩れたのは、アナウンサーとジュリアさんと大久保《おおくぼ》先生とホルモンさんの前に置いて。早くしろ！」

　ディレクターはもはや私を無視して麻有に厳しい声で指示を出す。続いてテーブルで待っている出演者の前に歩み寄り、

「すみません。ちょっと事故っちゃって、これでなんとか……」

「このグジュグジュに崩れたのを食べて、おいしいって言えばいいのね？　了解ぃ」

　ジュリアが明るい声でディレクターに応えた。

「私の、量が半分しかないわよ。これじゃ一口でぺろりだわね。でも、どうせたっぷりあっても、いつも食べ切れないんだから、ちょうどいいんじゃない？」

　大久保美人弁護士が明るく言い、ほぼ同時に番組レギュラーコメンテーターであるお笑いタレントのホルモン鈴木《すずき》が吹き出した。

「それ、ぜんぜん、なぐさめになってないっしょ」

端に座る女性アナウンサーが困惑した表情でコメンテーター両人に謝ると、司会のジュリアがゲストの若いイケメン俳優に向かって半分、笑いながら恐縮した。

「ごめんね、翔《しょう》ちゃん。こんなこと、この番組始まって以来なの」

「大丈夫ですよ、ジュリアさん。生放送はハプニングハプニング。味に変わりがあるわけじゃなし。でも、僕のとこだけ、まともなの来てますけど、いいんですか」

「そりゃ、翔ちゃん、今日はドラマの宣伝とはいえ、一応ゲストですから」

「先輩を差し置いて、恐縮です」

出演者はみな、なにやらお気楽な様子で会話をしている。一方の私は半分量に減った茶碗蒸しの体裁をなんとか整えて、茶碗のまわりの汚れを布巾で拭《ぬぐ》い、きれいなかたちでテーブルマットに並べることだけで精一杯だった。

「スタジオまで、あと十秒！　九、八、七」

カメラの脇でフロアディレクターがカウントダウンを始めた。たちまちお喋《しゃべ》りがおさまって、出演者全員がテレビカメラのほうへ向き直る。カメラの上の赤いランプが灯《とも》された。私は最後の茶碗蒸しを時間ぎりぎりのところで女性アナウンサーの前に置き、急いでテーブルの内側にしゃがみ込む。まるで『ミッション：インポッシブル』のトム・クルーズになった気分。画面に私の姿が映り込んだら、それこそまたなんと言って怒鳴られることか。

「はい、では、いただきましょうか。おー、柚子のいい香り。おいしそうですねえ」

ジュリアが手元のスプーンを取り上げて、

「皆さん、どうですか、お味は？」

まわりに感想を求めると、すかさずゲストのイケメン俳優堀脇《ほりわき》翔が、

「口当たりがなめらかですねえ。もしかして僕、こんなおいしい茶碗蒸し食べたの、初めてかもしれないです」

「私も。こんなとろけるような茶碗蒸し、初めてですよ。一口でぺろりだわね」

大久保弁護士が思い出したように、クスクス笑い出した。

「先生、おいしいですねえ。茶碗蒸しって、もっと作るの難しいのかと思ってました」

テーブル横に控えて立っていた料理人にジュリアが問いかけた。料理人は笑顔を見せつつも、頬のあたりがかすかに引きつっている。

「そう思っておられる方、ぎょうさんおられますけど、実は誰でも簡単にできるんです。問題は蒸すときの火加減と時間やね。それさえ気ぃつけていただければ」

「よーし、私も今夜、さっそく作ってみようかな。番組をご覧の皆さんも是非、お試しくださいね。ではコマーシャルを挟んで、ニュースと天気予報をお伝えします。先生、ごちそうさまでしたあ」

テーブルの五人がいっせいに頭を下げ、バックに流れる軽快なBGMの音量が上がった。

「はい、コマーシャル、入りましたあ。料理コーナーは以上でーす！」

フロアディレクターの声に反応し、私と麻有が急いで片づけに入る。料理コーナーは終了したものの、生放送のワイドショーはまだ続く。終わったものはどんどん引き揚げなければならない。テーブル席を立ったジュリアがピンヒールの音をカツカツ言わせて私のすぐそばを通り過ぎた。反射的に私は頭を下げたが、ジュリアは反応せず、メイキャップ係に口紅を塗ってもらいながら、次のコーナーの所定位置に移動していった。

実演に使った鍋《なべ》やボウル類、食べ終わった茶碗の数々をカートに載せて私たちがスタジオを出ると、スタジオ前室に、出演を終えた料理人がぶ然とした顔つきで立っていた。音声係にマイクを外してもらっているところである。私はカートから手を離し、麻有に、先に消えもの室へ行くよう指示したあと、料理人のそばへ近づいて、深々と頭を下げた。

「まことに申し訳ありませんでした」

心から申し訳ない気持でいっぱいだった。しかし、頭の片隅で「なんとかやり過ごした」という安堵《あんど》感がなかったわけではない。たしかに失敗は犯したが、オンエア上はぎりぎりカバーできたと思っている。きっとおおらかさで定評のある料理人のこと、「オッケーオッケー」と、いつもの決まり文句で笑い飛ばして許してくれるだろう。ずうずうしいと思われるかもしれないが、かすかにそうなることを期待しながら謝った。

ところが私の頭の上に投げかけられたのは、まったくもって予想外の言葉だった。

「あんた、よくもたっぷり恥をかかせてくれましたな。だからシロウトには任せたくなかったんや！」

吐き捨てるようにとは、まさにこういうときのための表現かと、膝《ひざ》を叩《たた》きたくなるほどのすさまじい迫力だ。唾《つば》まで飛んできた。

「申し訳ありません！」

私はもう一度、頭を下げた。

「本当に、申し訳ありませんでした」

突然、隣で低い声がした。私と並んで頭を下げている人間がいる。見ると、番組の派手派手チーフプロデューサーだ。身体がきっかり九十度、プラス二十度ぐらいに曲げられている。頭が床につきそうだ。このままいくと、土下座に突入しかねない勢いだ、あ、膝が曲がり始めたぞ、まさか……と思っているうちに、プロデューサーは本当に膝を畳んで冷たい床に身体を伏した。

「本当に、申し訳ありませんでした！」

ほとんど絶叫に近い声である。プロデューサーって、ここまでやらなきゃいけないのか。しばしプロデューサーの茶髪の後頭部を見つめたのち、今度は料理人のほうへ視線を戻してみたところ、さらに驚いた。まあまあ、そんな土下座までせんかてええですよと、料理人がその場をおさめるかと思いきや、

「だからわいは言うたんや。ウチの店の若い衆を連れて行くって。それをあんたが、番組にはしっかりしたフードコーディネーターがおりますのでご心配なくやと。嘘やないか。どこがしっかりしてんねん、ええ？　どこがしっかりしてんねんって、聞いとるん

や！　さっさと答えんかい！」

料理人の声はどんどん荒くなり、眉《まゆ》が吊《つ》り上がって目は三角に、顔色はまさに赤鬼のごとくみるみる変色していった。テレビや雑誌で見ていたあの優しい笑顔の料理人と、同一人物とはとうてい思えない。

「申し訳ありません！　今後は決してこのようなことのないよう、番組スタッフ一同、誠心誠意尽くしますので、どうか！」

「今後やと？　誰が今後のことなんか心配してる言うてんねん。悪いけどな、わいは今後いっさい、この番組にも、この局にも、協力する気ぃありませんよって。こんな恥かかされて、誰がひょこひょこ出られますかいな。社長が謝りに来たかて許さへんで。ええ？　わかったか？　よう覚えとけ！　あほんだら」

さんざん怒鳴り散らした末、床に座り込むプロデューサーを放って「ああ、胸くそわる！」と呟《つぶや》きつつ、ヤクザのような足取りでさっさと廊下へ出ていった。

取り残されたプロデューサーはまだ頭を床につけたままである。申し訳なくて涙が出そうだ。が、どうもしっくりこない。なにかがちがう。と考えて、気がついた。

この男に土下座は似合わない……。

土下座は日本古来の風習である。私には政治家などが過度な謝罪や懇願の際に利用するイメージが強すぎて、あまりいい印象は持てない。が、もともとは目上の人と遭遇したとき、庶民が敬意を表すために地べたに頭を下げたのが最初だと子供の頃習った覚えがある。

いずれにしてもこの極めて古風な礼式を、眉毛は太く、さぞや可愛い少年だっただろうと思わせるパッチリ目の、まつげも音を立てそうなほどに豊かな、その上、やや茶色がかった頭髪に微妙なウェイブがかかり、加えて顎《あご》のあたりまで伸びたチリチリのもみあげと、そのもみあげにかろうじて繋《つな》がっている申し訳程度に生えたあごひげを蓄えた、このラテン系派手派手軽薄プロデューサーにされると、どうにも落ち着かない。

しかし、いくら土下座が似合わなくても、どこか信用できない風情が漂う男であろうとも、今は私の失敗がもとで彼はこんな惨めな格好を強いられているのである。私は腰を曲げ、プロデューサーに顔を近づけた。

「もう立ってください。私のせいで……。本当に、ごめんなさい」

プロデューサーの手を取って立たせようとしたら、

「あ、もう行っちゃった？　あいつ」

手の汚れを払いながら自分で立ち上がり、私を改めてラテン顔で見下ろした。

「あんたさ、派遣のフードコーディネーターだっけ？」

「はい、そうですが……」

「えーとさ、もうこの番組、来なくていいよ。お宅の社長にシフト変更してもらうように言っとくから。ってことで、お疲れでーす」

横でマラカスを振ったら似合いそうなリズミカルな口調で軽々と言い放つや、私の前

を抜けて立ち去ろうとした。が、ドアのところで振り返ったので、

「なにか？」

軽く首を突き出すと、

「少し真面目に仕事しないと、この業界、あっという間に干されちゃうよ」

捨て台詞《ぜりふ》を吐いて、お尻《しり》をふりふり颯爽《さっそう》と出ていった。


「気にすることないですよぉ。そりゃ、試食した人たちにはちょっと迷惑かけたかもしれないけど、番組的にはぜんぜん、放送事故とかそういうレベルじゃないわけだし。視聴者にはほとんど気づかれてないと思うし。ああいう生放送中のトラブルって、けっこう周りは楽しんでるものだと思いますけどねえ」

すべての片付けを終えてテレビ局を後にする道々、私は麻有に延々となぐさめられている。今朝、スタジオに入る頃は真っ黒だった空が、仕事を終えて外に出てくると、すっかり青く明るくなっていた。晴れている分、風は冷たい。十二時前。昼休みのサラリーマンで混雑し始める時刻である。世の中は活気に満ちている。

「なんか、感じ悪いっすよね。もう、来なくていい、なんてさ。そんな偉そうなこと言える立場かよ、お前はって、言い返したくなりましたよ。だってあのプロデューサー、昔、生番組のディレクター時代に、三回寝坊して、さんざん周りに迷惑かけたらしいですよ。しかも早朝番組じゃなくて、夕方の番組だったって言うんだから」

「誰から聞いたの？」

「音声係のおじさん。香子さんが料理人とプロデューサーにどやされてるの、逐一聞いてたみたいです。あの言い方はねえだろうって、憤慨してくれてました」

「ごめんね」

「やだ、私に謝らないでくださいよ。とにかく、ああいうときの怒り方で人の品格ってわかりますよね。自分のこと棚に上げて。こっちは朝四時に起きて、スタッフより先に消えもの室に入って下ごしらえしてるっつうのにさ。だいたい、あの料理人も料理人ですよ。もっといい人かと思ってた。いくら店が繁盛しても、あんな性格じゃ、弟子はついてこないな。私、もうアイツの料理本、捨ててやろうかと思ってるんです。三冊持ってるんですけどね」

高音でまくしたてる麻有の横で、私は歩きながら両手を顔に当て、溜《た》め息をついた。

「もう香子さんったら。落ち込まないでくださいよ」

落ち込んでいるというより、情けなかったのである。

麻有は私と同じフードコーディネーター派遣会社に入ってきて、まだ二ヶ月の新人である。新人と組んだからには先輩フードコーディネーターとして、テレビ番組を担当することがいかに苛《か》酷《こく》な仕事かを身をもって伝え、指導していかなければいけない立場にある。それなのに、「ひっくり返さないでね」と注意した私自身が茶碗蒸しを倒してしまった。あげく、新米になぐさめられているとは、なんという体たらくだ。

フードコーディネーター養成学校を出たあと、今の派遣会社に登録した当初、社長に言われたのを思い出す。

「ウチはテレビとか雑誌の仕事だけじゃなく、民間食品会社の商品企画の仕事とか、そういうのもいろいろ入ってくるから、香子さんにはなんか、そっちのほうが向いていると思うんだけどなあ。ほら、杳子さんって、新しい献立とか考えるの得意じゃない？」

社長の意図するところはつまり、テレビの仕事はかなりの体力を要する。体力だけでなく、秒刻みの現場で的確に料理の準備を整えなければならないので神経も使う。正直に言って、アラフォー女には無理があるのではないかと、そう言いたかったらしい。

しかし私は抵抗した。

「私、挑戦してみたいんです。学生時代、山岳部にいたので体力には自信があります。一生懸命やりますので、どうかテレビのほうにもシフトを入れてください」

本当のところ、山岳部には三ヶ月しか所属していなかったのだが、それくらい吹いておかなければ納得してもらえないと思った。

私は小さい頃から成績はそこそこで、運動神経もまあまあで、これといって取り柄のない子供だった。二歳下の弟の面倒を見るのは楽しかったので、小学生の頃、保育士か幼稚園の先生になりたいと思ったことはある。が、たまたま弟の友達がウチに遊びに来ているときにお腹を下してパンツを汚し、それがあまりにも臭くて、こんな始末をしなければならない職業はイヤだとあっさり宗旨替えをした。高校時代、友達とロックバンドを組んでボーカルとベースギターを担当し、デビューを夢見たことがないわけではなかったが、試しに音楽コンクールに出場してみたら、私たちより演奏も歌もはるかに上手い高校生バンドがうじゃうじゃいることを発見し、暗黙のうちに解散した。

　何をやっても中途半端、ろくな才能がないというのが長い間の私のコンプレックスだった。父はそんな私を見かねたか、あるとき、「子供たちへ。三度の飯より夢中になれるものを見つけなさい。そのときお前は笑顔を見せるだろう」と、墨字で書いた紙をトイレに貼ってくれたが、あれはどう考えても弟ではなく、私向けのエールだった。でも、どれほど父に励まされたところで、そんなものは簡単に見つからなかった。

　大学を卒業し、一応は小さな会社の契約社員として事務職に就いてみたが、やり甲斐《がい》を感じたことは一度もなく、だから篤史と出会って寿退社ができると思ったとき、これでようやく人生の落ち着き先を見つけたと安堵したぐらいだ。が、今思えばそれもまた、単に人生の選択から逃げようとしただけだったような気がする。

　結婚してずいぶん時間が経ってようやく思い出した。三度の飯より夢中になれるものは、私にとって、三度の飯そのものだった。三度の飯を食べること。三度の飯を作ること。子供の頃から母の補佐として当たり前のように食事の支度をしていたが、でもそんなふうに台所で作業することは、特別の才能とか特別の幸せとかとはまったく考えていなかった。女なら誰もが通過するべき当然の儀礼。そうとしか認識していなかった。

　ニューヨークで思い出したのだ。我が家に招いたお客様が、ズッキーニの胡麻和《ごまあ》えや、白味噌と豆板醤《トウバンジャン》を利かせたホタテのソテーや、茄子《なす》の挽肉《ひきにく》挟み揚げなど、ほんの思いつきで作った私の簡単料理を口にしたとたん、みるみる笑顔になって、「こんな味、初めてだ」と喜んでくれる。その顔を見るうちに、蘇《よみがえ》ったのである。子供の頃、チーズケーキをオーブンに入れて焼いているときのいい香りとドキドキした気分。両親に「おいしいよ、香子」と褒められた瞬間の、目がウルウルするほど嬉しかった感覚。私の焼いたローストチキンの最後の肉のかけらも残さず食べ切ろうと夢中になって骨にかぶりつく父や母や弟の真剣な顔。頭の奥に埋もれていたそのときどきの映像や感覚が思い出の抽斗《ひきだし》からみるみる溢《あふ》れ出てきた。

私の心は、まるで霧が晴れて木々の緑や山の輪郭がくっきり見えたときのように、はっきりした。もし神様に、今からいちばんやりたいことを一つだけ選びなさいと言われたら、私は迷うことなく答えるであろう。

「神様、それは料理です！　この歳になって、やっとわかりました！」

もっともそのとき、夫の経済力から自立しようなどという野望はこれっぽっちも抱いていなかった。

考えに小さな変化が生まれたのは、日本に帰ってフードコーディネーター養成学校へ通い始めて以降のことである。周りの生徒たちから刺激を受けたせいもある。自宅で料理教室を開きたい。いつか自分の料理本を出版したい。ゆくゆくはおいしい料理とワインを提供する小さなバーを開くのが目標です。誰もが目を輝かせながら自分の夢を語った。ほとんど全員が私よりはるかに歳下だった。このキラキラした目のうちの、いったいいくつが夢を叶《かな》えられるだろう。料理の世界は甘くない。想像していた以上の過当競争の場だ。そう気づいても、なぜか私はへこまなかった。むしろ以前より闘争心が増した。彼らのような具体的な夢はまだ見えていないけれど、だからといってこの子たちに負けてはいられない。一度、主婦を経験しているからこそわかることがきっとあるはずだ。人気料理研究家にも専業主婦だった人は大勢いる。歳のせいにするのは日本人の悪い癖だ。

アメリカで、「人間、年齢なんて関係ない。やりたいと思ったときが適齢期なんだよ」と、いつも地下鉄の駅の出口で顔を合わせる黒人のストリートミュージシャン、かつてブロードウェイで働いていたというサックス奏者のおじいさんと会話をしたとき、そう言われて妙に納得したのを覚えている。

どうせ人より遅く始めるなら、徹底的に自分を追い込んだほうがいいだろう。最初に厳しい現場で鍛えておけば、何を目指すにしても、そのあとが楽になるはずだ。その厳しい現場の象徴こそが、テレビの生番組だと、私は思ったのである。

でもそれは、間違いだったのかもしれない。

「とにかく今日はゆっくり寝てください。寝れば嫌なことは忘れますって。疲れが溜まってたんですよ、香子さん。このところハードだったから。たくさん寝て、次の楽しい仕事のこと、考えましょ！」

パワーに満ちた麻有の言葉に見送られ、私はひとり地下鉄に乗って自宅へ向かった。

たしかに疲れは溜まっていた。やはり歳には勝てないのか。最近、体力が落ちているのを実感する。加えて私の頭にもう一つの気がかりが、仕事中にもときおり浮かんだり消えたりを繰り返したせいで、集中力を欠いていたのではないか。


「まったく、どこ行ってたのよぉ」

玄関を開けるなり、母親の琴子が廊下の奥から眉間《みけん》に皺《しわ》を寄せて一直線に駆け寄ってきた。

「どうして何も連絡してくれないの？　いくら携帯に電話しても出ないし。交通事故にでも遭ったんじゃないかって思ったじゃないの。何も言わずに出かけるなんて、親を心配させるにもほどがありますよ」

「仕事中は携帯、切ってるのよ。だいたい、何も言わずにって、私、ちゃんと母さんに言っといたよ。明日の朝は仕事で五時前に出かけるからね、起きてくれなくていいからねって、昨日の夜、三回も言ったじゃない」

「昨日の夜？　何時頃？」

「晩ご飯終わったあとだから九時頃かな」

「仕事って、なんの仕事？」

「それも言いました！　だから今、フードコーディネーターって仕事、してるのよ、私」

「フードコーディネーター？　そんな仕事、いつ始めたの？　聞いたことないわ」

「話したってば」

「いいえ、聞いた覚えはありません」

「話しました！」

「聞いてません！」

「話しましたから」

「聞いてませんけど」

「やだもう」

苛《いら》ついた。思わず勢いで、「母さん、物忘れがひどすぎる」と叫びそうになったが、我慢した。

頭の中で父の声が響きわたる。

「母さんは呆《ぼ》けた、母さんは呆けた、母さんは呆けた！」

一週間前、正月二日の夜に父の晋《すすむ》が憤然と言い放ったあの言葉と、あのときの食卓の光景が頭に焼きついて離れない。もしこれが、母がしっかりしていた頃だったなら、「なに言ってるのよ、母さん、呆けたんじゃない？」と軽口を叩くこともできただろう。でも、もうそんな言い方はできない。

父の正月宣言以降、母のトンチンカンな反応は増えたような気がする。

同じ話を短時間に何度もするようになった。夕食前になると「香子、あんた、二階の雨戸、閉めてくれた？」と聞くので、「閉めた」と答えると、五分ほどしてまた、「二階の雨戸、閉めた？」と聞いてくる。あまり繰り返し聞くので、「もう閉めたって、さっき言ったでしょ。忘れたの？」と母親を咎《とが》めるが、「だって心配なんだもの」と言い返されると、二の句が継げなくなる。

思えば母は昔から、戸締まりや火の元に人一倍、神経質なところがあった。心配だからこそ、「まだ閉めていないのではないか」という不安が何度も頭をよぎるのだろう。そんなことは三十八歳の自分にだってちょくちょく起こる現象だ。出かけたあと、もしかしてガスの火を消し忘れたのではないかと思って、家に引き返したことが何度あったか。その不安の頻度が歳を取るにつれて増したからといって、それを「呆けた」と決めつけるのは可哀想だ。

しかし母の奇妙な変化は他にもあった。以前なら、「その話、三回聞いたけど」と、指を三本立てて言えば、「あら、そうだった？　私、呆けたかしら」と笑って受け流していた母が、最近は、むしろ意固地になって自分の言い分を通そうとする。私にだけでなく、父に対してもその調子で口答えをするので、そのせいか、夫婦の間に喧嘩《けんか》が増えた。私がこの家に戻ってきてから、父と母が言い争い、最後には母が泣き出すという場面を何度か目撃している。

この間も、

「このおミカン、甘いわねえ。どなたからいただいたんですか？」

　母があっけらかんと父に訊ねたら、父は新聞に目をやったままの姿勢で、

「琴子、お前、昨日も同じこと聞いたぞ。いい加減に覚えなさい。それは伊豆《いず》の加瀬《かせ》さんから毎年、送っていただいているミカンだ。おいしいに決まってる」

「そんなきつい言い方なさらなくてもいいじゃないですか。私、初めて聞きましたよ、加瀬さんからのおミカンだなんて」

「いや、俺はもう何回もお前に言ったぞ。いいか、ちゃんと覚えておきなさい。これは加瀬さんからのミカンだ。わかったか。加瀬さんからのミカン。ノートにでも書いておきなさい。加瀬って字はわかるか？　加えるに、瀬戸内海の瀬だぞ」

「なんでそんなに意地悪な言い方なさるんですか？　加瀬さんのことぐらい、知ってますよ。毎年、おミカンを送ってくださる加瀬さんでしょ？　でもこれがその加瀬さんからのおミカンだったかどうか、それは本当に知らなかったんですもの。晋さんって、昔はそんなに意地悪な人じゃなかった。まるで私をいじめて楽しんでいるみたい。なんか嫌な感じ」

「いじめているわけじゃない。覚えておいてほしいだけだ。そうひっきりなしに忘れられちゃ、こっちもたまったもんじゃないんだよ」

　そして母は黙り込み、まもなく涙を拭《ふ》き始めるのである。

　母も可哀想だが、父のやるせない気持もわからないではない。若い頃からなんでもちゃきちゃきこなしていた母だからこそ、その母に全幅の信頼を寄せて、家のことも子供

の教育も黙って任せていた父だからこそ、最愛の理解者が壊れていく姿を見るのはつらいのだろう。

父はどうやら母を元通りにしたいらしい。母が何度も同じ話を繰り返したり、ほんの数分前に言ったことを忘れたりするたびに、まるでサリバン先生のように母の間違いを厳しく指摘して、しつこく訂正させる。普段ほとんど声を荒らげることのなかった父が感情的になっているのがわかる。

感情的になった父の前で、母もどうしていいか混乱しているようだ。父の言葉に反論し、泣き出して、そして「どうせ私はバカですよ！」とヤケを起こす。こんなすさんだ家族関係が通常化していったら、家の中はどうなっていくのだろう。想像するだけで気が重くなる。

昨日もちょっとした事件が起きた。銀行へ行って帰ってきた母が、「あれ？　あれ？」と呟きながらハンドバッグの中を探ったり、簞笥《たんす》の抽斗を開けたり閉めたり、家の中をあちこち早足で歩き回ったりしている気配が感じられた。

私は翌日の生放送の予行練習をかねて茶碗蒸しの準備に取りかかっていた。あ、また何か捜しているなと思ったが、手が離せなかったこともあり、しばらく放っておいた。が、まもなく父もその様子に気づいたらしく、母に声をかけた。

「なにを捜しているんだい？」

「いえ、ちょっと……」

母が曖昧《あいまい》に答えた。その態度で父の疑いに火がついた。

「なにが見当たらなくなったんだ？　叱らないから正直に言いなさい」

「大丈夫ですよ」

「いいから、言いなさい」

食堂から発せられる父の少しきつめの声が台所にも届いた。ああ、また始まったかと、正直なところかすかにうんざりしたけれど、これを放っておけばさらに諍《いさか》いが激しくなりかねないと思い直し、意を決して仲裁に入ることにした。エプロンで手を拭きながら、

「どうしたの？」

食堂のふすまを開けて、なるべく穏やかに、極めて明るい声を作って訊ねると、眉間に皺を寄せた父が振り向いた。

「母さんが、また何かを失《な》くしたらしい」

「失くしたわけじゃないんです。ちょっと見当たらないだけで。さっきまでバッグの中に入れてあったんですから」

そう言うと、母は娘と夫の顔を交互に見つめ、それから観念したように、バッグを抱えたまま食堂に続く隣室の畳の上にしゃがみ込んで肩を丸めた。

「さっき銀行で生活費に十万円、下ろしたんですけど。その十万円を入れた封筒が、どうしても見当たらないんですよ」

母の目が怯《おび》えている。父に叱られるのではないかと怖れているのだろう。でも父は、

珍しく優しい声で母に語りかけた。

「さっきまであったのなら、きっと家の中のどこかにあるさ。みんなで捜せばすぐに見つかるだろう」

「そうだね。じゃ、みんなで捜しましょうね」

私は父に笑いかけた。よくできました、父さん！　そういう感じで対応しなきゃ、母がどんどん萎縮《いしゅく》してしまう。

大丈夫さ、きっと見つかるよ。母をなぐさめ、父と私はまず、母のハンドバッグをひっくり返して中身を畳の上に広げ、封筒がないことがわかると今度は、いつも当座の現金をしまってある食器棚の鍵《かぎ》付き抽斗を点検し、続いて玄関、靴箱の中、そして母のコートのポケットとスカートのポケット、台所の抽斗から冷蔵庫の中、前科ありの冷凍庫の中まで調べたが、見つからなかった。

茶碗蒸しの練習をしている場合ではなくなった。とうとう私は母のそばへ寄り、

「本当に、十万円、下ろしたの？」

訊ねると、

「本当よ」

「じゃ、通帳、見せてくれる？」

「疑ってるの？」

「そうじゃないけど、もしかして勘違いってこともあるかもしれないでしょ。通帳、貸

してみて？」

私が手を差し出すと、不満そうに自分のハンドバッグを指さした。

「その中に入ってるでしょ？」

「バッグの中？　さっき見たけど、入ってなかったよ」

「じゃあ、そこの食器棚の小抽斗にしまったのかもしれない。ちょっと見てくれる？」

いやいや、そっちもさっき見ましたよ。やれやれ、現金も出てこなければ通帳も行方不明か。おおらかに対応するつもりだった私は、少し焦り始めた。

「おい、見つかったか？」

二階を捜索していた父が戻ってきて聞いた。私は首を横に振る。優しかった父も、イライラし始めているのがわかる。

「カードはあるのか？　銀行のカードは？」

父の声がまた一段、きつくなった。

「カード？　カードは通帳と一緒に、私のバッグに入ってますよ」

ケロリと言ってのけたのを聞いて、思わず父と私は顔を見合わせた。

「だからバッグは、さっきぜんぶひっくり返して見たでしょ？　私と一緒にバッグの中身、ぜんぶ点検したでしょ？　ほら、ここにある？　母さん、見てごらんよ。通帳も現金も、ないでしょ？　ついさっきも見たんだよ、覚えてないの？」

私はとうとう母の顔面に自分の顔を近づけて、畳に散乱させたバッグの中身を指で一つ一つさしながら、詰問した。その横で父が私より大きな声で母を問い詰めた。

「お前、本当に銀行に行ったのか？」

すると母が突然、立ち上がった。まるで敵がそばにいるのを察知したウサギのように、ピンと背筋を伸ばすと、今にも泣きそうな顔をして、言った。

「どうしてみんなで私ばっかり責めるんですか。そんなに私が悪いことした？　そんなに私はみんなの厄介者なんですか？」

母は子供のように口を尖らせると、空になったハンドバッグをつかんでトコトコ部屋を出ていった。


朝のテレビ番組の仕事を終えて家に帰り着くなり、母と「言った」「聞いていない」問答をいつまで繰り返したところで埒《らち》が明かない。それより私は昨日、母が銀行で下ろしたはずの十万円のことが気になった。

私は食堂の入り口に、エプロンや三角巾やマイ包丁の入ったリュックをいったん置いてどたりと椅子にお尻を落とした。持っていたペットボトルのお茶を飲み、一息ついてから、

「で、どうした？　見つかった、十万円？」

母は私と一緒に玄関から戻ると、食堂の隣の和室に座って、畳みかけの洗濯物の山を前に手を動かし始めている。

十万円の行方を知りたいと思ったのは本心である。しかし、母がもはや失くしたこと自体を覚えていない可能性もある。それを確かめたかった。

「十万円？　それがまだ見つからないのよ」

予期せぬ反応だ。ちゃんと覚えていた。

昔の母が戻ったかのようである。普通の会話が成立している。しかもそこそこに機嫌がいい。昨日は父と私が責めすぎたせいで、晩ご飯の間もずっとふてくされたきりだったのに、一夜明けたらフレンドリー。私たちと言い争った不快感よりも、朝起きたら私がいなかったショックのほうが先に立ったのかもしれない。

私はじわりと嬉しくなった。テレビ局では嫌な思いをしたけれど、人生はバランスが取れている。一つ嫌なことがあれば、一ついいことがあるものだ。もしかして対処の仕方によっては母を元に戻すことができるかもしれない。呆け始めたとはいえ、ごく初期の段階にちがいない。今ならまだ間に合う。期待が湧いてきた。私は慎重に会話を進める。

「母さんの部屋も捜してみた？」

「さんざん捜しましたよ。昨日、お父さんも勝手に入って捜したみたいだけど。でも私、部屋の中にしまった覚えはないのよ。ずっとバッグに入れておいたんだから」

「でもバッグの中は何度も見たけど、なかったじゃない。やっぱり無意識に部屋に持っていったんじゃないの？　よし、私が捜してあげよう！」

私が椅子から立ち上がったら、母が反射的に腰を浮かした。

「やめて。私がやるから。勝手に私の部屋をいじらないでちょうだい」

洗濯済みの父の下着をつかんだまま、私に食ってかかってきた。

「いいじゃない。他の人の目のほうが見つかるってことはあるよ」

「お願いだから、やめて」

そのきつい言い方は、どうやら本気である。

「わかったよ、わかりましたよ」

母の寝室は、この家の一階奥にある。曾祖父《そうそふ》の時代には、住み込みのお手伝いさんの部屋として使っていたらしい。間取りは六畳の和室で存外ゆったり造られており、しかも部屋の窓からは、猫の額のような小さな裏庭が見渡せるので、景色も風通しも悪くない。

母はもともと二階の父の書斎の隣で寝起きしていたのだが、六十代の半ばに膝を痛めて階段の上り下りがつらくなったのを機に、一階へ引っ越してきたのであった。

父は当初、なんだか家庭内別居をしているようで落ち着かないねと不平を漏らしていたが、いっぽうの母はなかなか気に入った様子だった。

「お父さんには悪いけど、こっちの部屋のほうが落ち着くの。だってお父さんのいびき、すごかったんですもの。かわりに裏庭に来る鳥の声が、なんともいえず心地いいのよ。シジュウカラとかヒヨドリとかメジロとか、春にはウグイスも来るわよ。朝は小鳥の声で目覚めるまでぐっすり眠れるし。あー、極楽極楽！」

私も母の新しい部屋が好きだった。ことにニューヨークから帰国した直後に実家を訪れたとき、いい部屋だと改めて思った。まずふすまを開けたとたん、母独特の甘い香りが漂ってくる。箪笥の上や鏡の周辺には、化粧品やスワロフスキーの動物の置物や陶器の花瓶や置き時計や眼鏡入れなどがごちゃごちゃ混在しているものの、それなりに整頓《せいとん》されていて、不思議な安堵感に包まれる。この部屋は、母の存在そのものだと、私はずっと思っていた。

でも、出戻ってきてからは、母の部屋をちゃんと見ていない。私が母の部屋に何かを取りにいこうとすると、「あら、私が取ってくるわ」とさりげなく拒否するので素直に従っていた。私とて、自分の部屋に家族に断りなく入られたら、いい心地はしない。母もそういう気持なのだろう。家族間にもプライバシーはある。そういうものだと思っていた。しかし、その拒否の仕方が、以前より堅固になっている。この期に及んでは、やはり一度、覗いておいたほうが賢明ではないか。

露骨に「捜す」とは言わず、とりあえず母にくっついて足を踏み入れてみよう。洗濯物を畳み終えて立ち上がった母の肩に後ろから両手をかけ、運転手は君だ、車掌は僕だと、一緒に歌いながら廊下へ出た。畳んだ洗濯物を抱えてまず階段の下に父の下着類を置き、続いてお風呂場へ寄ってタオル類を棚に置き、また歌いながら廊下を抜け、最後に自分の部屋のふすまを開けた母のうしろから、スルリと部屋に入り込んで、驚いた。

異様にモノが溢れている。ゴミ屋敷というほど不潔な印象ではないけれど、ベッドを除いた畳のほとんどが、紙袋と書籍と衣類で占拠された有様だ。一応、合間合間はテーブルセンターやスカーフなどの布で仕切られてはいるが、それらが何重にも積み重なり、まるで地層のようである。かろうじてあいたスペースを細い小路《こみち》を通るようにして進むとようやくベッドに辿《たど》り着けるといった具合だ。

知らなかった。

「母さん、なにを溜め込んでるのよ」

驚きのあまり、手近な紙袋を一つ取り上げて中を覗こうとするや、

「ちょっと止めて。あとで私が片づけるんだから。放っといてちょうだい」

「ダメだよ、こんなものまで取っておいちゃ。ほら、もう要らないよ、十年前のスーパーの領収書なんて」

丸めてゴミ箱へ放り投げた途端、

「止めて！　勝手に捨てないでちょうだい！　必要かもしれないんだから！」

母の形相が変わった。本気で怒っている。反射的に私は手を止めた。しかし、これではモノが失くなるのも無理はない。

もともと母は「もったいない」種族の一人で、それは娘の私にも遺伝しているのだが、紙袋でも包装紙でもリボンでも、きれいに畳んで箪笥にしまい込む癖があった。

とはいえ、ここまで部屋が満杯になったのを見たことはない。

いったいいつからこんな有り様になっていたのか。子供が家を出ていって、家の中に収納スペースが増えたおかげで、「捨てる」必要がなくなってしまったのか。

昔は互いの「捨てられない」性格を非難し合ったものである。

「ガラス瓶なんてそんなにたくさん取っておいてどうするのよ。捨てたらどう？」

私がそう言うと、母も負けていない。

「あら、あんただって捨てられないくせに。この間、篤史さんが言ってたわよ。香子はなんでも取っておくので困ります。一度使ったラップも洗って干して使うって」

それは事実であり、反論の余地がない。こうして二人で笑い合って終わるのが落ちだった。

しかし、自分のことを棚に上げても、母の部屋の散らかりぶりは今までの比ではない。それが「呆け」とどういう関係にあるかはわからないが、母の頭の中で、何かが壊れ始めているのはたしかである。

玄関の戸をガラガラ引く音と鈴の音《ね》が呼応し、

「ただいまー」

と低い声がした。父が帰ってきた。私は母より早く部屋を出て、父を迎えた。

「お帰りなさい。どこ行ってたんですか？」

「いや、ちょっと、銀行」

私は振り返り、母がいないことを確かめる。母は私に叱られたせいで急にベッド周辺の整理を始めて、父の帰宅に気づいていない。

「これ……」

父が愛用の黒いポシェットから通帳とカードを取り出した。

「うわー、見つかったの⁉」

思わず声が出た。

「どこにあったの？　母さん、銀行に置き忘れてたの？」

「そうらしい。今朝、銀行から電話があって、お忘れ物がございますが、どういたしましょうかと。待合ソファの上に置いてあったのを、他のお客さんが見つけて行員に届けてくださったらしい」

「良い人に見つけてもらってラッキーだったね。じゃ、十万円は？」

と私が訊ねたとき、母が奥から現れた。

「あら、お帰りなさい。ちょっとあっちで片付けをしていて、気がつきませんで失礼しました。お野菜、買ってきてくださった？」

「ああ」

父は手に持っていたビニール袋と小さな買い物メモを母に手渡した。中から長ねぎが覗いている。父に頼んだことを母はちゃんと覚えていたようだ。

「あと、これ」

父が母の前に通帳とカードを差し出した。

「まあ、銀行にいらしたの？　よく通帳とカードの場所がわかりましたね」

「なにを言ってるんだ。お前が失くしたから取りに行ってたんだよ」

「失くした？　私が？　そんなことありませんよ。だって私のバッグに入れておいたんですもの。お父さん、私のバッグから出したんでしょ？」

父が情けなさそうに溜め息をついた。私は父にだけわかるように首を横に振り、母に向かって語りかける。

「とにかくよかったよかった。あとは十万円が見つかれば万々歳だね！」

母がキョトンと私を見上げ、

「十万円って？　昨日、私が銀行から下ろしてきた十万円のこと？　私の部屋にしまってありますよ」

「ウソッ！　だって母さん、ずっとバッグの中に入れておいたって言ってたじゃん。さっきも、まだ見つかっていないって……」

「そんなこと、私が言った？」

「言ったよぉ、やだもう」

「で、お前、部屋にあったのか？　見せてごらん」

父が静かに訊ねると、母は、はいと明るく応えて廊下を小走りし、まもなく私と父のもとへ戻ってきた。母の手には銀行の白い封筒が握られていた。中を確認すると、たしかに十万円が入っている。

「香子もお父さんも、これを捜してたの？　何を騒いでいるのかと思いましたよ。早く言ってくだされればよかったのに」

母が屈託なく、笑った。

第二章　仲間の言葉

高校時代にロックバンドを組んでいた女友達二人が、私の離婚祝いをしてくれるという。祝ってもらう筋合いではないと思ったが、

「ま、それは単なる口実よ。そろそろ集まらない？」

バンドリーダーでリードギター担当だったミシェールこと三村静子《みむらしずこ》の召集メールに、さっそくアリスこと渡辺留以《わたなべるい》から、「行く行く！　三年ぶりだね」と、飛び跳ねるウサギの絵文字つき返信が届いたので、そうか、そんなに会っていなかったんだと気がついた。

思い返せば私がニューヨークから帰ってきた直後に「お帰りなさい会」を開いてもらって以来だから、たしかにほぼ三年会っていない計算になる。合間にときどきメール交換はしていたが、帰国後まもなく私がフードコーディネーターの学校に通い始めたり、仕事に追われたり、夫とごたごたしたりして、友達と落ち着いて会うなどという余裕が物理的にも精神的にもなさすぎた。

私だけではない。メンバーそれぞれが年頃なりの雑事やトラブルに振り回されている

様子だった。リーダーのミシェールは今や受験生を含めた三人の男の子の母親だし、ドラムス担当のアリスはまだ独身ではあるが、勤めている会社で部下を抱える立場になり、加えて長年つき合っている妻子持ちの男と別れたりくっついたりを繰り返していて、いつもなんとなく大変そうである。

もっともアリスは高校時代からなんとなく大変そうな子で、だからまわりはいつもヒヤヒヤさせられた。当のアリス自身は案外、冷静で、感情的になることはめったになかった。加えて困ったほどに頑固で、これと決めたらテコでも動かなくなるところがあった。

たとえば三村静子のミシェールというバンドネームは本名に音の近い外国人名であり、ベースギター担当の私は、「まんまカタカナにしたら」というミシェールの勧めに従って「コーコ」とした。そして残る渡辺留以にはどんなネームをつけようかという段になったとき、「アリスがいい」と本人が主張したのである。あまりの突飛さに驚いて、二人して畳みかけるように反論した。

「意味、わかんなーい」

「どこからアリスが出てくるわけ？」

「ドラマーっぽくないし、だいいち顔に似合ってないよ」と言ったのは私ではなくミシェールだが、その瞬間、アリスと私は反射的にミシェールの顔を覗《のぞ》き込んだ。人のことを言えるのか。リーダーとしての資質は認めるが、その一重まぶたの細い目と、けっこうがさつで楽器を傷つけたりモノを壊したりするのが得意な大股《おおまた》歩きの三村静子に、ミシェールという名前が似合うと言う人間はたぶんいないだろう。それなのに本人は「ミシェルじゃなくて、ミシェールだからね」と、語尾を伸ばす発音にしろと私たちに強要する。

それはともかく、渡辺留以には、せっかく「留以」という洒落《しゃれ》た名前があるのだから、ルイか、あるいはルイーザとかルイスとか、そういうほうがいいんじゃないのとさりげなく勧めてみたのだが、本人はどうしても「アリス」にしたいと言い張った。

「だって一生に一度ぐらい、名簿の上のほうの名前を持ってみたかったんだもん」

その一言に、私とミシェールはたちまち屈服した。

「離婚祝い」の集合場所は改めて相談せずとも、三軒茶屋《さんげんぢゃや》にあるライブハウス「ギブソンズ」と決まった。私たち三人が高校時代から通い続けた溜《た》まり場であり、一般のお客の前で初めて演奏を披露した記念すべき晴れ舞台でもある。私たちの人生の姉御的存在であるヒナ子さんに出会ったのも、この店だった。

「みんなちょっと老けたんじゃないの？」

三年ぶりに会う「ギブソンズ」の女店主からさっそく毒舌の矢が飛んできた。

「もう、会ったとたんにこれだもんね。ヒナ子さん、口、悪すぎー」

ミシェールがヒナ子さんの膝《ひざ》を叩《たた》いてガッハガッハと笑った。

「でも、ヒナ子さんは変わってない」

アリスが呟《つぶや》く通り、ヒナ子さんはちっとも変わっていなかった。膝丈の黒いノースリーブワンピースの上に黒のカーディガンを肩掛けにして、相変わらず颯爽《さっそう》とした出で立ちだ。初めて会った二十年前と比べれば、ストレートのロングだった髪型にウェイブがかかって短くなったのと、よく見れば頬のあたりが少し垂れ、腰まわりも多少ぷっくりしたかなと思うぐらいの変化はあるが、背筋の伸び具合もハスキーな声も単刀直入なもの言いも、すべて昔のままである。

考えてみれば出会った頃のヒナ子さんは四十代半ばだったと思われる。正確な年齢を聞いたことはないけれど、周辺の話やさまざまな発言から推測するに、それくらいの年回りだと理解していた。となると、今は還暦をとうに過ぎているということか。そう思うとたしかに若い。いや、大人の女の雰囲気をそのまま冷凍保存してきたような人だ。

ヒナ子さんだけではない。店そのものが二十年前とほとんど変わっていない。煙草とお酒と燻製臭《くんせい》(この店は燻製《ほこり》アーモンドや燻製サーモンなどが名物)と、巨大スピーカーの中に溜まったカビと埃と油が混ざったような独特の匂い、木製の椅子やテーブルや床の軋《きし》む音、バーカウンターの片隅に置かれたアールデコ調のユリの花をかたどったテーブルライト、天井まで届くレコードジャケット棚、鉄さびのこびりついた額入り鏡。それらすべてが私たちを「お帰り」と静かに迎え入れてくれるかのような安堵《あんど》感に満ちている。

「あ、ヒナ子さん、空調、買い換えた?」

「うん。さすがにぶっ壊れたからね」

「へえ。私、あの古い空調がときどきガタガタ震え出して、キュイーンキュイーンって泣くときの音、けっこう好きだったんだけど」

「変なものが好きなんだね、コーコは」

そもそもこの「ギブソンズ」という店に通うようになったきっかけは、当時、ミシェールがつき合っていた大学生の伝手《つて》によるものだった。

「やっぱり本物のお客さんの前で演奏しないと腕は上がらないよ。俺が紹介してやるから、一度、ライブハウスでやってみたら」

彼の話によると、「ギブソンズ」ではプロのミュージシャンに紛れて、ときどき学生アマチュアグループが出演することもあり、音楽好きな若者の間で秘《ひそ》かに注目されている店だという。

高校二年生の学期末試験の最終日、私たちは制服姿のままアポも取らずに開店前の「ギブソンズ」を訪れた。とりあえず店の雰囲気だけでも見ておこうと思ったのだ。それまでお酒を出す店に高校生の分際で足を踏み入れたことはなかったので、事前に偵察しておく必要があるという判断もあった。重い扉を開けて薄暗い店の中を恐る恐る覗いたら、対応した従業員が奥に声をかけ、まもなく黒いスエードピンヒールのかかとをカツカツ言わせながら現れたのが、店の主《あるじ》であるヒナ子さんだった。予想外の急展開に慌てた私たちは、慌てた反動で率直に申し出た。

「ここで演奏させてもらうことは、できますでしょうか」

するとヒナ子さんは私たち三人を五秒ほど見つめて、明らかにつけまつげと思われる黒々とした瞳《ひとみ》をしばたたかせたあと、

「じゃ、ちょっと聴かせてみて」

「え、演奏を？　今……ですか？」

リーダーのミシェールが聞き返すと、

「今は無理？」

「いえ、無理じゃないですけど。ギターは一応、持ってるんで」

「じゃ、やってみたら？」

挨拶《あいさつ》もろくにしていない。自己紹介もまだだ。どういう音楽をやっているかとか、どんなバンドを目指しているのかとかの質問も一切なし。それなのに、即刻演奏しろという。

ヒナ子さんの潔さというかカッコよさに、私たち三バカ女子高生は一発でノックアウトされた。

「そんなの別に、カッコいいって話でも何でもないでしょう。だって演奏を聴きゃ、だいたいわかるもん」

のちのちあの日の話をするたびに、ヒナ子さんはそう言って、フランス映画に出てくる女優のような仕草で煙草片手に肩をすくめるが、そういうキザっぽい仕草さえ板につ

いている。そのカッコいいヒナ子さんが私たちの演奏を初めて聴いたとき、はたしてなにが「だいたいわかった」のか。明確な答えはいまだに聞いていない。

あの日の演奏は決して上出来とは言えなかった。というより、最低だった。にもかかわらずなぜ、ヒナ子さんは下手くそな私たちを受け入れてくれたのか。あの頃は、きっと私たちに伸びしろがあると見込んでくれたのだろうと、かすかにうぬぼれていた。でもそれが勘違いだったことは、今になるとよくわかる。現に私たちがそのあと音楽コンクールで自信を失って、「解散しようと思っています」と報告に行ったとき、

「ああ、そうなんだ」

ヒナ子さんは即座にそう言った。もう少し、なんかこう、「あきらめないで」とか「後悔はないの？」とか、こちらが思いとどまるような言葉をかけてくれるかと期待したが、まったくそういうことはなかった。

他の二人は知らないが、私はあのときのヒナ子さんのあっさりした反応に、コンテストで恥を掻《か》いたときより、この店のステージに前座として何度立っても客席からまばらすぎるほどの拍手しかこなかったことより、なによりいちばんへこんだ。何をやってもお前はモノにならない。ろくな取り柄はない。そのことにようやく気づいたかと、宣告されたような気がした。

「離婚したんだって？」

　久々の再会にワイングラスをカチンと寄せ合った直後、ヒナ子さんは私に向かって嬉しそうにそう言った。本当に単刀直入な人だ。前置きとか社交辞令とか遠回しな言い方ってものを知らない。でもだからこそ、こちらも早々に覚悟が決まる。この際すっかり話してしまおうかという気持になる。

「はい。でも私、元気ですからご心配なく」

「心配なんかしちゃいないわよ。女は離別を重ねれば重ねるほど活力を増強する動物なのよ！」

「ヒナ子さんってバツイチでしたよね？　離婚して増強されたんですか？」

　ミシェールが突っ込むと、

「バツイチじゃないわよ」としゃがれた声で返されてミシェールが「しまった」という顔をした。

「いつのまにかバツ2でございますの、わたくし。ホッホッホ。だから今、最強。といっても二度目は籍入れてなかったんだけどさ」

「えー、知らなかった。じゃ、今は……？」

「結婚はもういいわ。今さらしても、互いに介護要員になるだけだからね」

「あら、若い男と結婚すればいいじゃないですか？」

　アリスがおっとり訊《たず》ねると、

「いやよぉ。あんた、若い男におしめ取り替えてもらいたい？　想像するだけでぞっとする」

「でも、老後、寂しくならない？」

アリスがいかにも寂しそうな声で聞いた。

「寂しいっていう前に、独り暮らしの老人が呆《ぼ》けたら大ごとだよ。だから、店の連中に言ってあるの。私が同じ話を繰り返すようになったら、遠慮なく言いなさいよって。そしたら私、さっさとこの店、売っ払って、そのお金で高級老人ホームに入るから。いつまでもこの店で働けると思ってないで、他の職場、探しておきなさいねって。私も行き先の目星はつけてあるんだ。海の見える老人ホーム。いいでしょう。あんたたちも今のうちにお金貯めときなさい。年金とか亭主の財産とか親の遺産とか当てにしてたら地獄を見るよ」

「亭主の財産、ねえ……」

反応したのは唯一の専業主婦であるミシェールだ。

「ミシェールのダンナさんのお家って、資産家だったんじゃなかったっけ？」

さりげなく問いかけた。

「資産家ってほどじゃないけど、千葉の田舎に土地を持ってたからね。でもそれも人に譲って。老後は子供たちの世話にはならないって言って、両親二人で、それこそ房総《ぼうそう》のほうの海の近くにマンション買って暮らしてたんだけど」

「ありがたいご両親じゃない。よかったね」

「ところがね」ミシェールの話は続いた。

「男の人って仕事を辞めるとやっぱりダメなんだよね。農協の役員を退いて仕事辞めたら、あっという間に呆けちゃって」

「誰が？」

「義父が」

「でもまだそんなお歳じゃないでしょ？」

私たち世代の親は六十代が多い。私自身は父が四十歳、母が三十三歳のときに生まれた子供だったので、すでに二人とも七十代になっているけれど、たいがいの友達の親はウチより若いはずだ。しかもミシェールが結婚した相手は彼女より三つ歳下と聞いている。

「呆け始めたのは六十四歳だったかな。若年まではいかないけど、けっこう早めのアルツハイマーみたい。最初のうちは義母が一人で世話してたんだけど、呆けても体力はあるからさ、男の人って。呆けた義父に突き倒されて義母が足を骨折して。それを機に、ウチのダンナが『引き取るぞ』って言い出して」

「他に兄弟はいないの？」

「いや、義兄が一人いる」

「その人は面倒みないの？　だってお宅、息子三人いて、しかも受験生だっけ？　そんな大変なときに親を引き取るのは無理だよ」

「ちょうど長男が中学受験直前だったからね。だから、私も抵抗したんだけど……」

「引き取ったの？　信じられなーい。せめてお義兄さんの家と半々に分担するとかさ」

他人事ながら私は声を尖《とが》らせた。

「その義兄がねえ。おっとりしてるっていうか、奥さんが強いっていうか。ウチのダンナが『引き取ろうかと思ってる』って電話で報告したら、普通はさ、『お前だけに負担をかけるわけにはいかないよ』ぐらいの反応すると思わない？　それなのに、『そうか。助かる』の一言でおしまい。呆《あき》れましたね」

「そんなもんよ、世の中。先に手を挙げたが負け」

ヒナ子さんが煙草の煙を手で払いながら総括した。私は釈然としない。

「それは、ひどすぎると思う。それっきりお義兄さんは関与せずってこと？」

ミシェールに向かって追及すると、

「いや、義兄は後ろめたさがあるのか、ときどき一人で様子を見にくるの。ただ、そのたびにいろいろ口出しするから。外に連れ出して刺激を与えたほうがいいらしいぞとか、酒はぜったい飲ませるなよとかさ。そんなこと言われてもお酒は義父の唯一の楽しみなんだから、少しぐらいはいいと思うのよ、私は。たまに来て勝手なこと言われてもさあ」

「そういう親戚《しんせき》っているよねえ」

アリスが、うんうんとしきりに頷《うなず》いた。

店内に軽いジャズが流れている。今日は生演奏のない日だ。お喋《しゃべ》りを優先したいと思ったので、あえて演奏のない日を選んで集まった。おかげで大声を出さずに会話できる。

みな神妙な顔でミシェールの話に聞き入りつつ、料理が運ばれてくるや、たちまちそちらへ視線を移す。「ギブソンズ」名物のガーリックフライドポテト、燻製アーモンド、シーザーサラダ、チーズピザ。大皿を手際よく回し、取り分けたり口に運んだり、ときどきワインを喉《のど》へ流し込んだりと忙しい。高校時代、出番を終えたあと、私たちは店のいちばん隅っこの丸テーブルに腰を下ろし、巧みなプロの演奏に溜め息をつきながら、ジュースを飲んでいた。あの頃、まさかこの店でワインを飲みながら介護問題を語り合う日が訪れるとは思ってもいなかった。

「大変なんだね、ミシェールのウチ」

「うーん、ただ本当に大変だったのはこの一年足らずかな。先月ようやく義父を老人施設に預けることができたのよ。だから今、少し手が離れてホッとしたとこ！　でもここ最近、義母のほうも少し怪しくなってきてね」

「お呆けになったの？」

アリスが敬語にして聞いた。

「ちょっとお呆けになり始めてるの」

「今日は大丈夫なの？　お家を留守にして」

「あ、大丈夫大丈夫。義母が子供たちの晩ご飯作ってくれてるから。まだそれくらいは任せられるのよ。夫も、たまには息抜きしてこいって言ってくれたんで」

「優しいダンナでよかったねえ」

ミシェールは女友達からみるとがさつな性格だが、なぜか男によくモテた。そのミシェールが最終的に辿《たど》り着いたのは、実直で優しい三つ歳下の銀行員だった。

「まあね。優しいから親を引き取るなんて言い出して、嫁が苦労するんだけどさ」

「でも偉いよ、ミシェールは。最近、ダンナの親の介護はしないと決めているお嫁さんが多いんだってね。私だって、もし結婚して夫の親の介護しろって言われたら、拒否するかも。だって自信ないもん」とアリス。

「そうなんだってねえ。でもウチ、母親も姑《しゅうとめ》の介護ずっとやってきたから、そういうものだと思ってるとこが、ちょっとあるのよね」

「とにかく今夜は思いっきり飲まなきゃ」

アリスとミシェールのやりとりを聞きながら、私は深呼吸をした。そうか、ウチだけじゃないんだ。いつのまにか皆、同じような問題を抱える年頃になっている。

「実は、ウチもさあ」

みんなの会話が途切れたとき、私は切り出した。一斉にアリスとミシェールとヒナ子さんがこちらに向き直る。今度はどんな話が出てくるのかという興味と驚愕《きょうがく》の混ざった顔である。

「いや、まだミシェールほど大変じゃないんだけど」

私は遠慮がちに話し始めた。実家に出戻ったら、母の物忘れがなんとなく増えていると気づいたこと、さっき話していたお話をすぐ忘れること、銀行で下ろしたお金が見つからなくて大騒動になったこと、母の部屋がモノで溢《あふ》れていること、父と母の諍《いさか》いが絶えないことなど、話しているうちに勢いがついた。父も糖尿病と狭心症を抱えているからいつ倒れるかわからない、私が実家に戻ったのをいいことに弟家族はさりげなく介護から逃げようとしている気配が感じられる、私は私で仕事を増やしたくても増やせない状況になりつつあるなどと、わだかまっていたもやもやを一気に吐き出した。

「あー、それはお母さん、典型的な認知症の初期症状だね」

「私もそう思う」

ミシェールがヒナ子さんに共鳴した。

「病院へ連れて行った？」

「病院？」

私にはその質問の意図が理解できなかった。母の今の段階で、何を理由に病院へ連れていく必要があるのだろう。脳の老化は老化であって、病気ではない。寄る年波の現象として対処していくしか方法はないのではないか。

「病院でどんな治療してくれるの？　治る見込みがあるわけ？」

問い返すと、

「治らないかもしれないけど、薬を出してもらえるのよ、今は」

「薬？」

ミシェールの言葉に、私は眉《まゆ》をひそめた。呆けに効く薬なんて、そんなものがあるのか。

「それはミシェールの言う通りよ。できれば初期の段階で診てもらったほうがいいわよ」

ヒナ子さんがミシェールに加勢した。

「私の母親も認知症になって。最初は知らないことだらけで、その都度、周りから情報集めて学んでいったって感じ」

「今、お母様は？」

「五年前に亡くなったんだけど。友達に病院へ連れて行けって勧められたわけ。そしたら薬を処方されて。治ることはないけど、進行を遅らせる効用はあるらしいの。実際その薬のおかげで三年くらいだったかな？　そんなに呆けが加速することはなかった」

「でも、そんなお母様を抱えてこの店、続けてたんですか？」

「五十代の後半はけっこう必死だったねえ。私、一人っ子だったから兄弟とか頼れる人間がいなかったのよ。仕事と介護と更年期障害の間に挟まれて、それこそしっちゃかめっちゃかだったわよ」

「更年期障害って……」

「あなたたち、まだ来てないから実感ないだろうけど、とにかく自分の体調も精神状態も崩れてくるのに、同時進行で親はどんどん壊れていくからね。介護疲れで親子心中したくなる気持、わかるーって真剣に思ったもん。更年期障害、まだでしょ？」

ヒナ子さんが私たちを一人ずつ指さした。

「たぶん……よね？」

ミシェールとアリスに同意を求めながら私が答えると、二人とも頷いた。

「更年期障害が出る前に介護問題に直面したのは、不幸中の幸いかもよ。いっぺんに来るとキツイからねえ」

「えー、初めて聞いた。前に会ったとき、ぜんぜんそんな話してなかったじゃないですかあ」

ミシェールが大きな声で騒ぐと、ヒナ子さんは、

「だってあんたたちに話したって理解できないでしょ」

「ヒナ子さん、どうやって乗り越えたんですか？」

アリスが落ち着いた口ぶりで聞いた。

「どうやってって、もう一つずつ、小さく小さく乗り越えていくしかないのよ」

「たとえば？」

「たとえば、私の場合は母が先に認知症になって、そのあと、父のがんが見つかって」

「え、お父様も？」

「あの頃私は実家の近くで男と暮らしてたんだけど、父を入院させたら母を一人にしておくわけにはいかなくなって。しかたないから自分のマンションと実家を行き来しながら母の面倒見てたのね。泊まったりご飯作りに行ったり。何が怖いって火の元だから。

ガスつけっぱなしにして忘れちゃうのよ、母が。何度、空だきしたことか。これで火事でも起こされたら目も当てられないと思って、母に『一切、ガスは使わないで！』って言い置いて、ガスの元栓を閉めてその上にガムテープ貼って。ガス台の上に『ガスを使うな！』って書いた紙を置いて、『お湯は魔法瓶に入れてあります。おかずは冷蔵庫。電子レンジでチンして食べてください』って書き置きもして、でも夜中に戻ると、やっぱりガスを使った形跡があるのよ。長年の生活習慣って、そうそう変えられないんだろうね。すぐガスを使いたがる。怖かったよぉ。これはもう一人にしておくのは無理だと思ってさ」

「施設に入れたとか？」

ミシェールが先回りして促すと、

「いや、施設に入れるのは最後の最後の切り札に取っておこうと思った」

ヒナ子さんはニヤリと笑うと、煙草を箱から一本取り出して、火をつけた。

「罪滅ぼしだなって思ったからね」

言葉と煙が同時に口から吐き出される。

「罪滅ぼし？」

ミシェールと私の声が重なった。

「うん」

ヒナ子さんは子供のように大きく頷いてから、私たちのほうを見て、照れくさそうに吹き出した。

「だって私、子供の頃からさんざん親を泣かせてきたんだもん。学校サボるわ酒は飲むわ煙草は吸うわ、そのあげくに家を飛び出して男と暮らし始めるわ。親の言うこと聞くなんて、野暮な子供のすることだと思ってたから。だからこの歳になって、最後ぐらい親の面倒を見なさいよって、神様に言われてる気がしたの。一緒に暮らしてた男が若い女作って姿消したとき、カパッと目が醒《さ》めたのよ」

「ちょっと待って。ヒナ子さんの人生、波瀾《はらん》万丈すぎてついていけないです。一緒に暮らしてた男の人が、出て行っちゃったの？」

ミシェールが早口でヒナ子さんを制した。私もアリスも口が開いている。

「そう。笑っちゃうでしょ。まあ、私もいけなかったんだな。介護のストレスぜんぶその男にぶつけて、一日中不機嫌そうな顔してたし、あたりかまわず怒鳴り散らしてたから。そりゃ、嫌気がさすわよ、そんな女のそばにいりゃ」

こちら三人は言葉が出てこない。

「だから災難ってさ、小出しでは来ないのよ。だいたい一気にドッカーンって襲ってくるんだね。負の連鎖っていうの？」

「そんな明るく言われても……」

「明るく言わずになんとする？　今や笑い話よ。絵に描いたような笑い話」

ヒナ子さんは持っていた煙草の先を灰皿の上に押しつけて火を消すと、

「もう私の話はいいからさ。だからコーコはお母さんを早く病院へ連れて行きなさいって」

　ヒナ子さんの言葉を受けて、私は右手を挙げた。

「あの、質問なんですが……」

「なに？」とヒナ子さん。

「ミシェールのお義父さんはアルツハイマーだったんでしょ？　で、ヒナ子さんのお母様は認知症なんでしょ？　それって、どう違うんですか？」

「違うって？」とミシェール。

「だから、アルツハイマーと認知症って、どう違うのかってこと」

「違うんじゃないのよ」とヒナ子さんが先に声を発した。

「認知症ってのは症状のこと。物忘れが激しくなるとか、同じ話を繰り返すとか、服を着る順番がわからなくなったり、時間とか場所の感覚がおぼつかなくなったりとか、そういう症状のことを認知症って呼ぶみたい」

「じゃ、アルツハイマーは？」

「アルツハイマーってのは、認知症の症状が出てくる原因のことなんじゃない？　脳が萎縮《いしゅく》するんだよね、たしか？」

　と、ヒナ子さんがミシェールに確認の視線を向けると、

「うん、そんなことだったと思います」

ミシェールが頷いた。

「じゃ、認知症を起こす原因は他にもあるんですか？」

私が聞くと、

「いくつかあるみたい。一つめが、アルツハイマー型認知症でしょ。あと、脳梗塞《のうこうそく》とか脳出血とかでも認知症になる人がいるんだって」

「そうです、そうです」とミシェールが同意する。

「あと他にもあるんだよね？　なんだっけ？」

ヒナ子さんがミシェールに補足を求めると、

「忘れました」

ミシェールが今度はケロリと答えを放棄した。ヒナ子さんはミシェールを咎《とが》めることなく、

「まあつまり、認知症のほとんどはアルツハイマー型なんじゃないのかな？」

「じゃ、なにが原因で脳が萎縮するんですか？　老化？」

私がヒナ子さんの顔を覗き込んで訊ねると、

「そこまでは知らないわよ。脳に聞いてよ」

ヒナ子さんが笑って肩をすくめた。すると、それまでヒナ子さんに同意するだけだったミシェールがごそごそと身を乗り出した。

「原因はね、まだ専門家の間でもはっきりわかってないみたいよ。老化だけではないん

じゃないかな。若年性アルツハイマーってのもあるからね」

「そうそう。ミシェールのお義父さんは発症が早い部類だったんでしょ？　お気の毒よねえ」

アリスもやおら乗ってきた。眉間《みけん》に皺《しわ》を寄せ、ミシェールの膝に手を乗せて、同情の意を表している。

「そうなのよ。私も前に、若年性アルツハイマーの原因は遺伝だって聞いたことあったんでドキッとしたんだけど。今は必ずしも遺伝とは限らないっていう認識らしい。遺伝って言われたら、ウチの亭主もゆくゆくは……って不安になっちゃうじゃん。あー、よかったと思ってさ」

「そうよねえ。怖いわよねえ」

アリスがミシェールの言葉にしみじみと何回も小刻みに頷いた。

「もう一つ、質問していいですか？」

私は再び手を挙げた。

「なに？」

「普通の物忘れと認知症って、区別つくの？」

父が宣言した通り、母は明らかに呆けたと私も思う。が、ときどき、もしかして単なる物忘れの度合いが増しただけなのではないかと思い直すこともある。

弟が言っていたように、母はもともとおっとりした性格で、思えば若い頃からずっとそんな感じだった。別に呆けたわけではないのではないか。

「えーとね、私も同じこと、お医者さんに聞いたことある」

ヒナ子さんが一息置いて、頭の中で答えを整理している様子だ。

まもなく、

「たとえばさ。朝ご飯に何を食べたか忘れるっていうのは、単なる物忘れだけど、朝ご飯自体を食べたか食べなかったか忘れたら、それは認知症なんだって。でもそう考えると、私、最近、朝ご飯食べたか、昼ご飯食べたかって、すぐ忘れちゃうんだなあ。もう始まったのかな」

「違いますよ、ヒナ子さん。それ、単にいつもお腹を減らしているってことでしょ？」

「なによ、私が食べ過ぎって言いたいの？」

ヒナ子さんが珍しく大げさな身振りをつけてひょうきんに答えたので、ミシェールとアリスが笑った。私もつられて笑った。笑いながら、頭の中で過去の映像を巻き戻してみる。

母は私がテレビ局から帰宅した際、どこへ行っていたのかを忘れていたわけではなかった。前の晩に私が三回も「早朝に出かけます」と告げておいたこと自体を覚えていなかった。

銀行から下ろした十万円を捜しているとき、バッグの中になかったという記憶が抜けたのではなく、ほんの数分前にバッグを点検したこと自体を忘れていた。

「コーコのお母様って、おいくつなの？」

ヒナ子さんが私に顔を向けた。

「七十一歳です」

「そっかあ。でもまだ初期なんでしょ。やっぱり早めに病院に連れてったほうがいいよ。そしたらちょっと先が明るくなるかもしれないよ。なんかが見えてくると思う」

「なんかって、治療法ってことですか？」

私はもはや介護専門家の会合に参加している気分である。仲間が思いの外この問題に詳しいと知って、あれもこれも聞きたくなってきた。

「治療法っていうより、自分の気持の整理かな。親が壊れていく姿って、子供としては見たくないし、なかなか受け入れられないのよ。いちいちショックを受けるしね。昔はこんな人じゃなかったとか。過去のしっかりしていた頃の親に戻したいってもがくんだけど、それってぜったい無理なのよ。小さなショックが毎日続くの。そういうショックを放っておくと、膨大な負の感情のかたまりに包まれて、自分でも身動き取れなくなっちゃうんだな。そうならないためにも、たとえばこの問題はこの対処法でなんとかなるぞ、この問題はペンディングにしよう、この問題はこの人に頼ろうとかね。一つ一つ、問題の芽を小さいうちに刈り取っていく作業が大事なのよ」

「うーん、わかるわかる」

ミシェールが我がことのように深く頷いた。

「いやあ、なんか怖くなってきた。私、親を介護する自信、ぜんぜんない。ヒナ子さんみたいに強くなれなーい」

アリスが泣きそうな顔で両頬に手を添えた。

「え、アリスのとこも、そろそろ……？」

「ううん。ウチの両親は二人ともぴんぴんしてる。孫の顔を見せる気がないなら、ママと二人で財産使い切って死ぬから覚悟しろって、こないだ父に脅された」

「なんだ、お元気なんじゃない」

「だけどいずれはそういう日が来るってことでしょ？　できない。無理無理。私には無理」

アリスが力強く言い切った。

「誰だって一人じゃできないのよ」

ヒナ子さんがアリスをなだめるように言い添える。

「私も最初のうちは、できるだけ他人に迷惑かけないで一人でなんとかしようと思ったの。罪滅ぼしの意識があったからね。でも途中で、これは無理って思った。一人で抱え込んだらこっちが壊れるよ」

「で、どうしたんですか、ヒナ子さん」

「巻き込むの」

「巻き込む？」

「あらゆる親切な人に頼るのよ。一人の親切な人じゃないわよ。それだとその人だけに負担がかかっちゃうからね」

「でもねえ」とミシェールが珍しく異論を唱えた。

「それも難しいんですよね。ウチもヘルパーさんとかご近所の人とかに頼ったりしたことあるんですけど、すぐトラブル起こしちゃって。あのヘルパーは俺の金を盗んだとか、ご近所の人がウチに来て宅配便を受け取ってくれたときに義父の代わりに印鑑を押したんだけど、それを目撃した義父が、勝手にハンコを持ち出すとはけしからんって、『出て行け！』って怒鳴り出して、結局、関係が悪くなっちゃったりとか。『盗まれ妄想』がものすごかったですから」

「そういう話、よく聞くよね」

ヒナ子さんは同意しながらも、

「でもね。だからって一人で抱え込んだら死ぬよ。ときには他人に甘えなきゃ」

「それはアリス、得意だから大丈夫だな」

ミシェールがアリスの肩を叩くと、

「そんなぐさめ方、されても無理ぃ……」

アリスが唇を突き出してふくれてみせた。四十歳近くなってその甘え方はないだろう。でもアリスだと、なんとなく許してしまう。

聞けば聞くほど先が不安になってきた。が、みんなの話を聞いたことで見えてきたものもある。そして同じ問題を抱えているのは自分だけではないと実感したことがなによりの収穫だ。やはり友達と喋るのは大事だと、改めて思う。

「よし、頑張るぞ！　まずは母を病院へ連れて行く！　しばらく踏ん張ってみます！」

拳を掲げて私が力説すると、

「ダメダメ。それがダメなんだって」

ヒナ子さんがゆっくり首を横に振った。

「なに？　連れて行けって、ヒナ子さんが言ったんじゃないですか」

「病院は連れて行ったほうがいいの。そうじゃなくて、コーコ、今、数年踏ん張れば解決するって思ってるでしょ？」

「え？」

「数年じゃないかもしれないのよ。もしかしたら十年続くかもしれないの。言ってる意味わかる？」

「わかりますけど、まさか十年は……」

「わかんないわよぉ。私だって二年くらい離職して介護に集中すれば、なんとか乗り越えられるだろうって、最初は思ってたけど、そうじゃなかった。母が呆け始めてから、まもなく父を入院手術させて、二年後に父を看取って、そのあと母が息を引き取るまで、結局足かけ九年かかったもの」

ギクリとした。たしかに私はここ二、三年が踏ん張りどころだと思っていたきらいがある。

九年か……。盛り上がりかけた介護意欲の風船が、私の中でヒュルヒュルとしぼみ始める。

「あ、もうこんな時間。私、そろそろ帰らなきゃ」

ミシェールが腕時計を見て、荷物をまとめ始めた。

「ホントだ。もう十一時だ。私もそろそろ」

アリスが同意して、皆、一斉に動き出す。きっちり割り勘にして会計を済ませたあと、それぞれがコートを羽織り始めたとき、

「そういえば、コーコがなんで離婚したのか、まだ聞いてなかったね」

アリスがマフラーを首に巻きながら無邪気に問いかけてきた。

かすかに慌てる。帰り際に離婚の理由を聞かれても、さてどこから話したものか。

「えーと、それはね……」

言いかけた途端、

「別れる理由は本人が納得してればそれでいいんです。話したければ別だけどね」

ヒナ子さんがぴしゃりと私の言葉に蓋《ふた》をして、横目を向けた。

「いや、別に話したくないわけじゃ……」

「まあ、話したくなったら、またこの店に来ればいいわよ」

ヒナ子さんの言葉はいちいち私を安心させてくれる。

「じゃ、仕事のほうは？　フードコーディネーターの仕事は順調なの？　そもそもフードコーディネーターって、何やるの？」

ミシェールがケロリと話題を変えてくれ、さらに私は安堵する。

「まあ、テレビとか雑誌の料理コーナーの下ごしらえとか……」

「そうそう、見たの、私」とアリスが突然、その場で飛び跳ねた。

「たしか西麻布の巨匠とか言われてる料亭の大将の、茶碗蒸《ちゃわんむ》しだったよね。あのときコーコの顔がちらっと映ってたの。すぐわかったもん、あ、コーコだって」

まさか。カメラがこちらを向く直前に私は素早くしゃがみ込んで、テーブルの後ろに隠れたつもりだったが、映り込んでいたのか……。

「じゃ、ああいうのって料理人が本当には作ってないの？」

「作ってはいるけど、スタジオでの試食分とか差し替え分とかは、私たちが隣のキッチンで作って持ち込むの」

「ふーん。でも、あの番組、いいわよね。お料理コーナーも充実してるし。視聴率もいいんじゃない？　そうか、コーコ、あの番組で仕事してるんだ。よかったね」

「うん」と私はアリスに力なく微笑みかけた。すでにクビになったとは、言えない。

「じゃ、気をつけて帰りなさいねー」

「はーい。ヒナ子さんもね。ごちそうさまでした」

「おやすみなさーい」

「おやすみー」

私とミシェールとアリスはヒナ子さんの店を出るとコートのポケットに手を突っ込んで黙々と駅へ向かった。駅に着くと、三人ともそれぞれ別の電車に乗るために、「じゃあね」「また近々会おうね」と手を振って、別れた。

私は人気の少なくなった深夜のホームに立って電車を待つ。

離婚の理由を話したくないわけではない。ただ、話したところできっと理解してもらえないだろうと思った。たとえ話す相手が同性の親しい友達であろうとも……。

アメリカにいたときは、それなりに仲の良い夫婦だったと思う。異国で生活をすると家族の絆《きずな》は強くなると言われるが、それは本当だ。語学の問題だけでなく、日常的に起こるさまざまなトラブルと闘うために、夫婦は結束せざるをえなくなる。いわば同志のような協力意識が自然に生まれていく。ところが海外勤務を終えて日本に帰った途端、夫婦の結束はたちどころに壊れ出す。少なくとも私たち夫婦の場合はそうだった。

夫の篤史はアメリカでの成果を認められ、一気に二階級の昇格を果たし、繊維部の部長を命じられた。が、篤史にはそれが不本意だったらしい。もともと商社を就職先に選んだのは、外国を相手に国際的な仕事をしたいという夢があったからである。アメリカへの転勤も、その夢に向かう一つのステップだと篤史は信じていた。それなのに、帰国早々、なぜ自分が国内の中小企業を相手にするような地味な部署に配属されたのか。納得がいかなかったのだろう。

篤史は会社から戻ってくると、毎晩のように私に向けて不満を吐いた。無駄に忙しい。話の通じる人間が同じ部署には一人もいない。どいつもこいつも視野が狭い。アイツはバカだ。やっていられない。篤史の口から出てくる言葉は文句か悪口か、あるいはアメリカ生活への回顧ばかりだった。最初のうちこそ、夫の不満に耳を傾け、なんとか元気にさせる手立てはないものかと私も努力した。もう少し前向きに考えてみたら？　文句ばっかり言ったってどうしようもないじゃない。繊維部門に配属されたのは、きっと次への昇格のステップなんじゃないかしら。

慰めたり励ましたり、ときには激しい口論になることすらあった。そういうとき、篤史は私に「女は情緒でものを言うからダメなんだ」と頭ごなしに否定した。私が何を言っても篤史は首を横に振り、「お前なんかに俺の気持がわかるものか」と腐った顔で言い放つ。

私はだんだん疲れ始めた。だったら好きにするがいい。しだいに私は夫と口を利かなくなっていった。最低限の事務的連絡や通達事項以外、家で声を発する時間がことごとく減っていった。夫と暗い話をするよりも、フードコーディネーター養成学校のことを考えているほうが、よほど楽しかった。

学校の仲間と話していると、明日への活力に繋《つな》がった。私の憂さはそちらで晴らすことにして、夫のことはしばらく放っておこうと心に決めた。

するとある晩、夫が玄関を入ってくるなり、私を睨《にら》みつけてこう言った。

「お前、なんか文句があるのか」

不良高校生じゃあるまいし、なにをイチャモンつけ始めたのかと思ったが、篤史は酒臭い息を吐きながら、さらに私に当たってきた。

「文句があるなら言えよ。なんだよ、その目つきは。俺を軽蔑《けいべつ》してるだろ」

バカバカしくて話にならない。どうせまたやけ酒を飲んだ勢いで、絡んでみせたいだけだろう。私は夫が脱ぎ捨てた背広を拾い上げ、黙ってクローゼットへ向かった。そのとき篤史が前に立ちはだかり、私の肩を小突いて、怒鳴り始めた。

「誰のおかげでこんな恵まれた生活ができてると思ってんだ。いいか、ちょっとフードコーディネーターの勉強したからって、いっちょ前になったなんて思ったら大間違いだぞ。だいたいこないだだって、亭主が必死で働いている隙に、ちゃらちゃら客を呼んでウチでごはん会とかしただろ。いい気になるんじゃねーよ。若い男たちに囲まれて、喜んでるんじゃねーよ」

篤史の怒声は続いた。反論したいことは山のようにあったが、私は黙って聞いていた。すぐ感情的になるから香子はいけないと、子供の頃から叱られることの多かった私が、なぜかこのときばかりは冷静でいられた。むしろ、憤ること自体が無駄に思われた。

フードコーディネーター仲間をウチに呼び、ごはん会をしたのは事実である。でもその前にちゃんと篤史に断って許可を得た上でのことだ。それを今さら非難するのはおかしいだろう。俺を軽蔑してるだろと聞かれたが、今現在、私はあなたを軽蔑していますと、喉元まで出かかって、飲み込んだ。かわりに黙って篤史を睨みつけると、篤史は世にも憎々しげな目つきで私を睨み返したり、はたまた視線をそらしてネクタイを緩めたりしながら、しきりに舌をペロペロと、出したり引っ込めたりした。そうだった。私は夫のこの癖が昔から嫌いだったのだ。

普段はさほど多くないのだが、酒に酔うとたちまち頻度が増す。トカゲじゃあるまいし。結婚当初から気づいていたが、そのうち気にならなくなるだろうと甘く考えていたが、それは間違いだった。二人の生活が長くなるにつれ、むしろ不快感は増していった。そして今この瞬間、その限界点に到達したことを確信した。耐えられない！　顔をしかめたそのときである。

「なんだ、その顔は。そんなに俺に文句があるなら、出て行けよ。もう夫婦は無理だろ、え？　どうせお前はそう思ってるんだろ？　別れたいなら、別れてやってもいいんだぜ！」

別れよう？　出て行け？

夫のその言葉を聞いて、正直、私は頭に水をかけられたような衝撃を受けた。眠気が吹き飛んだ。爽快以外のなにものでもない。そうか、その手があったんだ。このトカゲ男と別れるという道が、私にはあったのか。思わず笑いがこみ上げそうになった。そして私は決断した。離婚しよう。これから私は自由になる。そうハッキリと自覚した。

翌朝、私は母に話しかけた。朝ご飯の時間だったので、父もそばで新聞を読みながらコーヒーをすすっている。

「ねえ、母さん。一度、病院へ行ってみない？」

母は父が残したパンの耳にマーマレードを塗っている。

「病院？　なんで私が？　病気でもないのに」

「今は病気じゃないけどさ。ほら、歳取るといろいろ出てくるから。早めに診てもらっておけば安心でしょ」

「別に具合の悪いとこ、ないわよ、私」

「だから元気なうちに検査してもらったほうがさ」

「どこを？」

「いろいろ」

「いろいろって？」

「内科とか婦人科とか、いろいろよ」

「そんなとこ、どこも悪くないもの」

母と話をしていても埒が明かない。

「ほら、父さん！」

父にバトンを渡した。父には最前、報告してある。ウチからいちばん近い総合病院の「もの忘れ外来」に母を連れていって診てもらおうかと思うのだけれどと持ちかけたところ、「そうしなさい、それがいい」と二つ返事で同意した。

　父は開いていた新聞を半分閉じて私を一瞥《いちべつ》し、それから母に語りかけた。

「母さん、この頃、物忘れが多くなったから、病院へ行って頭が壊れてないか、診てもらうといい。行ってきなさい」

　ストレートすぎる。私は慌てた。母が傷つきはしないか。案の定、

「頭が壊れたって、誰のことですか？　失礼ねえ。私は別に壊れちゃいませんよ」

　母が口を尖らせた。ほら、また言い争いが始まるぞ。私はドキドキした。

「お前の言う通りかもしれん。医者に診てもらった結果、頭が壊れてなかったら、それでいいじゃないか。疑いが晴れて、せいせいするぞ」

「なら、行きますよ。私の頭は壊れてないんですから。せいせいしてきます！」

第三章　待合室

娘の香子と一緒にわたしは病院へやってきました。病院は昔からどうも苦手。人が多いし延々と待たされるし。さんざん待たされたあげく、お医者様にやっと会えたと思ったら診察はほんの数分で終わっちゃうんですもの。なんだか時間がもったいなくて。これだけの時間があったら洗濯も片づけもいっぱいできると思うと、イライラしてかえって具合が悪くなりそうです。家族のためならいざ知らず、自分が少々風邪気味だったり具合が悪くなったりしても、なるたけ病院のお世話にはならないようにしてきたつもりです。

今日だって、どこも悪いところなんかないのに無理やり連れてこられて、なんのために来たのかさっぱりわかりません。理由を聞こうとすると香子が「え？　言ったでしょ」って怖い顔してちゃんと答えてくれないから、しかたなく待合室のベンチにこうしてずっと座っているだけ。老いては子に従えと言うけれど、このところ香子に叱られてばかりいる気がします。ちょっと気が強すぎるのね、あの子は。なかなかお嫁に行けないのはあのきつい性格のせいじゃないかしら。でも、そんなことを口にしたらもっと叱られそうだから、わたしは口にチャックをしておきます。

それにしてもこの病院は老人でいっぱいです。まるで高齢者の社交場のよう。さっきから白衣を着た看護婦さんが忙しそうに目の前を行ったり来たりしているし、案内カウンターの横では今にも倒れそうなおじいさんとずうっと笑顔で話している看護婦さんの姿もある。みんな偉いわねえ。お若くてきれいな女性ばっかりなのに。こんなじいさんばあさんの相手をしていて、よく嫌にならないこと。わたしだったらとても務まらないわ、たとえ頼まれたとしても。

同じベンチのお隣に座っておられるおばあさんが、さっきからわたしの顔をジロジロ見るので、なんだか気になって。会釈してさしあげたら、今度は話しかけてきました。でも、こちらは耳が遠いのでよく聞こえない。え、え、と聞き直しているうち、どうやら昔、お近くに住んでいらしたとおっしゃるの。「佐藤《さとう》さんの奥さんでしょ？ お懐かしいわあ」と、親しげにわたしの膝《ひざ》に手を置いてケラケラ笑うけれど、さてこんな金歯のキラキラ光るような知り合いいたかしら。

そうこうするうち、香子がどっかから戻ってきてくれたので助かりました。ようやく解放されると思って安心したら、

「ほら、母さんったら、忘れたの？ 小堺《こさかい》さんのおばちゃんよ」

香子までそんなこと言うんですもの。しかたないからもう一度そのおばあさんの顔をしげしげ眺めてみたのですが、やっぱり見覚えがありません。でも覚えていないと言っ

たら失礼だと思い、「あら、お懐かしい」と答えておきました。そうしたらその方、ますますいろいろ話しかけてきて、同じ話を何回もなさるのです。借金を抱えていたのを知らずに、なにやらご主人を亡くされて、ずいぶんご苦労なさったとか。半分以上聞こえなかったけれど、適当に相づちを打って同情してさしあげると、「うんうん」と頷《うなず》いて、しばらく黙って、それからまた、「実は主人を亡くしましてね、そうしたら借金が見つかりましてね……」と同じ話が始まるのです。三回も四回も。面倒になってきた頃、そのおばあさんのお連れの、たぶん娘さんかお嫁さんでしょうね。若い女性が、「どうもすいません」と恐縮した様子で頭を下げて、おばあさんの手を引き引き廊下を去っていきました。

「あの方、よく知らないけど、だいぶ呆《ぼ》けておいでだったわね」

わたしは香子にこっそり言ってやりました。だって何度も同じ話をなさるんですものね。そうしたら香子は、プッと吹き出して、わたしの膝を叩《たた》きながら、「母さんも、あんなふうにならないでよ」ですって、失礼な。

小堺さんと言えば、昔、同じ名前の人がご近所にいらっしゃいました。わたしたち家族が今の家に越してくるずっと以前、晋さんも私も若かった頃に、いっとき静岡の社宅に住んでいたことがありました。面倒見のいい奥さんでねえ、私が主人の使いで会社に届け物をしに行ったり買い物に行ったりして家を留守にしなければならなくなると、香子と岳人をよく小堺さんのお宅に預けにいったものでした。ほんの二時間か三時間のことでしたが、嫌な顔一つしないで引き受けてくださいました。いい方でしたよ、本当に。

でも、お隣に座っていらしたおばあさんがあの小堺さんってことはないわ。それは違います。ぜんぜんお顔が似てないし、あんな白髪頭のショボくれた感じの方ではなかった。きっと香子が勘違いしたのでしょう。香子もまだ小さかったから、小堺さんのお顔をはっきり覚えていないのかもしれない。

香子はあの頃、しょっちゅう怪我をして、いつもどこかに包帯を巻いていました。呆れるほどのおてんばだった。虫が好きで木登りが好きで、毎日のように「冒険に行く」と言ってはあちこちの雑木林や草むらに果敢に踏み込んでいくので、足や腕の切り傷は絶えないし、一度、田んぼに落ちて泥まみれになって帰って来たこともありましたし。そのあと田んぼの持ち主のお宅にお菓子折を持ってお詫《わ》びに行きましたよ。

家の中でもソファの上でジャンプして、その勢いで足を踏み外してサイドテーブルの角に思い切り頭をぶつけておでこから血を噴き出したこともありました。ちょうど晋さんが出張中で家にいなかったから、主人の留守に子供に大けがさせたとなったら、わたしの責任だわ、どうしようと思いましたよ。とりあえず血だらけの香子をお風呂場で洗って、頭にバスタオルを巻き付けて、まだ赤ん坊だった岳人をおんぶして泣き続ける香子を抱えてタクシーに乗って。それこそ、あのときは病院にお世話になりましたっけ。

処置していただいている間、私は待合室でずっと待っていて……。そうよ、あのときから、わたしは病院の待合室が嫌いになったのかもしれません。でもお医者様のおかげで香子の怪我は三針を縫う傷ですみました。お医者様がおっしゃってくださった言葉も忘れられません。

「お母さん、子供は頭を打つものです。血が出れば大丈夫なんですよ」

そうか、血が出ないほうが心配なのねと、あのとき初めて知りました。でも、そう慰められても、おでこの傷がもとでお嫁に行けなくなったらどうしようかとか、少し時間が経って頭が悪くなったりしないかしらとか、やはり母親の心配は尽きなくて。結局のところ、成績が落ちることはなかったけれど、突然変異で頭が良くなるってこともなかったわね。でも、結婚できなかったのは、やっぱりあのときの傷のせいだったのかもしれません。

「六十一番の方、二番の診察室にお入りください」

私は持っていた受付票を確認した。六十一番、私たちだ。

「ほら、母さん、呼ばれたよ」

私は母を立ち上がらせて、二番と書かれた診察室の扉を開けた。

「どうぞ。そこへお座りください」

白衣を着た医者がパソコン画面に顔を向けたまま、片手を伸ばして傍らの椅子をすすめた。母が医者の前に座り、私は隣に立って控える。

「じゃ、まずお名前を教えてください」

医者がちらりと母のほうへ顔を向け、こもった声で早口に質問した。聞き取れているかしら。私がそう思った直後、

「え？」

案の定、母が座ったまま顔を突き出した。

「あの、母はちょっと耳が遠いので、大きめの声でゆっくり、お願いできますか」

私は医者に囁《ささや》きかけた。質問の意味を理解していないわけではない。母はそこまで呆けていない。ただ、聞こえなかっただけなのだということを、きちんと医者にわかっておいてもらいたかった。縁なしの眼鏡越しに医者が私を一瞥《いちべつ》したのち、

「お名前を教えてもらえますか？」

さっきよりはやや大きめの声で質問を繰り返した。

「私の？　佐藤琴子と申します」

「じゃ、生年月日は？」

「生年月日？　私の？」

「そうです。わかりますか？」

「一九四一年五月二日でございます」

母が心なしかよそいきの声を出している。医者は母の答えを聞きながらずっとパソコンを向いたきりである。私が受付で記入したデータがすでに入力されている。それと照らし合わせているのだろう。

「今、季節はなんですか？」

唐突な質問が飛んできた。母は思わず身体を引いて、目をパチパチさせた。いったい何を問われているのかという戸惑った面持ちだ。

「季節？　夏？」

私は思わず目を見開いた。唐突な質問ではあるものの、夏はないでしょう。そこまで季節感がなくなっているとは驚きだ。

今は冬だよ、母さん。二月一日ですよ。さっきもこの病院へ来るとき、「寒いわねえ」って自分で言ってたじゃないの。あまりのことに私はショックを受け、口をへの字にして母を見つめる。母がそれを見て笑った。

「香子ったら、へんな顔！」

「笑ってる場合じゃないでしょ。ほら、今の季節はなんですか？」

「だから夏じゃないの？」

「違うよ！」

「あら、違った？」

私は医者に見つからないようにして、抱えていたコートをこっそり振ってみせる。

「冬？」

ホッとした。やっと思い出したらしい。

「建物の中にいるとわからないものだわね、このご時世」

母が笑いながら負け惜しみを言った。

「じゃね、今日は何曜日ですか？」

医者が次なる質問をした。

「何曜日かって？」

聞かれた母は、何度も膝を叩きながら思い出そうとするがなかなか出てこない。とうとう私の袖《そで》を引っ張った。助けを求められても、そう何度もヒントを出すわけにはいかない。「ダメダメ、自分で答えなきゃ」と言うと、諦《あきら》めたか、医者に向き直り、

「じゃあ、水曜日！」

じゃあって……。どうも当てずっぽうに答えているきらいがある。私は首を横に振った。母はやおらニッコリと医者に微笑みかけ、

「木曜日かな？」

そんな可愛い声を出したって許されないんですよ、母さん。私はまた首を横に振る。

「なんでそんなこと答えなきゃいけないの？」

今度は開き直ったか。しかし不満そうな顔をすぐに収めてシャキッと背筋を伸ばし、医者を正視した。

「もうね、主人が仕事を辞めてずっとウチにいるようになりましたでしょう。それ以来、曜日の感覚が薄れてしまいましてね。なにしろ毎日が日曜日みたいな生活ですので。昔はねえ、主人も子供たちも月曜日から金曜日までは朝早くに出かけてましたからね。今

はもうそういうこともなくなって。たちまち何曜日だって関係なくなるものですねえ」

言い訳はするする出てくる。みごとな饒舌《じょうぜつ》ぶりだ。

「今日はね、金曜日なんですよ」

母の話を聞き終わると、医者が正解を言った。

「あら、そう？　私、てっきり木曜日かと思ってました」

母はまた可愛い子ぶって、自分の頭をトントン叩いてみせた。案外、男の人の前で甘えてみせるのが得意なのか。

「忘れますよねえ、曜日なんてねえ」

口調は優しいが、あくまで医者は冷静だ。母のひょうきんな素振りには乗らず、相変わらずパソコンを見つめている。母の様子を見て、どう診断を下そうとしているのだろう。

しばらく沈黙が続いた。

少し間ができると、母はすぐ手元のバッグを覗《のぞ》き込む癖がある。手を突っ込んで、ゴソゴソと捜し物を始めた。

「どうしたの？」

私が訊《き》くと、

「眼鏡をどこに入れたかしら」

私は母のバッグに手を突っ込んで、奥に沈んでいた眼鏡を取り出した。

「ほら、ちゃんとここにありますよ」

「あー、よかった。なくしたかと思った」

母が胸に手を当てて笑った。

「念のため、ＭＲＩを撮っていただいて、そのあと、ちょっと軽いテストをしましょうか」

医者の声に反応し、すかさず奥から看護師が現れた。

「じゃ、一度、診察室を出て、一階の検査室へ行っていただけますか。ご案内しますので」

白いナースキャップを頭にのせた看護師が母の身体にそっと触れ、母を椅子から立ち上がらせた。「まあ、恐れ入ります」と母は看護師に礼を言い、それから振り向くと、「どうもありがとう存じました」と気取った声で医者に頭を下げた。

こういうところは社会性が残っている。社会に対する長年の習性は、頭で判断せずとも自然に出てくるものなのか。母に倣って私も腰をかがめながら診察室を出た。

今度は私一人、検査室の外で待つことになった。

ＭＲＩは私も一度経験したことがある。何年か前、アメリカから戻ってきてまもなくだったか。突然の激しい下腹部痛に襲われて病院へ駆け込んだら、ＭＲＩ検査を受けることになった。検査自体に痛みは伴わないけれど、けっこうつらかった記憶がある。硬いベッドの上に仰向《あおむ》けに寝かされて、丸い筒状の機械に押し込まれる。宇宙飛行士みたいと面白がったそのあとだ。工事現場かと思うような、ゴッゴッゴ、ギギギギギ、ゴキーンゴキーンという音が延々と続き、いったいいつ終わるのかと思うと不安が募ってきた。加えて鼻先が痒《かゆ》くなるわ、喉《のど》のエヘン虫がうごめき出すわ。少しでも動いたらクリアな画像が撮れなくなるかもしれないと思うと、かえって息が荒くなり、呼吸の仕方がわからなくなる。

この検査をしたおかげで最終的に「異常なし」と診断されてホッとしたのだから、結果的に受けてよかったとは思うが、これは閉所恐怖症の人だったらさぞつらいだろう。病院嫌いの母が長い時間、筒の中で静かにしていられるだろうか。途中で勝手に動き出したりしないだろうか。

しかし案ずる間もなく、二十分ほど経った頃、検査員に連れられて、母がケロッとした顔で検査室から出てきた。「どうもありがとう存じました」と、ここでも若い検査員に丁寧に頭を下げている。

「いえいえ。では、もう一度、さきほどの窓口に戻って、看護師にこれを渡してください」

ＭＲＩの検査員から受診資料を手渡され、私たちはまた廊下を歩き、エスカレーターを上がって、二階の「もの忘れ外来」受付に戻る。そのとき私はなるべく「もの忘れ」という表示が母の目に触れないよう、身体を不自然に動かしながら歩いた。耳は遠いが目は早い。一応、父に「頭の検査をしてきなさい」と申し渡されて納得しているはずだが、そんなことはもう忘れているかもしれない。表示を見つけ、あら、なんで私は「もの忘れ外来」なんてところで診察を受けなきゃいけないの、と駄々をこね始めたら面倒だ。

「そこに座って」

ごまかしごまかし、ようやく待合室のベンチに辿《たど》り着き、母を座らせた。

「また待つの？　ずいぶん待たなきゃいけない病院なのねえ」

母は不満そうに溜《た》め息をつくと、膝に抱えたバッグを再びゴソゴソいじり出した。

「なに捜してるの？」

聞くと、

「いえね、眼鏡、どこにやったかと思って。ウチに置いてきたかもしれない」

私は思わず母を睨《にら》みつけた。

「だから！　ここに入ってますよ。さっきも同じこと聞いたけど、入ってたでしょ。ちゃんと捜してみて！　ほら、あったでしょ。これが眼鏡！　眼鏡はいつもバッグに入ってるの！　わかった？」

声を潜めつつも厳しく叱りつけたら、隣に座っている老齢の婦人がプッと吹き出した。私は慌てて、無言で首をすくめる。すると、母がその婦人に向かい、ニヤリと笑いかけたのだ。

「気の強い娘を持つと、苦労しますの」

そういうことを言うときの母は、ぜんぜん呆けたように見えない。他人がここだけ聞いたら、「呆けていないじゃないですか」と言うだろう。

「さっき、大丈夫だった？」

気分一新。私は母に訊いてみた。こうなったら、どれくらい記憶力があるか、一つずつ検証してみよう。

「大丈夫って？」

「さっき検査室で筒の中に入って、ガンガンガーンって大きな音のする検査したでしょ？　つらくなかった？」

すると母は、「ああ……」と頷いて、

「たいしたことなかったわよ」

おお、覚えている。ついでに訊いてみよう。

「小堺さんのおばちゃんは、もう帰っちゃったのかしらね？」

「え？　誰？」

「ほら、さっきここで会ったでしょ？　静岡でご近所だった小堺さんのおばちゃん。かなり呆けていらしたわねって、母さん、言ってたじゃない。今、息子さん家族と一緒に、東京に住んでるんですってよ」

「小堺さんって、静岡でよくあんたたちの面倒を見てくださった人でしょ？」

「そうそう。さっきここにいらしたでしょ？」

「いらしたの？　私は会ってないけど、あんた、会ったの？」

「会って、話をしてたじゃない」

「いいえ、私は会ってないわよ」

　母の脳みそはどうなっているのだろう。覚えていないとなると、あっさりしたものだ。自分の記憶がだんだん薄れていくことに不安はないのだろうか。

　ときおり私は受付票に目を向ける。私の持っている六十一番は、なかなか呼ばれない。まわりを見渡すと、老齢の人と、中年とおぼしき女性の組み合わせの二人連れが多い。実の親か、あるいは連れ合いの親の診察に付き添っているのだろう。

　やはり介護役は娘や嫁が務めることが世間の常識なんだな。そう思っていると、目の前を、視線のうつろな高齢の女性が通り過ぎ、その女性の背中に向けて、「おい、そっちじゃない、こっちだ」と、人差し指を鋭く突きつけて呼び戻そうとしている白髪の男性がいた。呆けているのは奥さんで、その世話をご主人が引き受けているのだろう。たまたま今日だけご主人が付き添ってきたのか。でもしかすると、「子供たちには面倒をかけない。母さんのことは俺がすべて責任を持つ」と宣言して、一人で認知症の妻と格闘しているのかもしれない。

　ご主人とて、年齢なりに背中と膝は曲がり、足を少し引きずっているように見える。家に帰ったら、もっと手がかかるにちがいない。奥さんのために食事も作っているのだろうか。このご主人の生活の楽しみはなんだろう。妻を叱りつけている白髪の男性を私はしばらく目で追いながら、さまざまに想像した。頑張れ、お父さん！　切ないだろうけれど、頑張ってください。不器用な手つきで奥さんの手を引いて診察室を出ていくご主人の背中に、私は秘《ひそ》かにエールを送った。頑張れ、お父さん！　ついでに自分にも送ってみた。

頑張れ、香子！　フレーフレー香子！

私が周囲に気を取られているうちに、母も退屈になってきたらしい。いつのまにか鼻歌を歌い出している。フンフフン、フーンフフン。初めのうちこそ小声で歌っていたが、だんだん音量が上がってきた。耳が遠いので、自分がどれほどの声を発しているのかわからないのだ。

「母さん、シー！」

私は人差し指を口の前につけ、静かにするよう諌《いさ》めた。

「あら、ごめんなさい」

母がたちまち首をすくめて身体を丸めた。まもなくこちらを見上げた。

「この頃ね、よく音楽が流れてくるの。あんたには聞こえない？　どっかで演奏してるんじゃないかと思うんだけど」

「聞こえないよ。演奏なんてしてないでしょ。ここ病院だよ。BGMも流れてないし」

「私には聞こえるのよ。なんだったかしら、この曲。よく知ってる曲なんだけど」

「いつも同じ曲なの？」

「そうなのよ。いつも同じ」

「どんな曲って言われても。フフフーン、フーンフンって感じ？」

ぜんぜんわからない。

「なんだったかしらねえ。香子も知ってるはずよ。有名な曲だもの」

そう言って、またおおらかに、大きな声でフーンフフンと歌い出す。

「母さん、シー！」

「あら、ごめんなさい」

母が慌てて自分の口に手を当てた。隣の婦人がまたクックッと笑った。

「では、今から三つ、言葉を言いますので、最後まで覚えておいてください」

最初に入った診察室とは別室の、ちょっとした応接間ふうの部屋で、白い机を挟んで看護師が母に問いかけた。私は母の斜め後ろのスツールに腰を下ろす。

「三つ？」

母がキョトンとした顔で看護師を見つめた。

「はい。三つです。いいですか？　始めますよ。サクラ、ねこ、電車」

「はい」

「覚えましたか？」

「たぶん」と母が看護師の顔を見てニヤリと笑った。

「では、今の三つの言葉を、言ってみていただけますか？」

「言うの？　私が？　サクラ、ねこ、電車」

母はさらりと復唱してみせた。なんだ、けっこう記憶力あるじゃん。思わず私の口元がほころぶ。

「正解です」

看護師に言われて母も得意顔である。

「では次の問題にいきますね。次は数字の問題ですよ」

「はい」

母が答える。

「百から七を引いて、そこからもう一度、七を引いてください。それを五回繰り返してみてくれますか？」

母が一瞬、わからない顔をした。

「すみません。母、ちょっと耳が遠いもんで」

私が説明すると看護師が即座に、

「ああ、ごめんなさい。じゃ、もう一度、問題を出しますね。百から、七を引いて、そこからもう一度、七を引いて、それを、五回、繰り返してください」

今度は単語の一つ一つをはっきりと区切りながら看護師が母に語りかけた。

「九十三？」

即座に母が答える。私は隣で大きく頷く。看護師は黙って見守っている。まもなく、

「それで九十三からまた七を引くのね？　八十六？」

看護師は母をじっと見つめるが、正解とも不正解とも言わず、黙ったままだ。

「八十六から七を引くと七十九でしょ。次が七十二で、六十五、五十八、五十一、四十四……」

「はい、ありがとうございます。佐藤さん、引き算お得意なんですねえ、すごーい」

看護師がようやく反応した。大きな目をしばたたかせながら、バインダーに挟まれたペーパーの上でボールペンを動かす。母はますますご機嫌になる。私もそばで聞いていて感心した。私は母ほどすらすら計算できない。母のほうがよほど冴《さ》えている。

「母さん、算数、得意だったの？」

訊くと、

「まあね」

まんざらではなさそうな顔で私を見返した。

「では佐藤さん、次にですねえ……」

看護師が真面目な顔に戻った。

「最初に言った三つの言葉、覚えてますか？　もう一度、言ってみてもらえますか？」

たちまち母がキョトンとした。

「三つの言葉？　って、なんだっけ？」

母がごまかし笑いをして私を振り返った。

「さっき三つの言葉を言ったの、覚えてないの？」

出しゃばってはいけないかと思いつつ、私が口を挟んだ。

「そんなこと言ったっけ？　いつ？」

「思い出せなければけっこうですよ。では、次の質問に移りますね」

と、母に優しく語りかけた。

「今度はお家での様子を教えてくださいね。まず、お財布や鍵《かぎ》などを置いた場所がわからなくなることは、ありますか？」

看護師の質問に、母はちょっと考えて、それから、答えた。

「うーん、たまに、あるかしら、たまにね」

私は母の隣で上目遣いに首を傾げてみせる。看護師が私を見て、

「じゃ、ときどき、ぐらいにしておきましょうか」と言って、手元のペーパーに○印をつけた。

「では次の質問ですよ。五分前に聞いたことを思い出せないことがありますか？」

母が首を横に振る。

「五分前くらいなら、だいたい覚えておりますよ。でも最近、物忘れが増えたんじゃないかって、主人が私のことを怒るんです。主人だってよく忘れるくせに」

私のほうを振り返って「ねえ」と同意を求めた。看護師が再びペーパーに○印をつける。首を伸ばしてちらりと盗み見ると、看護師の記入しているペーパーには、各質問に対し、「まったくない」「ときどきある」「頻繁にある」「いつもそうだ」の四段階で回答するところがあり、それぞれに一点、二点、三点、四点の点数がつく。四つのどれかに○をつけ、その合計点によって物忘れの度合いを判断するのだろう。

「ではもう一つ、質問しますね。一人で買い物に行けますか？」

「はい」

母が即座に返答した。それはかろうじて、まだできると私も思う。

「一人で掃除機やほうきを使ってお掃除ができますか？」

「できます」

母が答える横で、私も「うんうん、それはできますね」と口だけ動かして看護師に知らせる。

こうして全部で十項目ほどの質問に答えると、看護師がペーパーに目を落としたまま、しばらく書き込みに専念した。母の回答を整理しているのだろう。その間、母はどうやら看護師の胸にぶら下がっている名札に興味を持ったらしい。

「これ、なんてお読みするの？」

見ると、許珠璃と書いてある。

「あ、これですか？　読みにくいですよね。キョ　ジュリです」

看護師が胸の名札に手を当てながら読み上げた。

「あらー。キョさんって、中国の方？」

「いえ、私は日本生まれの日本育ちなんですけど、おじいちゃんが台湾の出身だったので。珠璃もおじいちゃんがつけてくれたんです。おばあちゃんと同じ名前。おばあちゃんが亡くなった年に私が生まれたので、私を生まれ変わりだと思ったらしくて」

「まあ、ステキなお名前ねえ」

「母さん、そんなこと、看護師さんのプライバシーを根掘り葉掘り聞いたら、失礼でしょ」

「ごめんなさい。私も余計なお喋《しゃべ》りしちゃって。でも楽しいお母様ですね。では、もう一つ、問題いきましょうか」

看護師はきれいな歯を見せて笑った。

「それ、キョ ジュリさんって読むの？　きれいなお名前ねえ」

母がまた看護師の名札を覗き込んでいる。

「ありがとうございます」

「中国の方？」

「だからおじいさまが台湾の方なんですって。今、説明してくださったでしょ？　この看護師さんは日本人なの！」

私が母をたしなめると、

「ああ、そうなの」

初めて聞いたような顔で母が納得した。珠璃看護師がケタケタ笑っている。

「次の問題、出してよろしいですか？」

「はい、よろしいですよぉ」

なんだか母が妙に活気づいてきた。医者に向かっていたときよりずっとご機嫌だ。少なくとも母はこのテストを気に入ったらしい。途中で機嫌が悪くなったりしたらどうしようかと思っていたが、どうやらその心配はなさそうだ。案外、順応性が高いのかもしれない。目の前に差し出された状況に満足すれば、そこへの対応力はまだあるように思われる。というか、母がだんだん無邪気な子供に見えてきた。そして、さしずめ私は小学校のお受験につきそう母親だ。もっとも、ここで母が合格する必要はない。母の脳みその実態を調べてもらうことが目的である。私が母のテストの出来に一喜一憂してはいけないのだ。でも、成績がよかったら、もしかして認知症ではないと診断される可能性もある。

「ではですねえ。ここに図形を書いていただきたいんですが……」

「図形⁉」

思わず私が先に反応した。それは難しいだろう。そんなことがはたして母にできるのか。珠璃看護師がおもむろに抽斗《ひきだし》から白い紙を取り出して、母の前に置いた。

「この鉛筆を使ってくださいね」

母に鉛筆を手渡すと、珠璃看護師が問題を出す。

「じゃ、五角形を一つ、書いてください」

「五角形……」と言葉を反芻《はんすう》しながら母が鉛筆を動かし始めた。頼りない線が延び、角を作り、最初の線より短いうちに、また曲がった。そして曲がって、曲がって、なんとか、最初の出発点に戻ってきた。かなりいびつではあるものの、いちおう五角形のかたちを成している。

「おお、できましたねえ。ちょっと曲がっちゃったから、もう一回、お願いできますか？」

「五角形でいいの？」

「はい、五角形でお願いします」

珠璃さんが母に優しく語りかける。母は鉛筆を動かす。一つめの五角形と見比べながら、角を作り、線を延ばし、曲がって曲がって……、

「お見事です。お上手お上手」

珠璃看護師が手を叩いた。母の鉛筆を持つ手は止まらない。

「三角形は、こうでしょ。これは……正方形で、これが……長方形？　あら、面白い」

どんどん調子が出てきた。母が菱形《ひしがた》を書き始めた頃、とうとう珠璃さんが、

「もういいですよ、佐藤さん。ありがとうございました。素晴らしいです！　ではこれでテストはすべて終了です。お疲れ様でした。申し訳ありませんが、このあともう一度、

診察室にお呼びしますので、また待合室でちょっとお待ちいただけますか」

許珠璃看護師に促されて部屋を出ると、私と母はまたもや待合室のベンチで待つことになった。

「楽しかった？」

しばらくの沈黙のあと、私は母に語りかけた。

「なにが？」と母。もう忘れたのか。

「さっきのテスト。百から七を順番に引いていったり、図形を書いたりさ。今、やったでしょ」

「あーあ」と答えてから母は、

「簡単すぎたわね」

あっさり言い切った。

そうか、こういうクイズを頻繁にやるのは脳みその訓練になっていいのかもしれない。

私はふと思いつく。脳が活性化された勢いで、もう少しトレーニングしてみよう。

「母さん、しりとりしよっか」

「しりとり？　なんで？」

「だって退屈でしょ」

「まあね」

「じゃ私から出すよ。えーと、ねこ」

「サクラ」と母。

「そうじゃなくて、しりとりだから」

「あ、しりとりね。ねこ？　こー、こー」としばらく考えて、

「こうこ」

「それは固有名詞でしょ」

「固有名詞はダメなんだっけ？」

「ダメじゃないけど……。ま、いいや。じゃ、こおろぎ。次、母さん、ぎ」

「ぎ？　ぎー、ぎー、ぎー、ぎー」

前を通り過ぎる人たちの様子を目で追いながら、「ぎーぎー」と唸《うな》っていたが、しばらくすると、

「わかんない。もうやめましょう。疲れちゃった」

どうやら、しりとりはあまり好みでないらしい。ちょうどそのとき、

「六十一番の方、二番の診察室にお入りください」

さほど待つことなく呼ばれた。

「はい、どうぞー。こちらにお座りください」

白衣の医者の前のパソコン画面に巨大な脳の断面図が映し出されている。黒と白とグレーに覆われた、まるで不気味なレバーのかたまりだ。

「うわ、びっくりしたぁ、なにこれ？」

母も驚いたのだろう。奇声を上げた。

「なんなの、これ？」

「これが母さんの脳なんだって」

「私の脳？　気持悪い。おばけかと思った。なんでこんなものがここにあるの？」

「なんでって、さっき脳の検査をした結果が、もうここに写真になって出てきたのよ」

医者が咳払《せきばら》いをした。私たちは黙る。

「ごらんいただいてわかるように、まあ、多少の萎縮《いしゅく》が見られないことはないですが。ここらへんとか、ここらへんとかね……」

医者がボールペンの先で画像のあちこちを指しながら説明してくれる。

「はあ、はあはあ」

私は相づちを打ちながら、しかしそれがどれほどの萎縮なのか、正常な脳とどれぐらい違うのか、よくわからない。私が理解できていないことを医者は察知したのだろう。カーソルをクリックして、もう一つの脳の断面図を隣に並べた。

「これはちょっと年齢が若い人のものですが、健康な脳ですね。比べると、ほら、だいぶ、あちこち隙間が空いているでしょう？」

「へえ。こういう隙間がこれからどんどん増えていくってことですか？」

「まあ、萎縮は少しずつ進んでいくとは思われますが、それがどれくらいの速さで進むかは、個人差があって一概には言えません。あと、ここらへんの血管が、お母様の場合はだいぶ細くなっていまして。ほら、ここらへんなんか」

と、医者が指し示すミミズのような白い線を見て、なるほど消え入りそうな細さだと思う。こんな細い血管がかろうじて母の脳に血液を送り込んでいるのかと思うと、奇跡のようだ。この血管が詰まったら、母の脳は死んでしまうのか。血液がたっぷり送り込まれないから呆けるのか……。

「なあに？　なんの話をしてるの？」

私の後ろの椅子に座らせておいた母が身を乗り出してきた。

「何にも聞こえない。誰の話をしてるの？」

会話から疎外されていると感じたのだろう。不満そうな顔である。

「あとで説明するから、ちょっと待ってて」

私は母の膝を叩いてなだめる。

「あら、そう」

母は案外、素直に引き下がった。こういうときはむしろ母の耳が遠くてよかったと思う。

「で、この萎縮から判断すると、母の場合は……？」

私は少し声を潜めて医者に問いかける。

「そうですね。お母様の今の状態ですと、まあ、アルツハイマー型認知症の可能性が高いとは思われますが、まだごく初期の段階ではありますので」

医者も私に合わせて声のボリュームを下げた。

「あのー」

と、私はさらに問いかける。

「はい」

「初期だとすると、対応によっては、治すとか、物忘れの度合いを軽減するとか、そういうことは可能なんでしょうか」

「アルツハイマー型認知症や、レビー小体型認知症といってアルツハイマーとは要因の異なる認知症があるんですが、それらを完全に治すとか、進行を止める薬はまだないんです。ただ、こういった症状の進行をゆっくりにする薬はあります。多少の副作用が出る場合もあって、たとえば吐き気や下痢などの消化器症状やイライラなどの精神面に症状が出る人もいます。それも人によってまちまちですが。もし服用をお望みでしたら……」

私は医者の言葉を一つずつ頭の中で噛《か》みしめて、それから再び質問した。

「母の場合は、飲むほうがいいと、先生はお考えですか?」

「そうですねえ。効用は個人差がありまして、副作用がぜんぜん出ないという人もいますので、確実なことは言えませんが、一度、試してみるのはよいかと思います。ただ、他に心臓の薬とか血圧の薬とか、すでにたくさん服用されている方で、もうこれ以上、薬を増やしたくないという患者さんも中にはおられます。併用しても問題がないかどうか確認しておけば、心配なことはないんですけれど」

「母はぜんぜん、他に薬は飲んでいない……はずです」

「だったら、一度、お試しになりますか？」

最初は紋切り型で優しさに乏しいと思ったが、丁寧な説明ぶりを聞いているうちに、誠意のある医者だという気がしてきた。医者の提案に私はしばらく考え込む。父と相談したほうがいいだろうか。しかしきっと父も私と同意見だろう。副作用のことだけが心配ではあるが、一度試してみて、合っていないようならその時点でやめればいい。

私は母の脳みその写真を改めて見直した。どうしてそういうことになったのか。食生活が悪かったのか。もっと早くに周りが気づけばなんとかなったのか……。しかし今さらそんなことをぐずぐず言っても始まらない。

「では、お願いします、その薬」

私の返事を受け、医者がゆっくりパソコンに向き直る。キーボードを叩く音が診察室に響く。いつのまにか母が私の肩越しに首を出していた。

「あら、アルツハイマーって誰のこと？」

画面に記された文字を、素早く目に留めたようだ。昔から母は文字を拾うのが早い。その能力は衰えていないようだ。

「アルツハイマーって、私のこと？」

「違う違う。これは一般的な病気の名前をリストアップしてるだけ。いろんな病気があるでしょ」

反射的に私は嘘をついた。医者がさりげなくパソコン画面の向きを変え、母の視線が届かない角度にした。

「へえ……」

母は納得したのかしないのか。とりあえず頷いている。これで傷ついてしまったらどうしよう。私は母の気持を逸《そ》らそうと、わざと勢いよく椅子から立ち上がった。

「さ、帰りますよ、母さん。忘れ物しないでね」

「忘れ物？ なんか忘れてる、私？」

「バッグは持ってますね。母さんのコートは私が持ってるから。はいはい、大丈夫。なんにも忘れ物なし！ じゃ、先生にお礼を言って。ありがとうございました」

「どうもお世話になりました」

母がゆっくり医者に向かって頭を下げた。

「いえいえ、ではお大事に」

「恐れ入ります」

前屈《まえかが》みになって品良く笑い、母は私に手を引かれて診察室を出た。

私はまた母と並んで病院のロビーのソファに腰をかけている。今度は薬局から薬が出てくるのを待っているところだ。しばらく前を向いて静かにしていた母が、唐突に口を開いた。

「あんた、お医者様とずいぶん長くお喋りしてたけど、なにを話してたの？」

記憶に残っているらしい。静かにしていると思ったら、そのことをずっと考えていたのか。はて、どう説明しておけばいいだろう。「うーんとね」と言いながら、答えを探していると、

「香子、どっか具合が悪いの？　お医者様になんか言われたの？　悪いところがあるんなら、母さんにちゃんと言いなさいよ」

眉間《みけん》に皺《しわ》を寄せ、母は身体を前に乗り出して心配そうに私を見つめた。呆けても母は、母であることを忘れない。

「ありがと。大丈夫だよ。お薬を飲んだらよくなると思う」

「そう。なら、いいけど。あんた、働きすぎなのよ。少し休まなきゃ」

「そうだね。そうするね」

私が応《こた》えると、母は安心したのか、ふうっと息を吐き、また前を向いた。そしてしばらくすると、自分のバッグの中を覗き込み、またなにかを捜し始めた。

母がバッグの中を探る姿を見ながら、私は医者の言葉を頭の中で反芻した。

「アルツハイマー型認知症を完全に治すとか、進行を止める薬はまだないんです」

医者の言葉は明解だった。それが今の医学の限界ということか。母の呆けは日に日に進行していく。その進行を遅らせることは可能でも、止めることはできないのだ。結局、

母の脳は、ごく初期とはいえ、アルツハイマーという診断が下されたことに間違いない。いや、もしかして他の病院でセカンドオピニオンを求めてみる手があるかもしれない。でも、MRI画像が変わるわけではないだろう。どこで撮っても萎縮した母の脳が膨らむことはない。あの医者はきっとこの分野では優秀なのだと思う。平易な言葉を使いながら、きちんと私の疑問に答えてくれた。他の病院へ行ったところで、驚くほど異なる見解を示されるものでもないと思われる。時間の無駄だ。それにしてもなぜ母がアルツハイマーになったのだろう。いつからそんな症状が始まっていたのか。もっと早くに気づけばなんとかなったのか。考えてみても仕方のないことが、頭の中をぐるぐる巡る。

病院へ行ったら、先が明るくなるかもしれないと、ヒナ子さんが言っていた。何が明るくなるのだろう。私には、まだ明るくなるような要素は見当たらない。いつまでも元気だと思っていた母がアルツハイマーと診断されたのである。薄々そうだろうと心のどこかで覚悟していなかったわけではないが、そうと診断されてみると、やはり気が沈む。これから徐々に記憶を失って、ますます介護が必要になると思われる母と、どうつき合っていけばいいものか。母の面倒を見ながら、自分の仕事はどれくらいできるのか。

経済的な心配もある。父の年金を頼るにしても限界がある。私が完全に仕事を辞めて介護に専念したら、家族三人、あの家で暮らすのはきつくなる。仕事を辞めるわけにはいかない。でも仕事をしながらどうやって母の面倒を見ればいいのだろう。なに一つ、明るいことは見えてこない。

「香子ったらそんな疲れた顔して。働きすぎなのよ。少し休んだほうがいいわよ」

「うん、そうだね」

母の頭の中で私は何の仕事をしていることになっているのだろう。ふと聞いてみたくなった。

「母さん、私の仕事、なんだか知ってるの？」

「知ってるわよ」

母がバッグを探る手を止めて、当然とばかりに答えた。

「じゃ、なあに？」

「父さんと私のためにご飯を作るお仕事」

「へ？」

つい声が出た。可笑《おか》しくて、大きな声で笑ってしまった。母さん、けっこう洒落《しゃれ》のセンス、あるんだね。

そのとき、マナーモードにしていた私の携帯電話が震えた。

「もしもし？　ちょっと待ってください」

いったん応えてから、母に向かって、

「ここで待っててね。動いたらダメだよ。すぐ戻ってくるからね。動かないでよ！」

早口で言い置くと、私は小走りにロビーから外へ出た。院内での通話は禁止されている。私は外からガラスを通して母の見える場所に立ち、携帯電話に話しかけた。

「もしもし、失礼しました。今、ちょっと病院に来ていて」

「え？　どこか具合でも悪いの？」

「いえ、母の付き添いです」

「付き添い？　お母さん、ご病気？」

「大丈夫です。診察はもう終わったんで」

「そうかあ。大変なときに電話しちゃったねえ」

フードコーディネーター派遣会社の社長、タモさんの申し訳なさそうな声がする。本名は田茂山裕三《たもやまゆうぞう》。この業界ではけっこう名の知られたベテランだ。自らの会社を作って三十年、今や契約スタッフを二十人以上抱える中堅の派遣会社に成長しているが、本人にはちっとも偉そうなところがない。むしろ人が良すぎて、どこかで騙《だま》されたりしないかと、雇われている側のほうがときどき心配になるほどだ。それでも仕事の依頼は途絶えることなく来るのだから、きっと見た目に反してやり手なのだろうとは思う。

今回のテレビ局での私の失敗に関しても、いっさい私を咎《とが》めることなく、それどころかタモさんから謝られたくらいである。茶碗蒸《ちゃわんむ》しをひっくり返した翌日、私が会社へ行ってタモさんの前で謝ったら、「大丈夫だよぉ。料理ひっくり返したからって人が死ぬわけじゃないんだからさあ。そういうことはあるよぉ。それよりごめんねえ、あのプロデューサー、タチ悪いんだよぉ、嫌な思いしたでしょう」と小柄な社長に頭を下げられて、私のほうが恐縮した。

嫌な思いをしたのはきっとタモさんのほうに違いないのに。あの派手派手ラテンプロデューサーがどんな嫌味を言ってタモさんをいじめたか容易に想像がつく。でもタモさんはめげることなく淡々と謝って、悲しそうな顔で何度も謝って、そしてまた淡々とスタッフを派遣し続けるのだ。雇用者を守り、かつ、いい仕事をつかんでくる。本当にデキる男は顔じゃないな。押し出しの強さでもないな。声のでかさでもない。タモさんを見るたびに私はそう思う。仕事はしばらく干されるかもしれないが、タモさんのところにいれば大丈夫だろうと私は確信していた。

「今、話してて大丈夫なの？」

「大丈夫です」

私はロビーのソファに座る母を見ながら応えた。

「実はね、新しい仕事が入りそうなんだけど、香子さん、興味あるかなと思ってさ」

「ホントですか？」

驚いた勢いで身体を回転させたら、ちょうど近寄ってきた松葉杖《まつばづえ》の若者とぶつかりそうになった。

「ごめんなさい。すみません」

「なに、興味ない？」

「いえ、違います。おおいに興味あります。でも、どんな仕事ですか？」

「それがさあ。テレビの仕事じゃないの。香子さん、テレビの仕事がしたいって言ってたよねえ」

「そんなことないです。なんでもやってみたいです」

もはや仕事を選んでいる場合ではない。テレビだろうが雑誌だろうが、母の介護に支障をきたさない範囲なら、何でも引き受けようという気になっていた。

「あのねえ、実はねえ、福島のワインメーカーからの話なんだけどさあ。白ワインに合うレシピを三百種、作ってくれって」

「三百種⁉」

思わず叫んだ。

「そうなんだよぉ。なんかそのワインメーカーが新しいワインを売り出すのに、レシピカードをつけて販売しようってことになったらしくてさ。国産ワインだから、なんか付加価値つけないと販促って難しいんだろうね。で、そんな依頼が来てさあ」

タモさんの話を聞きながら、急いで頭を回転させる。三百レシピか。そんなにたくさん思いつくだろうか。

「いつまでですか？」

「一応、一ヶ月くらいってことで……。三月の頭あたりが締め切りになるかな」

三月の頭まで……。それは無理だろう。でも無理だとここで言ったら、田茂山社長の好意を裏切ることになる。白ワイン、白ワイン……。まず思いつくのは、アサリのワイン蒸し？　ありきたりだなあ。もっと斬新なアイディアはないものか。

「無理だったらいいんだよ。なんかお母さんも大変そうだしねえ。ちょっとハードかもしれないからねえ」

「いえ、やってみたいです」

そう言ってから、母のいるロビーのほうへ視線を向けてみると、母の姿がない。座っていたはずの場所に、別の男が座っている。

「ホントに？　香子さん、興味ある？　嬉《うれ》しいなあ。だったらさ、詳しいことは資料なんかを含めて送るからさ、それを見て、それから結論を出してもらってもいいですよ」

「はいはい」

応えつつ、私の目は母の姿を捜す。相変わらずロビーには人がいっぱいだ。いったいどこへ行ったのだろう。動かないでと、あれほど言っておいたのに。

「それでさ。こないだ一緒に働いてもらった麻有ちゃんって、いたでしょ？　大柄な子。あの子がね、香子さんと一緒にまた仕事したいって言うからさ。もし香子さんが嫌じゃなかったら、この白ワインの仕事、二人でやったらどうかなって思ったんだけど、香子さんはどう思う？　嫌だったら無理しないで」

「そんなことないです。助かります」

待ちきれなくて勝手に帰ったのだろうか。しかし、この病院へ来たのは初めてだ。母は帰り方がわからないはずだ。迷子になったらどうしよう。

「ホントに？　じゃあさ、資料は今日、発送しとくから、明日か明後日《あさって》には着くよね。

それ見て、とりあえず僕に返事くれる？」

「わかりました」

「よかったあ。香子さんが嫌だって言ったら、ま、そんときはそんときで仕方ないと思ってたけどさ。この仕事、香子さんに合ってるんじゃないかなって僕、最初からピンときたんだ。ほら、香子さん、献立作るのうまいじゃない？　だからさ……」

「ごめんなさい、社長。ちょっと呼ばれたみたいなんで」

「ごめんごめん。長くなっちゃって。じゃ、とりあえず資料、送るからね。ひとつ前向きに考えてみて。よろしくお願いします」

「ありがとうございます。資料を見たらすぐにお電話しますので。はい。はい、わかりました。じゃ、また。失礼しまーす」

最後は早口になった。しかし私は本気で焦っていた。電話を切る前に走り出し、病院の玄関を抜けてロビーじゅうを、人をかき分けながら走った。向こうの隅からこっちの隅まで、くまなく回った。階段を上がり、踊り場からロビーを見下ろして、ブルーのカーディガンの下に茶色のスカートをはいた母の姿を捜した。ブルーのカーディガンの年配の女性はときおり目に入るが、母ではない。あ、と思うと、また違う。階段を下りて、今度は薬局の受付に向かった。もしかして母が自分で薬を引き取りにいったかもしれない。

「あのー、佐藤琴子のお薬は……」

「受付票はありますか？」

「これ」と私はポケットに入れておいた受付票を提示する。

「けど、もしかしてもう薬を受け取りに来たとか、そういうことがあるかと思いまして……」

「お薬はまだここにございますけど。念のため、患者さんのお名前と生年月日を教えていただけますか」

「佐藤琴子。一九四一年五月二日」

「はい。お薬はこちらになります。一応、二ヶ月分出ていますので。一日一錠。お飲みになる時間は朝でも昼でも夜でも。ご都合のいい時間に決めてください。それから……」

「あの、見当たらないんです。ここに来ませんでしたか？」

「は？」

「佐藤琴子。来ませんでした？」

「ご本人が？　お宅はご本人様では……？」

「違うに決まってるでしょ。私が一九四一年生まれに見えますか！」

思わず苛立《いらだ》った声を出してしまった。

「ごめんなさい。本人がいなくなっちゃったもので、ちょっと焦っちゃって」

「ああ」と薬局の受付嬢が気のない声を出してから、

「それでは総合窓口にいらしてみたらいかがでしょう」

「ありがとうございました」

私は苛ついた声で応えてその場を離れ、総合窓口に飛んで……と思ったとき、少し離れたところを、片手にコートとバッグを抱えた母がトコトコ歩いているではないか。

「母さん！」

私は叫んだ。聞こえないらしい。私は全速力で母のそばへ飛んでいき、

「母さんったら！」

腕をつかむと、

「あー、びっくりした。あら、どうしたの、香子。どこ行ってたのよ」

「それはこっちの台詞《せりふ》でしょ！ 母さんこそ、どこ行ってたのよ。ソファから動かないでって、あれだけ頼んでおいたのに」

「そんなこと言われても。お手洗いに行きたくなっちゃったんだもの」

全身の力が抜けた。そうか、お手洗いに行くという可能性があったのだ。

「もう死ぬかと思ったよ」

乱れた呼吸を整えながら、その場にしゃがみ込む。

「なんで死ぬの？」

母が私を見下ろしている。

「だって母さんったら、行方不明になっちゃうんだもん」

「行方不明なんて大げさな。お手洗いぐらい、行くでしょう、一人で。呆けたわけでも

そうだね、まだ呆けてないもんね、母さんは。失礼しました。

「とにかく無事でよかったよ。さあ、帰ろう」

「あら、もう帰るの？　あんたはお手洗い行かなくていいの？」

言われてみれば、私も行きたくなってきた。しかし、お手洗いに行っている間にまた母が行方不明になったら、たまったものではない。

「じゃ、一緒に行こう」

「嫌よ、私は今、行ってきたからもういいの」

「そんなこと言わないで。一緒に行こうって。とにかく私の隣から離れないでくれる？」

「そんなわけにはいかないでしょ？」

母がケラケラ笑い出した。

「あんたのお尻《しり》なんか見たくありませんよ」

今日の母は反応がシャープだ。認知症テストをしたおかげで頭が冴えたのか。

母の笑いにつられて私も笑い出す。

二人で笑いながら腕を組み、お手洗いへ向かって歩き出した。

「ちょっと待って。ちょっと待って」

母が歩きながら自分のバッグを覗き込んでいる。

「また眼鏡？　ほら、入ってるでしょ」

「違うの、ウチの鍵があるかなと思って」

「鍵？　鍵は私が持ってます」

「あー、よかった。ウチに入れなくなったらどうしようかと思った。脅かさないでちょうだいよ」

ふふふ、と母は鼻で笑って私の手の甲を意味なく叩いた。

お手洗いで考えた。ときどき母を外に連れ出そう。外界の刺激を受けると、母の脳は活性化される気がする。

私は母と手をつなぎ、病院の玄関を出て、「おー、外は寒いねえ」と身体を寄せ合いながら、バス停へ向かった。

医者は、記憶力が回復することはないと言っていたが、冗談を言うときの母を見ていると、瞬間的に昔の母が戻ったような感覚に包まれる。頻繁に脳へ刺激を与えていけば、もしかして脳の萎縮が回復するのではないか。

それにこの薬があれば、少なくとも進行は抑えることができると……。

あれ、薬はどこだ。どこに置いてきた。

そうだ、さっき慌てたせいで、薬局の棚の上に置きっぱなしにしてきたかもしれない。

「ごめん。ちょっとここに座って待っててくれる？　忘れ物してきた」

私は母を病院前のバス停のベンチに座らせて、膝に手を置いた。

「いい？　動いちゃダメよ。バスが来ても乗ったらダメだからね。私が来るまでぜったたいにここから動かないでね、わかった？」

「わかってるわよ。なんか忘れ物したの？　あんたもそろそろ呆けてきたんじゃない？

「ゆっくり行ってらっしゃい。転ばないでね」

母は、いたずらっ子のようにくくっと笑って、走り出した私に手を振った。

母の薬を薬局の棚から引き取って、走ってバス停まで戻ると、母はじっとベンチに座って待っていてくれた。まもなくバスが来て、私は母と後部の二人掛けの椅子に座る。

腕時計に目をやると、驚いた。もう二時を回っているではないか。朝九時に家を出てから五時間経ったことになる。病院通いは半日仕事だ。

さてと。ご飯作りが私の仕事と言われたからには、今夜の献立を考えなければならない。車窓の景色を眺めながら、冷蔵庫に何が残っていたか考える。

「母さん、今晩、なに食べたい？」

「え？」

バスの中の騒音に紛れて聞こえにくいらしい。私は母の耳元に口を近づけて、聞き直す。

「今晩、なにか食べたいものある？」

「なんでもいいですよ」

「なんでもいいってのが、いちばん困るのよね。そうだ、帰りにお魚屋さんに寄って、いいお刺身があったら買って帰ろうか」

「なにしてるの？」

母はまたバッグをゴソゴソいじっている。

「なんでもない」

「え？」

聞くと、

「ウチの鍵をどこへやったかと思って」

私は自分のバッグから鍵を取り出して、母のバッグの内ポケットに押し込んだ。

「なんだ、香子が持ってたの？　やあねえ、鍵がないからウチに入れないと思って心配したじゃないの。あー、よかった」

私はまた外の景色に視線を戻し、タモさんからの仕事について頭を巡らせた。白ワインに合う料理を三百レシピか。

ときどき母のほうに目をやる。母は居眠りすることもなく、じっと外の景色を見つめている。なにを考えているのだろう。なにを見ているのだろう。この好奇心に満ちた母の目が、いつか輝きを失って、あらゆることに無関心になる日が訪れるのだろうか。そう思うと、無性に切なくなる。今のうちに母といっぱい笑っておかなきゃ。母の話をたくさん聞いておかなきゃ。私は自分の手を伸ばし、母の小じわに満ちた手の上に重ねた。

「ああ、びっくりしたあ。どうしたの？」

母がぴょんとお尻を浮かせて驚いてみせた。

「なんでもないけどね」

「あんたの手、冷たいわねえ。働きすぎなんじゃない？　疲れた顔してるわよ」

魚屋で平目とブリのお刺身を買って、ようやく家に辿り着いた頃、すでに時計の針は三時を過ぎていた。

「ただいまー」

玄関の引き戸を開け、鈴の音を響かせたが、家の中は静まり返ったままである。

「あれ？　父さん、出かけたのかな」

私は靴を脱いで板の間に上がり、買ってきた食料品を持って台所へ直行した。まずお刺身を冷蔵庫に入れて、お豆腐は湯豆腐にするから外でいいか。急にお腹がすいてきた。そういえば、病院に時間を取られて今日はお昼ご飯を食べていなかった。夕食は早めにしよう。レタスときゅうりを冷蔵庫に入れて、玉ねぎとじゃがいもは外でいいと。あとで酢玉ねぎをたくさん作って保存しておこう。サラサラ血液にしないと、母さんの細い血管が詰まったら大変だもの。しまった、パンを買ってくるのを忘れた。明日の朝は納豆と卵かけご飯にするか。卵はいくつあったかな。

そのときだった。

「お父さん！」

母の悲鳴に近い声が聞こえた。私は卵のパックを手にしたまま、台所を出て、廊下を抜け、食堂へ走り込んだ。

「ねえ、ねえ、お父さん！　起きてちょうだいよ！　お父さんってば！」

目に入ったのは、食堂に隣接する和室の畳に仰向けになって倒れている父と、そのそばに座り込み、父の胸をしきりに叩いたりさすったりしている母の姿であった。

第四章　父の家

「それではこれよりご遺体を荼毘《だび》に付してお送りいたします。故人様とはこれが最後のお別れとなりますので、皆様、どうぞお棺《ひつぎ》のそばまでお進みいただいて、しっかりお見送りくださいませ」

巨大な火葬炉の前に集結していた黒装束の集団が係員の高らかな声に従って、遠慮がちに棺の近くへ歩を進める。棺上部の小さな窓から花に囲まれた父の青白い顔だけが覗《のぞ》いている。頭がつるんつるんのせいか、まるで仏様のようだ。おい、母さんと、今にも目を開きそうな面立ちなのに、そんな奇跡は起こらないのか。目を覚ますなら今が最後のチャンスですよ、お父さん。心の中で父に声をかけてみる。父の顔は一ミリたりとも動かない。

「ほら、母さん。父さんと最後のお別れして」

母を棺の前まで近寄らせて耳元で囁《ささや》くと、母は、うんうんと頷《うなず》き、棺の窓越しに父の顔をさする素振りを何度も繰り返した。

「じゃね、晋さん、お気をつけて。もう少ししたら私も行きますから。待っててくださいよ」

静寂した室内に母の声が響き、あちこちからすすり泣く声が漏れる。

「やだよぉ、ジージィ、どこ行っちゃうの？　怖いよぉ」

甥《おい》の賢太が突然、大声で泣き出した。慌てた義妹の知加ちゃんが、「大丈夫。ジージは天国に行くだけだから。怖くなんかないの」と、その場に座り込んで賢太を抱きしめる。

会社を辞めてすでに十年以上経っていた父の葬儀には、家族親族以外にご近所の方や父が懇意にしていた大工の棟梁《とうりょう》の新山《にいやま》さん、あとは父の友人数人、会社に勤務していた頃のかつての同僚や部下の方々など、総勢二十人ほどが駆けつけてくださった。中堅の鉄鋼会社とはいえ、いちおう役員までのぼりつめた父だったから、現役時代に亡くなっていたら、もう少し参列者が多かったかとも思われる。が、逆に義理で参列しているような人は見当たらず、一人ひとりが母や私たち子供に心のこもったお悔やみの言葉をかけてくださった。それに、葬儀に来た人もれなく全員が引き続き火葬場までついてきてくれたのは、もしかして父にそれなりの人徳があったおかげではないかと思いたくなる。

余計なことながら、私の元亭主である篤史が顔を出すかと思ったが、来なかった。一応、共通の友達にメールで知らせるとき、篤史のアドレスにも送っておいたのだが。期待していたわけではないけれど、来たら来たでこちらも対応の仕方にそれなりの覚悟が必要になる。来なくてよかったとホッとする一方で、いっときは家族だった時代があるのに、ずいぶん冷たい人だという気もした。

父の葬儀を行うにあたって対外的には母を喪主に仕立てたが、しっかり務められないであろうことは最初からわかっていた。

父が病院で息を引き取ったあと、葬儀社の手配から棺や霊柩車《れいきゅうしゃ》の選択、次男だった父が生前に郷里の菩提寺《ぼだいじ》から祖父母の骨を分骨して新たにたてた墓（私がニューヨークへ行っている間の出来事で、弟に聞かされるまで知らなかった）のあるお寺への連絡、さらに経費の工面、各方面への死亡連絡の段取りに至るまで、決めなければいけないことが次々に迫ってくる。いちいち母に伺いを立て、あるいは父の遺志をはかっていたら先へ進まないので、実質的には弟の岳人と分担し、できるだけ簡略質素をモットーに決断していくしかなかった。

葬儀が終われば終わったで、今度は香典返しの手配をしなければいけないし、公共料金やクレジットカードなどの名義変更手続きが待っている。わずかとはいえ、遺産分割の問題も税理士か誰かに相談に行かなければならない。やるべきことが、まるでシューティングゲームのエイリアンのように途切れることなく襲いかかってくる。一家の主《あるじ》が亡くなるというのはここまで大変なことかと、初めて思い知らされた。もっともこういう算段に翻弄《ほんろう》されているうちは嘆き悲しむ暇もなく、死後事務全般が実は、残された家族をしっかりさせるための方便なのではないかとさえ思えてくるのであった。

加えて私は母のことが気がかりだった。家族にとってのこの一大事を、記憶の薄れやすい母がはたして乗り切れるだろうか。それ以前に、父が亡くなったショックで急激に呆《ぼ》けが進んだり、あるいは体調を崩したりするのではないかという危惧《きぐ》もある。なんのかのと言って、母は父の庇護《ひご》のもとに長年生きてきた。父を頼りにしていることは、子供の目にも明らかだったし、おそらく母は、あの歳になっても父が好きだったのだと思われる。二人の間に齟齬《そご》がなかったわけではないだろうけれど、基本的に母は、父のそばにいるだけで、いつも安心した顔をしていた。

生活の支えである父を失って一気に老け込んだらどうしよう。生きる気力をなくしては困る。葬儀の準備に追われる合間にも、ときおり母の様子を見ては、大丈夫かどうかを確認した。

ところがいざ、弔問客を前にしてみると、母は案外、気丈夫だった。近所の美容室で着付けてもらった喪服に身を包み、神妙な顔でいかにも夫を亡くした妻らしく振る舞っている。しかも、美しい。喪服は女を美人に見せるというのは本当だ。いつもの鼻歌は不思議に出てこない。かといって悲しみのあまり倒れそうになるほど憔悴《しょうすい》した様子もない。心の中で夫の死という現実を受け止めて、母は母なりに、気を張っているように見受けられた。

母の前に来て、「このたびはどうも……。ご主人様には大変お世話になりました。伊豆の加瀬でございます」と父の部下だった人が頭を下げたとき、母は間髪を容《い》れず、

「ああ、いつもおいしいおミカンを送ってくださって……」

笑顔で挨拶《あいさつ》をした。びっくりした。ちゃんと覚えていたとは快挙である。加瀬さんはもしかしたら、母が呆けていることには気づかなかったかもしれない。続いてやってきた父の大学理工学部時代の友達という方が、

「井上《いのうえ》です！　覚えておられますか？」

直球できた。母がなんと応《こた》えるかと思ってヒヤヒヤしながら見ていると、

「ああ、はいはい、井上さん」

「昔、佐藤君が新婚だった頃、お宅に酒を飲みにしょっちゅう押しかけました。泊めていただいたこともある。ああ、お懐かしい。その節は奥様にさんざんご迷惑をおかけして。あんなにお元気だった佐藤君がまさか突然、こんなことになるとは……。お寂しくなるでしょうが、どうか奥様、お気を落とされませんように。お身体だけはお大事に」

「恐れ入ります」

さも懐かしそうに母の背中を幾度となくさする井上さんのことを、母が本当に覚えていたのかどうかは怪しいが、見事に当たり障りのない対応をした。あっぱれじゃ！　そんな母の様子を見て、私は弟の岳人に囁いた。

「喪主の挨拶、母さんにやらせてみたらどうかな？」

冒険とは思ったが、母が挨拶をしたほうが弔問にきた古い知人友人には礼を尽くすことになるだろう。途中で話がおかしくなったら弟にバトンタッチすればいい。

「よし、やらせてみるか」

岳人が同意した。火葬場へ出発する前、私は母をお手洗いへ連れて行くついでにさりげなく問いかけてみた。

「ねえ、母さん。お願いがあるんだけど」

「はい、なあに？」

「喪主のご挨拶、母さん、やってくれない？」

「ご挨拶？　私が？　何を話せばいいの？」

「今日はお忙しいところを、わざわざおいでくださいましてありがとうございました、とか、主人も草葉の陰できっと感謝しておりますとか、そういうお礼のご挨拶」

「やあよ、そんなつまんない挨拶……」

「つまるとかつまんないとかいう問題じゃなくてさ。一応、母さんが喪主なんだから。ご挨拶は母さんがしたほうがいいと思うの。うまくいかなくなったら、岳人がすぐ交代するから大丈夫だよ。ね？　母さんにお礼言われるほうが皆さん、安心すると思うよ」

「そう？　でも、上手にできないわよ」

そう言いながらも拒否はしなかった。

葬儀場の外で霊柩車を見送るために待機していた弔問客を前に、私が父の遺影を抱き、その隣に母と弟が並んで立つ。二月初旬の冷たい北風が母や私の髪の毛を乱す。空を見上げると、みごとに真っ青。雲一つない晴天だ。白手袋をした葬儀社の人が、いかにも手慣れた、神妙かつ迅速な動きでスタンドマイクを設置し、問いかけてきた。

「ご挨拶をなさるのはどちら様で？」

「あ、こちらです」

私と弟が同時に母を指さすと、母の背丈に合わせてマイクの高さが調整された。母は着物の襟を直しながら一歩、前へ進み出て、深々と頭を下げた。いいぞいいぞ、その気になってる。

「えー、皆様。本日はご多忙のところを主人の葬儀にお集まりくださいまして、まことにありがとうございました。本日はお天気にも恵まれて……」

そこまで言うと、母は口をつぐみ、首を斜めに傾げた。続く言葉はどうした。数秒待って、私は弟のほうに顔を向ける。交代したほうがいいかもしれない。そう思ったとき、母がまた、マイクに顔を近づけた。

「えー、本日は皆様、主人のためにお集まりくださいまして、まことにありがとうございました」

最初からやり直しだ。と思ったら、また俯《うつむ》いた。待つ。が、今度は本格的に黙ってしまった。そろそろ限界か。私はこっそり弟の袖《そで》を引っ張って、前へ出ろと指示する。そのときまた母が顔を上げた。

「主人は、雨男だったはずなんですけれど。ちょっと変わっておりましたので、最後はいいお天気にして旅立つことにしたようです。あの……、真面目一本の人でしたが、ときどき可笑《おか》しなことを言って笑わせてくれました。だからホントに、顔はたいしたことなかったけれど、いい男だったんです。こんなこと言うの、変ですけどね」

そう言ってから、自分でも照れくさくなったのか、プッと吹き出した。その笑い方があまりにも軽やかだったので、私もつられて吹き出した。吹き出した直後、知らず知らずのうちに涙が溢《あふ》れてきた。

たしかに父はちょっと変わっていた。不器用な喋《しゃべ》り方、ヒラヒラしたトランプのような歩き方、母とのトンチンカンなやりとり、新聞を読むときの、眼鏡を鼻の上にのせたとぼけ顔……。脳裏に蘇《よみがえ》る。私も父はいい男だったと思う。母のことを本気で心配していたし。なんで突然、死んじゃったの？　これから父さんと一緒に母さんを支えていこうと思ってたのに。私一人に母さんを任されても、困ります。父さん、ずるいよ……。考えているうち、無性に心細くなってきた。でも、ここでおいおい泣くのもみっともない。私は咳払《せきばら》いをし、こみ上げてくる涙を気力で目の奥に押し戻した。

母はひとしきり笑顔を振りまくと、ふたたび頭を下げ、後ろに退いた。

母に代わって弟が一歩、前へ出る。

「えー、そういうわけでして……」

どこがどういうわけなんだ？　いかにも手慣れた営業マン的な言い方だ。

「母が寂しがると思いますので、どうか皆様、今後とも母のことをお支えくださいますよう、よろしくお願いいたします。本日はまことにありがとうございました」

最後のセンテンスをことさらに声を張り上げて言い切ると、弟は唇を噛《か》みしめ、深く礼をした。そして喪主の挨拶は終了した。

決して上出来とは思えなかったのに、母の挨拶は予想外に好評だった。訥々《とつとつ》とした話しぶりが却《かえ》って胸に沁《し》みたとか、お母様の笑顔を見て、本当はお悲しみのどん底でしょうに、まわりを気遣って我慢なさってるのだろうと思ったら、涙が止まりませんでしたとか、お父様と二人並んでいつも近所を散歩なさっていらしたお姿が思い出され、本当にいいご夫婦だったんだなとうらやましく思いましたとか、父の火葬が終わるのを待つ間、いろいろな人から声をかけられた。

母に悔やみの言葉を述べたあと、父の会社の同僚の方がそばにいる私に向き直り、遠慮がちに問いかけてきた。

「で、結局、お父様はどうして亡くなられたんですか？　だって僕、亡くなられる一週間前に電話でお話をしたんだけど、とてもお元気でしたよ」

他人様の関心はそこにあるようだ。かといって、母の状態を薄々察しているのか、その質問に関しては、もっぱら私と弟に向けてくる。

「そうなんです。その日の朝も、私が母を連れて病院へ出かけるときは、いつも通りに元気だったんです。ところが帰ってきたら、家の畳に倒れて意識を失ってたんでびっくりしちゃって……」

私が話し出すと、そのへんにいた人たちがゆっくり近寄ってきて、耳を傾けた。

「結局、心臓発作だったらしくて。救急車で病院へ運んでまもなく息を引き取りまして」

「ああ、そうだったんですか。そういえば佐藤さん、前から狭心症の気があるって言ってたもんなあ」

「でも家の中で息を引き取らなくてよかったねえ。まあ、よかったって言っちゃ失礼だけど」

「そうそう。ウチの中で亡くなると、警察が来るの。ウチの義父のときにそうだった。もう本当に大変でしたよ。まるで家族が殺したんじゃないかって疑われているみたいでね」

「それって、かかりつけのお医者さんが立ち会ってくれたら大丈夫って話ですよ。そのお医者さんに死亡診断書を書いてもらえばいいことだから」

「でも、亡くなったあとだと、ダメなんじゃない？」

「さあ、よくわかりませんけどねえ」

「だから、自宅で息を引き取るってのも、本人は希望するけど、けっこう微妙なんだよねえ」

たちまち待合室は見知らぬ人同士の井戸端会議の場と化した。そこへ、家のことでいつも世話になっている大工の棟梁の新山さんが足取りも軽く近づいてきた。

「奥さん、いやー、あっしも寂しいですよ。ほんっとに、いい人だったもの、ご主人は。余計なことは言わないで、あたしらのこと大事にしてくれて。その気持がありがたくてさ。男が見ても惚《ほ》れる男だったよ、ホント。これからもあの家、あたしらが守りますから。ね、奥さん。安心して。何でも言ってよ。すぐトンカチとカンナ持って、飛んでいくからさ」

新山さんの力強い励ましに、母は半分笑いながら、「どうも恐れ入ります。恐れ入ります」と何度も頭を下げた。

思い切って母に挨拶をさせたのは正解だったようだ。

年齢のわりにはかなり太くてしっかりしていらっしゃいますと、火葬場の係員に褒められた父の骨のすべてを既製の白い骨壺に納め、焼け残った金歯をビニール袋に回収し、分厚い布に包まれた父の遺骨箱を抱えてマイクロバスで葬儀場へ戻る。そこで還骨法要と繰り上げ初七日法要のお経をお坊様にあげてもらい、そのあと部屋を移して、葬儀場の広間にて参列してくださった方々とお坊様を交えた精進落としの会食をした。そののち、片付けと挨拶を済ませて父の遺骨とともにようやく自宅へ戻ったのは、夜の九時を過ぎた頃だった。

「お疲れ様でした。知加ちゃんも疲れたでしょう。今日は一日ありがとうございました」

弟の嫁に改めて礼を言うと、

「いいえ。お義姉《ねえ》さんこそ、お疲れになったでしょう。今、お茶を淹《い》れますね」

「お茶なんかいいから。それより賢ちゃんがもうおねむなんじゃない？　なんなら今夜はウチに泊まっていったら？」

台所へ消えていく喪服ワンピースの知加ちゃんの背中に声をかけたが返事はない。聞こえなかったか。知加ちゃんの後ろを、黒い服を着た小さな賢太がよろよろと小走りで追いかけた。

「そうだな。そうさせてもらおうかな。俺、明日は会社、休むつもりだし。布団、あったっけ？」

黒いネクタイを緩めながら応えたのは弟の岳人である。

「二階の六畳の押し入れに入ってるはずよ」

「あ、そう。じゃ、俺、ちょっと二階、見てくるわ」

家の中をうろつき回っているのが全員、喪服というのは異様な光景である。ここに父の姿がないことも、見慣れぬ景色に加算されている。重心を失ったコマのようだ。どことなくみんなフラフラしている。そういえば、さっきまで食堂と台所を行き来していた母の姿がない。どこへ行った。岳人と賢太と、お盆を抱えた知加ちゃんが三人そろって食堂に入ってきたので、

「母さんは？」

訊《たず》ねると、

「部屋で着替えてたよ」と岳人。

私は椅子から立ち上がり、母の部屋を見に行こうと廊下へ出た。と、向こうから、すでに着物を脱ぎ、愛用の白いセーターとズボンという格好に着替えた母がちょうどやってきた。「あー、疲れた、疲れた」と言いながら、食堂へ入り、隣接する和室の床の間

の、仏壇の前に置かれた父の遺骨を目敏《めざと》く見つけた。

「あら」

トコトコ近寄って、何をするつもりかと思いきや、

「これ、なあに？　どこかへ片付けたほうがいいんじゃない？」

と言った。

「やだ、母さん。これは父さんのお骨だよ。納骨まで、ここにお供えしておかなきゃ！」

あまりのことに私はつい大きな声を出した。いくら認知症とはいえ、自分の夫の骨だということまで忘れてしまうものなのか。

「母さんったら、しっかりしてよ。父さんは死んじゃったんだよ。今日、お葬式して、お経もあげて、火葬場も行ったでしょ！　覚えてないの？　ひどすぎるよ、母さん！」

母は持ち上げかけた父の遺骨を畳の上に戻し、たちまち申し訳なさそうに顔をゆがめた。

「そんな怖い顔で怒らないでよ。私はまた、なんの荷物が届いたのかと思っちゃったのよ」

「荷物かと思ったの？　ちょっといい加減にしてよ。お父さんのお骨を荷物と間違える？　それって、どういうこと？」

「私が悪うございました。わかったから許して」

「本当にわかったの？」

「わかった、わかった」

「じゃ、この四角い箱はなあに？」

「お父さんのお骨」

「宅配便の荷物じゃないんだよ！」

「はい、わかりました。ごめんなさい」

畳に座り込み、私に向かって何度も頭を下げる。そんなに謝られても、私は悪代官を懲らしめる大岡越前守ではない。ただ、情けなかったのである。これじゃ父さんが可哀想すぎる。あんまりだ。震える呼吸を整えて、私は母に語りかけた。

「母さん、もう寝たほうがいいよ。今日は疲れたもんね」

母は私の言葉に「そうね」と小声で応えつつ、柱の時計を見上げた。

「あら、もう九時半なの？」

目を丸くして、ちょうどそばを通りかかった孫の賢太を捕まえて抱き寄せた。

「あらあら、大変。もう九時半になっちゃいましたねえ。賢ちゃんも寝る時間ですねえ」

孫にほおずりしながらニコニコしている。ケロリとしたものだ。今、私に怒られたことも忘れたのか。

「そうだ、バーバのお家に泊まっていけばいいわね。バーバがお布団敷いてあげますからね。さて、よっこらしょっと」

母が立ち上がりかけたところへ、

「お義母様、大丈夫です。私たち、そろそろ……失礼しますので」

知加ちゃんが静かに寄ってきて、賢太を引き取りながら言いにくそうに囁いた。

「あら、泊まっていくんじゃなかったの？」

私は知加ちゃんに向かって目を上げる。母が言い出さずとも、弟一家はすでに泊まるつもりになっているものと私は理解していた。

「いや、やっぱり帰ることにしたよ。賢太が愛用の枕じゃないと寝ないんだ。俺も明日までにウチでやんなきゃいけない仕事があったの思い出したし」

ははーんと私は合点した。弟は二階に布団を見にいってくると言って食堂を出たあと、知加ちゃんに呼び止められたのだろう。そして、この家に泊まりたくない、家へ帰ろうと言われたに違いない。まあ、それも道理だ。私がこの家の嫁であったとしても、同じ気持になると思う。そうでなくてもハードな一日だったのに、神経を使わなければならない時間を明日の朝まで延長しろと言われたら、そりゃ、うんざりするのも無理はない。しかし、今日は特別な日だ。今日ぐらい、父のことを思い出しながら家族そろって一晩過ごしてもいいのではないか。嫁にはそういう気持がわからないのか。

「あ、そう。じゃ、お茶ぐらい飲んでから帰れば。知加ちゃんも疲れてるんだから、そんなとこに立ってないで、座ったら？」

あっさりと、しかし我ながらちょっと嫌味な小姑《こじゅうと》風ニュアンスを醸し出してみた。

「すみません」

知加ちゃんは賢太を抱いたまま、私と視線を合わさないようにしてふすま続きの和室へ退くと、畳の上に座り込んだ。

「でもさあ」

食堂の椅子に腰を下ろした弟の岳人が私に話しかけてきた。緩めた黒いネクタイをだらしなく垂らしている。

「どうする？」

「どうするって？」

「この家のことさ。こんな大きな家で母さん、これから暮らしていけないでしょう」

岳人は両手でお茶碗《ちゃわん》を包み込み、足は貧乏揺すりをしている。

「私もここに住むつもりだけど？」

「そうだとしてもだよ。十年二十年、このままってわけにはいかないだろ？」

「だから？」

お茶をすすりながら聞き返す。

「まあ、母さんがどれくらい長生きするかによるけどさ。そのあと、この家を残されて、俺たちで引き継げると思う？　相続税もだけど、固定資産税だってバカにならないぜ」

「じゃ、どうすればいいっていうのよ」

「売るって手があるかなと思ってさ」

「売る？　この家を？」

私は反射的に部屋の中を見渡す。そんな言葉が弟の口から軽く出てくるとは思っていなかった。

母は知加ちゃんの向かいに座り込み、母親の膝《ひざ》に抱かれた賢太と、いないいないばあを繰り返している。賢太はときおりケタケタ笑いながら、でもほとんど目を閉じかけた状態だ。

「たぶん今ならまああの値段で売れるんじゃないかな。地価がだいぶ上がってきてるからね。上物は二束三文だろうけど、土地はそこそこの値がつくと思うよ」

「ちょっと待ってよ。じゃ、母さんと私はどこに住めっていうの？」

「だからこの家と土地を売れば、その金でマンションぐらい買えるさ。っていうかさ」

弟の目がいきいきしてきた。企《たくら》みを明かすときの目だ。少し声を潜め、

「母さんには今のうちに住み心地のいい高齢者施設に移ってもらったほうがいいんじゃない？　探せばけっこうあるぜ。台所もついてるマンション型のものとか。病院施設が隣接しているとことか。で、香子は母さんの施設の近くでどっか洒落《しゃれ》たマンション買うか、賃貸するかしてさ。そうすればちょくちょく会えるし。そのほうが絶対安心だって。香子だって母さんの面倒見ていくの、大変だよ。言いたかないけど、これからどんどん手がかかるようになるぜ。病院通いとか、家での転倒とか、シモの世話とかさ。そうなる前にしっかりしたところに移しておいたほうが絶対いいと思うんだよ、俺は」

「そりゃそうかもしれないけど」と、私も声を低めに抑えつつ、

「でも父さんがいなくなって急にそんな引っ越しなんて、母さん、混乱しちゃうよ」

「すぐにとは言わないよ。ゆっくり選べばいいさ。でも、あんまり時間はないかもなあ」

「母さん、この家への愛着だって半端じゃないんだからね。ご先祖様の家を守るのが嫁の私の務めですって、いつも言ってるよ。そんな合理的な理由だけで決められないでしょ」

「俺、香子のためを思って言ってるんだぜ。香子だって、母さんの介護だけの人生を送るつもりじゃないだろ？　第二の人生にかけるって言ってたじゃないか」

「言った？　私が？」

「まあ、言わなかったかもしれないけど、どうせそういう気なんだろ？」

「どうせって、なによ。だから、母さんを他人に任せたほうがいいって話？　それって子供としてどうなの？　介護を放棄しようってこと？」

多少、詰問口調になったとたん、

「放棄しようなんて、そんなこと一言も言ってないだろ」

突然、弟が声を荒らげた。私の言葉にカチンときたのだろう。

「俺が親の介護を放棄したいなんて、いつ言った？」

私は黙った。黙ってお茶をすする。

「香子はすぐ感情的になるから困るよなあ」

弟が大きく溜《た》め息をついてから、続けた。

「あのさ。そういうことじゃなくてさ。こういう問題は早め早めに構想を進めておかないと、いざ動こうとしたときにはもう間に合わないんだよ。仕事なんてぜんぶそうさ。足元しか見てないやつで出世した人間なんて、一人もいないんだから。ドライと思われるかもしれないけど、ここは割り切って考えないと。だって冷静になってみてよ。この家はできるだけ早く売って、母さんが安心できる住み心地のいい場所を見つけるべきだよ。香子みたいに情だけでは解決できない問題だと、俺は思うけどね」

「情だけじゃないわよ。でも母さんの気持だって考えてあげないと。世話する側の都合だけで決めることはできないよ」

「じゃ、俺は自分の利のために提案してるって言いたいわけ？」

「だってそうじゃない。母さんの気持、ぜんぜん考えてないじゃない」

「考えてるよ。いい加減なこと言うなよ！」

「あんたたち、なにを言い争ってるの？」

驚いた。いつのまにか母が後ろに立っていた。

「ね、もうきょうだい喧嘩《げんか》はおやめなさい。お願いだから、ね」

母が弟の背中をさすった。弟は片肘《かたひじ》を食卓につき、しばらく唇を突き出して黙っていたが、急に立ち上がって知加ちゃんと賢太のほうに視線を向けた。

「おい、帰るぞ」

岳人が妻に声をかけた。

「はい。じゃちょっと、賢太をお願い」

知加ちゃんは畳から立ち上がり、すっかり寝てしまった賢太を岳人の胸に預けると、食卓の上にある茶碗を集めて片付けを始めようとした。

「もうそれはいいから。そのままにしておいて。私がやるから」

知加ちゃんは上目遣いに私の顔色を窺《うかが》って、

「すみません、お義姉さん」

そう言うと、そそくさと帰り支度を始めた。怯《おび》えている。よほど怖い小姑だと思っているのだろう。昔は仲良く笑い合った仲だったのに、もう関係修復は不可能かもしれない。

「じゃあね。母さんもゆっくり休んでくださいよ」

すっかり寝てしまった賢太を胸に抱き、岳人が玄関の三和土《たたき》に立った。隣で知加ちゃんが靴を履き、紙袋やバッグを抱えて「じゃ、失礼します」と扉を開けようとしたとき、

「ちょっと待って、ちょっと待って」

母が、いつのまに持って来たのか自分のハンドバッグを開け、中をごそごそ漁《あさ》っている。「なにしてんの、母さん。眼鏡は食卓の上にあったよ」

母のバッグを取り上げようとしたら、

「もう遅いからあんたたち、タクシーで帰りなさい。はい、これ」

母が手に一万円札を握り、岳人に渡そうとしている。

「いいよ、母さん。まだ電車、あるんだから」

岳人が遠慮すると、

「そんなこと言わないで。賢太が可哀想よ。ほら、ね。持って行きなさい」

「そう？　悪いね」

案外あっさり岳人が受け取った。老いた親にタクシー代を出してもらうかね。一言、言ってやりたかったが、ここでさらに弟と火花を散らすのも面倒だ。

弟一家の後ろ姿をしばらく見送って、私は玄関の扉を閉めた。ネジ鍵《かぎ》を回すたび、鈴がチリンチリンと音を立てる。

この鈴は、静岡の社宅からこの家に移ってきたとき、小学校の夏休みの工作として私が作ったものだった。金と銀の鈴を二つ買ってきて、赤と白の木綿糸を鈴の根元に通し、その先をかぎ針で鎖編みにし、首にかけられるほどの長さの輪っかに結んだ。「鈴のお守り」と題し、アクセサリーにもなるし迷子になったときのお守りにもなるし、お祭りのときにも使えますと説明書きをつけたのだが、クラスでの評判は最悪だった。

「へえ、こんなの、店に売ってるじゃん。どうせ買ってきたんだろ？」とか、「簡単すぎて、工作じゃないよ」とか、さんざんバカにされ、私はみんなの前で泣いた記憶がある。担任の先生が、「大丈夫。いいのよ、気にしなくて」と慰めてくれたが、「いい作品ね」とは一言も言わなかった。転校生の気後れもあった。私はクラスでのけ者扱いをされたと思った。

しょぼくれて家に戻り、持ち帰った鈴を、自分の部屋にしまうのも嫌になり、食卓の上に放り出しておいた。そして翌朝、起きたら、父がトンカチと釘《くぎ》を持ち、私の作った「鈴のお守り」を玄関の扉の上部に取り付けようとしているではないか。

「なにしてるの、父さん？」

父は私を振り返り、

「いい音がするから玄関につけようと思ってさ」

そこへ母が台所から出てきて、とってつけたように言った。

「あら、いい具合につきましたねえ。これで我が家は鈴の神様に守られますよ。ねえ、香子、よかったわねえ」

私はちっともよくなかった。こんなところにつけられたら、みじめな思い出が毎日蘇るではないか。これって嫌がらせ？　私は母に返答せず、二階に上がった覚えがある。

でも、悪評の鈴は、あれから三十年あまり、ずっと玄関で鳴り続けている。誰かが帰宅したとき、誰かが出かけるとき、必ずチリンチリンと知らせてくれる。我が家をちゃんと守ってくれている。

「戸締まり、した？」

振り向くと、母がお盆を抱えて廊下に立っていた。お盆の上には岳人たちが飲み散らかした茶碗が無造作に重ねられている。

「母さん、私が洗うから。放っておいて」

私の声が耳に届いていないのか、

「ちゃんと鍵を閉めといてちょうだいよ」

母はそう言って、トコトコと台所へ消えた。

老いた母に皿洗いをさせる娘もどうなんだ。そう思いながら私は台所とは反対の、食堂へ向かい、隣の和室に喪服姿のまま仰向《あおむ》けに寝転がった。


葬儀から一週間後の日曜日。母と朝ご飯を食べ終わった頃、鈴の音とともに麻有が現れた。

「すみませーん。まだお父様が亡くなってまもないのに、本当にいいんですかあ？」

「いいのいいの。大歓迎よ。この仕事、タイムリミットがあるんだから。あなたに来てもらわないと始まらないし」

タモさんに勧められた「白ワインに合う料理三百レシピ」の提案作成の仕事を、今日から麻有と二人、ウチの台所を使って開始することにした。こういう仕事の場合、事務所のキッチンを使うのが普通だが、父亡きあと、母を長時間、家に残して出かけるには不安が伴う。ウチでやってもいいですか。そうタモさんに相談したところ、

「そちらでご迷惑にならないなら、是非。光熱費とかはあとで請求してくれれば処理するから。麻有ちゃん、どう？　香子さんの家に通うってのでもいい？」

タモさんが麻有に意見を求めると、

「もちろんですよ。私、人の家の台所、覗くの大好きなんです。いろいろ刺激になることが多いでしょ。わーい、楽しみ！」

こうして麻有はしばらくウチへ通うことになった。

スリッパを勧めて玄関から上がらせると、麻有は大きな身体を丸めながら、興味深そうに食堂へ足を踏み入れた。

「お邪魔しまーす」

「あ、びっくりしたあー」

麻有の顔を見て、食卓に新聞を広げて読んでいた母が、目を丸くした。

「おはようございますぅ。お母様ですか？　私、川口《かわぐち》麻有です。よろしくお願いします」

「え？　どなた？」

母が聞き返すと、

「川口麻有です。まゆって呼んでくだされぱけっこうです」

「ああ、そう。まゆちゃん？　可愛いお名前ねえ」

「ありがとうございます。あ、そうだ。お父様にもご挨拶しておかないとね」

麻有は前屈《まえかが》みの姿勢で仏壇の前に歩み寄った。仏壇には父のお骨と遺影と、紅梅の枝が備前焼《びぜんやき》の一輪差しに挿してある。今朝早く、母が庭の梅の木から手折ってきたらしい。麻有はその前に正座をし、線香に火をつけて、手を合わせた。若いのに案外、礼儀を知っている。私よりよほどわきまえているかもしれない。

「あの人、だあれ？」

麻有が手を合わせている後ろ姿を指さして、母が私に大きな声で訊《き》いた。私は笑いながら、母の耳元に口を近づけた。

「麻有ちゃん。これからちょくちょく仕事しに来ることになったから、母さん、覚えてね」

「お茶をお出ししなくていいの？」

「いいのいいの。あとで私がするから。仕事に来たんだからね」

私は焼香を済ませた麻有を連れて、台所へ移動した。さっそく作業に取りかからなければならない。私が朝食の後片付けをしている間に、麻有が福島の業者から送られてきた段ボール箱をあけて、一本ずつ冷蔵庫へ入れる。白ワインは冷えているほうがいい。

「すごいですね。十二本もありますよ。全部は冷蔵庫に入り切らないみたい」

「入るだけでいいわよ。そんなに飲まないでしょ？」

「えー、香子さん、これ、私たちが飲んじゃっていいんですかあ？」

「だって一応、味見しなきゃ、どんな料理が合うか、わからないじゃない」

「へっへえ。おいしい仕事ですね、これ」

麻有の明るい声が台所に響く。お昼休みに二人で味見してみることにしよう。

皿洗いを終えたところで私はスツールに座り、台所中央の調理台テーブルにノートを二冊、広げた。

「このノート使って。思いついたものから、どんどん書き出していこうよ」

「わかりました」

麻有は清々《すがすが》しく返答し、自分の鞄《かばん》から筆記用具を取り出した。学生時代に戻った気分である。昔はよく、友達を呼んでこのテーブルで一緒に定期試験の準備をしたものだ。自分の部屋でやるよりも、台所で勉強するほうがなぜか集中できた覚えがある。

「白ワインと赤ワインじゃ、合う料理は違いますよね」

麻有がノートに定規で縦横に線を引き始めた。マス目の端に文字を書き入れている。

「なに書いてるの？」

私が覗き込むと、

「素材別に羅列していこうかと思って。野菜、果物、肉、魚、貝類、豆類、乾物、卵……っと。あと、なにがあるかな」

「パン、穀類、乳製品、キノコ類とか、海藻系とか？　でも、それらを混ぜて使うことになるんじゃない？」

「そうですけど、ま、とりあえず、どういう食材があったかなって、文字にしておけば、なんかひらめきやすいかと思って」

「まあね」

悪くない考えだ。が、それなら食材辞典を見たほうが早いのではないか。辞典には写真も載っている。

「あと、なにがあったっけ」

私は台所の壁の棚に立てかけてある自分の食材辞典を持ってきて、広げた。

「ん？　ああ、それがありましたね」

麻有が辞典に気づいて低い声を出した。ちょっとがっかりした様子だ。

「でもやっぱり書き出してみます。そのほうがしっくりくるんで、私の場合」

案外、頑固だ。でも意欲に燃えているところは期待できる。

互いに食材を書き出したり辞典を見たりしながら、思いつく料理を口にしていく。

「アサリのワイン蒸し！」

麻有がボールペンを掲げて言った。

「それ、もう書いた」

「じゃ、クワトロチーズピザ。私、あれ、好きなんですよねえ」

「ああ、四種類のチーズが載ってるピザね。あれは白ワインに合いそうね」

「でしょぉ。ピザ系はまだいろいろありそうですよね。アンチョビピザとかオリーブピザとか。あ、ピザシリーズいけるかも」

「それを家庭でも簡単に作れておいしいものにしないとね。ピザの皮を工夫する？　春巻きの皮とか餃子《ギョーザ》の皮を使ってみるとか」

「ピザ生地、作ってもいいんじゃないですか？　そんなに面倒じゃないですよ。カリカリに薄くするとか、厚めにするとか。あー、ピザが食べたくなってきた」

「よし。とりあえず書いておこう」

「あと、香子さん、揚げ物系もありますよ。だって天ぷらと白ワインって、すごく合うって言うじゃないですか」

「そうね。天ぷら系の揚げ物ね、ふんふん」

麻有と一緒にこの仕事をすることにしてよかったと、私は改めて思った。麻有は料理を作るのも好きなのだろうが、それ以前に、食べること自体が好きらしい。話しているだけで、いかにもおいしそうな顔をする。その顔を見ていると、私もつられて作りたい意欲が湧いてくる。私とは違う若い食いしん坊の視点が、斬新《ざんしん》なレシピに反映されそうな予感がしてきた。

その日から麻有は、ほとんど毎日、我が家に通ってくるようになった。麻有の訪問は私にとってだけでなく、母にとっても明らかにいい刺激になっていた。母娘二人だけのときに比べると、はるかに周辺への意識がしっかりして、受け答えも動きも心なしか速くなった気がする。

私と麻有が台所でレシピ作りに夢中になっている間、母はときどき覗きに来ては、麻有のためにお茶を淹れたりクッキーの箱を差し出したりして、客をもてなそうとする。それを家人の務めと思って義務的に動くというより、明らかにもてなすこと自体を楽しんでいる。

ただ、母の麻有に向ける質問と受け答えが、いつも同じになるのには参った。私は多少、慣れてきたからどうということもないけれど、あまり繰り返されると麻有が閉口するのではないかと心配になる。

たとえば麻有が朝、到着し、食堂で母に声をかけるたびに、

「あー、びっくりした。どなた？」

「おはようございます。川口麻有ですよぉ、お母さん！」

「麻有さん？　あら、いいお名前ねえ」

それぐらいはまだ愛嬌《あいきょう》のうち。どうやら母は麻有の着ている服に興味があるらしく、「ステキなブラウスね」とか「面白いかたちのスカートねえ」とか、会ったとたんに服装チェックを始める。ときには「へんなズボン」とか「なに、その穴だらけのジーパン。風邪ひくわよ」とか、率直な感想を平然と口にするのでヒヤヒヤする。

「いいんですよ、香子さん。お母さんのご意見、面白いです」

麻有は母とのやりとりを受け入れてくれているけれど、放っておいていいものか。麻有が優しく答えるので、母もすっかり麻有に懐いたようで、そのうち、台所で料理を作っている最中でも、麻有の腕を引っ張って話をしたがるようになった。

「ねえねえ、あなた、どこのお生まれ？」

「生まれですか？　福岡です」

「へえ、福岡？　行ったことないわ、私」

「あら、一緒に行ったじゃない。昔、父さんと三人でフグ食べたじゃない」

私が口を挟んでも、

「いいえ、私は行ったことない。どんなところ？　福岡って」

「そうですねえ。おいしいものがたくさんあって、人も気候もあったかいところです」

「あら、そうなの。なにがおいしいの？」

「ほら、母さん。麻有ちゃんは今、仕事してるの。ちょっと危ないよ。お鍋《なべ》、熱いから、どいてどいて」

「私、お邪魔かしら？」

「うん。ちょっとお邪魔です」

可哀想かとも思うが、私が止めないと、母はいつまでも麻有のそばを離れようとしない。ときどき姿を消すのだが、またしばらくすると、トコトコ台所へ入ってきて、

「ねえねえ、あなた、どこのお生まれ？」が始まる。すると驚いたことに、麻有は、

「旭川《あさひかわ》です」

と答えるではないか。あれ、福岡じゃなかったっけ？　と思いつつ耳を傾けていると、

「へえ、旭川って北海道の？」

「はい」

「私、行ったことないわ。どんなところ？」

「おいしい魚がいっぱいあって、冬は寒いです」

「あら、寒いの？　雪も降る？」

「いっぱい降ります」

「へえ」と感心して母は台所を出て行った。私は麻有に訊く。

「福岡じゃなかったの？」

　すると麻有が平然と、

「生まれたのは福岡ですけど、二歳のときに父がサラリーマンを突然辞めて、子供たちを自然の大地で育てたいって言い出して旭川に引っ越したので、まんざら嘘ではないです」

「お父さん、サラリーマン辞めて、どうしたの？」

「牧場で働いてました。だから私、搾りたての牛乳を飲んでこんなに大きくなったのかなって思います」

「へえ。そうだったんだ」

　話しているところにまた母がやってきて、「ねえねえ、さっき聞いたかもしれないけど、忘れちゃったの。あなた、どこのお生まれだっけ？」すると、今度は麻有がケロリと、

「広島です」

「広島!?」

　思わず私が反応した。

「旭川の次は広島に引っ越したの？」

私は麻有の顔を覗き込んだ。すると麻有は、母に聞こえないよう声を潜め、

「広島は嘘です。ちょっとこのやりとりで全国を回ってみようかと思って。答えを毎回、変えたほうが面白いじゃないですか。ダメですか？」

「いや、いいアイディアだと思う」

感心した。なるほど、毎回同じことを答えるのには飽きる。麻有は案外、認知症老人の扱いに慣れている。

「広島はどんなところ？」

母が訊く。

「広島ねえ。広島は牡蠣《かき》がおいしいです。あともみじ饅頭《まんじゅう》も。行ったことないですか、お母さん？」

麻有が今度は母に質問する。と、

「忘れちゃった、ふふ」

軽く肩をすくめて、またトコトコと台所を出て行った。その後ろ姿を目で追いながら麻有が訊いた。

「お母さんも料理、お上手だったんですか？」

「上手っていうか……、まあ、昔はいろいろ工夫して作ってたよね。今はぜんぜんしなくなっちゃったけど」

「そっかあ。だから香子さんも料理好きになったんですね。お母さんの影響で」

麻有にそう言われて思い出した。母は料理ノートをつけていた。人に教えられたレシピや、家族に評判のよかった料理などをノートに書き留めて、献立を決めるとき、よくめくっていたものだ。そういえばあのノートはどこにしまってあるだろう。

「そろそろ試食してみます？」

麻有が冷蔵庫からガラス瓶を取り出した。

「あ、牡蠣？　味が染み込んだかしら」

白ワインの入ったグラスを持って一口、喉《のど》に流し込むと、私は麻有が小皿に置いた牡蠣を一粒、爪楊枝《つまようじ》で突き刺して、一口かじる。

「うん、これ、おいしい！　牡蠣のオイル漬け。ローリエが効いてる！　よしご採用！」

自分のノートに○をつける。食堂から母の鼻歌が聞こえてきた。

「いいなあ、お母さん、明るくて」

麻有がワイングラス片手に言った。麻有の顔が少し赤い。

実際、母は終始、明るかった。つい先日も、仏壇の前にある父のお骨をじっと見つめているので、父のことを思い出してしみじみしているのかと思ったら、食堂にいた私を振り返り、決まり悪そうに笑った。

「どうしたの？」

問いかけると、

「佐藤晋さんって、死んだんだっけ？　どうしたんだっけ？」

ときどきわからなくなるらしい。あれだけ毎日、生活をともにしていた人間がいなくなっても、こんなものなのか。娘としては呆《あき》れるというより、いささか寂しい気持になる。でもまあ、いいか。ふさぎ込まれるより、考えようによっては断然、ありがたい。

なにしろ私が叱りつけたこと自体をすぐに忘れてしまうぐらいなのだ。あんなにきつい言い方をしなければよかったと、私のほうがしばらく後悔の念にとらわれて、嫌な気分を引きずるのに、母はあっという間にニコニコ顔だ。昔は母と喧嘩をしたあと、修復するまで二、三日はかかったものだが、今は五分。五分もかからないときすらある。そんな母を前にしていると、ウジウジイライラしている自分が愚かに思われてくる。

もしかして神様は、長く生きた人間がつらく悲しい過去を振り返って苦しまないように、「忘れる」という武器を与えてくださったのではあるまいか。目前に迫った死を怖れ、弱っていく身体を自覚して、深く悲観しないために、あるいはかつての恨みつらみをいっさい捨て去って、すっきりした心で最期を迎えるために、「忘れる」という方便を教えてくださったのではあるまいか。無邪気な母を見ていると、そんな気さえしてくる。

夕方、麻有が帰ったあと、母が和室でテレビを見ている隙に、私は母の部屋へ忍び込んだ。料理ノートを捜してみようと思ったのである。

相変わらず、母の部屋には荷物が溢れていた。いったいどこから手をつけていいのやら。実のところ、料理ノートもさることながら、近日中に父と母の過去の通帳類も見つけ出さなければならない。遺産分割の手続きのために必要だと、税理士さんに頼まれていたのだ。私はコソ泥になった気分でそこらじゅうの抽斗《ひきだし》を手早くひっくり返してみる。

が、ない。

料理ノートは最近、使っていないから、おそらく母の古い本棚に挟まっているのではないか。目星をつける。もともと母は几帳面《きちょうめん》な性格だった。何でもきっちり角を揃え、種類別、大きさ別に、見た目も美しく納めることに関しては、家族で母に敵《かな》う者はいなかった。ところがこうして見てみると、ある層以降、その几帳面さが失われている。週刊誌も新聞の切り抜きも電化製品の取り扱い説明書も分厚い小説本もごちゃまぜ状態だ。しかも埃《ほこり》だらけ。いったいいつからこんなにいい加減な性格になっちゃったんだ？　切なくなりながら本棚の奥のほうを繰っているうち、どんぴしゃり！　古びたＢ５判の学習帳が輪ゴムで束ねられた状態で六冊も出てきた。

懐かしい。そうそう、母は私が学校で使っていた学習帳のうち、ほんの数ページしか書き込みのなかったものを、もったいないと言って捨てずにしまっておいて、それを料理ノートとして愛用していたのだ。クマのプーさんの表紙や、大好きだった眠れる森の美女の表紙のものもある。よし、中身はあとで見ることにして、次は通帳だ。ふと視線を上げると、母の枕元の小棚の上に、「重要」という手書きの紙に覆われ、籐《とう》の籠《かご》に入った書類が置かれているのを発見。匂うぞ。金塊を探し当てた海賊の気分だ。思わずニンマリする。

私はその籠を取り上げて、わずかに残る畳の空間に置いた。上の紙を退け、雑多に重ねられた書類の一枚一枚を繰っていく。証券会社からの通知書、クレジット会社からの封書、どなたかからの手書きの葉書。さして重要なものはない。通帳の束はなかなか出てこない。

パラパラめくっているうち、郵便物の間に挟まって鉛筆書きの小さなメモ用紙が何枚も出てきた。母の字だ。買うべきものという字の下に、化粧水、シーツ、お父さんの肌着と箇条書きされている。他のメモには、捜し物という字に続いて、黒いカーディガン、爪切りとあり、少し離れたところに、

「真珠のネックレス。どうしても見つからない。お父さんに買ってもらったのに。情けない。バカ、バカ、バカ。もう私、ダメだ」

そしてもう一枚のメモには、

「覚えておくこと!」とエクスクラメーションマークまでつけて、

「孫の名前、賢太。嫁の名前、知加」

「加瀬さん、おみかんいただく」

「実印は食堂の棚の鍵付き抽斗へ!」

さらにもう一枚には、

「なんでもかんでも忘れていく。なんでこんなに忘れるのでしょう。神様、助けて」

母は自分が忘れていくことを自覚していたのだ。しかもこんなに苦しんでいたのか。

かないからね。

わかった、もう責めない。もう責めないよ、母さん。忘れてもいいからね。怖くなん
頰にこぼれ落ちた涙を拭《ぬぐ》おうと、母のベッドの枕元に置いてあるティッシュペーパーの箱に手を伸ばしたら、その隣の写真立てが目に留まった。

父と母が初めてハワイへ行ったときのスナップ写真だ。写真の中の父は、赤いハイビスカス柄のアロハを着て渋い顔をしている。その隣で母は青地にピンクのシダのような葉が描かれたムームー姿で両手を前に出し、おばけのようなポーズを取っている。たぶんフラダンスのふりをつけたつもりなのだろう。あの頃は二人とも元気だった。ほんの六、七年前のことなのに。

「ね、父さんもちゃんと見守っててね。お願いだからね！」

写真立てを手に取って、おでこに押しつけた。そのとき、

「あら、こんなとこで、なにしてるの？」

突然、ふすまが開いた。振り向くと母がキョトンとした顔で立っている。私は慌てて写真立てを元の位置に戻し、ティッシュで鼻をかむ。

「香子ったら、どこに行ったのかと思ったら、なんでこんなところで泣いてるの？」

「いや、ちょっとね」

「風邪ひいたの？」

「大丈夫」

ちょっと前までは、母の部屋に勝手に入るだけで不機嫌になったのに、この頃の母はおおらかだ。認知症が進んだせいか。

「さ、あっちへ行こっか！　ほら、見て。母さんの料理ノート、見つけちゃった！」

ノートを母の前に突き出しつつ、そそくさと部屋を出る。

「あら、なんだっけ、これ」

私に背中を押されながら、母がノートを開き、自分の記載したレシピを読み始めた。

「ね、懐かしくない？　ほら、クリームコロッケとか。昔、母さん、よく作ってくれたよね。キャベツ巻き、うわー、懐かしい！」

私が興奮して叫ぶと、

「なんだ、私の料理ノートじゃない」

なんの感傷もない声で応えると、

「あんた欲しいの、このノート？　要るならあげるわよ。母さん、もうお料理しないから」

母はあっさり言い切って、私にノートを差し戻した。

第五章　母の味

白ワインに合う三百の料理のレシピを一ヶ月の間に捻出《ねんしゅつ》するというノルマは、想像していた以上にきつかった。しかしある意味でそれは、これから料理の仕事を続けるつもりの私にとって絶好の訓練になった気がする。

頭で思いつくまではなんとかなっても、実際に作ってそれを試食し、味に納得がいかない場合もある。そんなときは、材料を変えてみたり味つけを工夫してみたり、調理方法を変更したりする。

さんざんいじったあげく、やっぱりおいしくないね、という結論に達することもある。だからといって誰もが食べ慣れ、作り慣れているようなレシピを提案しても意味がない。それではフードコーディネーターの名がすたるというものだ。

プロの料理人が作るものほど手が込んでいるわけではなく、身近な材料で比較的簡単にできるけれど、さりとて「こんな組み合わせがあったんだ。こんな調理方法があったんだ」と読者に驚いてもらえるようなおいしいものを考え出さなければならない。新しいレシピを生み出すというのは、至難の業ではあるが、苦労し甲斐《がい》のある仕事だ。

その苦労を一緒に背負ってくれるパートナーが麻有だったことも、私は恵まれていた。麻有が思いついたピザシリーズは、斬新《ざんしん》なだけでなく、数を稼ぐ上においても絶好のアイディアだった。

二人して、まずピザ皮に何を使うかを決めた。春巻きの皮、餃子《ギョーザ》の皮、冷凍のピザ生地、粉から練った本格的ピザ生地。ひととおりを試してみた結果、案外、餃子の皮が面白いのではないかという結論に達した。もちろんピザ生地を作ればおいしいに決まっている。しかし粉からこねることを考えると、それなりの手間と時間を要する。たとえば突然の来客に、酒のつまみを急いで用意しなければならなくなったとき、短時間でできるおいしいものが主婦にとってはいちばんありがたいはずだ。

主婦にとってありがたい、という観点から考えたとき、餃子の皮を使ったミニピザは、簡単なわりに見た目が可愛らしく、ちょっとしたサプライズにもなるだろう。前菜によし、パーティによし、なんといっても白ワインに合いそうだ。餃子の皮なら全国津々浦々、どこのスーパーでも売っている手軽さがあるし、冷蔵庫に一袋を常備しておけば、いつでも誰でも、子供でも作ることができる。あとは、皮の上に何を載せるかだ。クライアントに気に入られるポイントはそこにあるとみた。

さて、皮の上に載せる具となると、麻有と私はいくらでも思いついた。むしろ、思いつき過ぎて、絞るのに苦労したぐらいだ。

麻有の好きな四種類のチーズを載せる「クワトロチーズピザ」もいいけれど、一口サイズのピザならば、一枚ずつに違うチーズを載せて好きなチーズを選ぶ楽しみが生まれるし、量的な満足感も得られるのではないか。たとえばアンチョビとスライスチーズをちぎって載せてオーブントースターで焼くだけで、問題なくおいしいチーズピザになったので、まず一品とする。続いて私は、「ブルーチーズの上にハチミツを載せる」という案を出し、餃子の皮にブルーチーズを塗り広げ、上からハチミツを垂らしてオーブントースターで焼いたところ、見事に失敗した。温度が上がるにつれてハチミツが溶け出し、皮の端から流れ落ちてしまったのである。

「ハチミツはピザを焼いたあとに上から垂らさなきゃダメか」

実際に作ってみないとわからないことはたくさんある。ささやかな注意点こそ忘れずにメモしておくことが大切だ。

麻有も一つ失敗した。釜揚《かまあ》げしらすピザを作ったときである。まず餃子の皮にオリーブオイルを指で薄くのばし、その上に釜揚げしらすを載せ、アクセントとして長ねぎの小口切りを散らし、「味つけは塩でもいいけれど、醬油《しょうゆ》も合うかな」と、思いついたまではよかったが、いざオーブントースターで焼いて齧《かじ》ってみたところ、しらすの生臭さが気になった。

「もっとカリッと焼けばいいのかなあ」

「そうですねえ。生姜《しょうが》を入れるとか？」

「生姜もいいけど、にんにくは？　にんにくとしらすをフライパンで炒《い》って、それを載せたら、臭みが取れるんじゃないかなあ」

「それ、いいかもです！」

釜揚げしらすを、すったにんにくとともにフライパンでソテーした上で餃子の皮に載せ、醬油と七味唐辛子で味付けし、カリカリに焼いたあと、最後にレモン汁をチョチョッと垂らして食べてみたら、

「おいしい！　これ、マジ、おいしいよ！」

ようやく麻有と私の意見がぴったり一致して、「採用候補」のリストに加わった。

この他にも、ウインナーソーセージを薄切りにして、トマト、玉ねぎ、バジルの葉を散らし、塩と胡椒《こしょう》で味をつけ、ついでにトマトケチャップを載せて焼いてみたところ、まるでスパゲッティナポリタンのピザ版とも言えるものが出来上がった。

ミニピザ作りに夢中になるあまり、頭がピザのことでいっぱいになってしまった。他のレシピも考えなければならない。

「よし、ピザから思考を切り離そう！」

すると、麻有が、

「こないだ、よく行くイタリアンレストランのシェフに聞いてみたんです。白ワインに合う料理って、なんですかねって。そしたら、白ワインの味によりますけど、案外、焼き野菜なんていう単純な料理が合うんですよって」

「焼き野菜かあ……」

麻有に言われて思い出してしまった。アメリカに住んでいた頃、夫の篤史とニューヨークのブルックリンにある、いわゆる隠れ家的イタリアンレストランへ行ったときのことである。ファーストプレートとして、赤、黄、オレンジと色とりどりの大きなパプリカが大皿に載って出てきた。焼き色こそついているが、パプリカは半分に切られたかたちのままだ。洒落《しゃれ》たソースもスパイスも何も添えられず、ただ、並んでいた。アンニュイな物腰のウエイターが、大皿の横に大仰な陶製の器をボンと置き、「味つけはこの岩塩でどうぞ。あなたのお好みで」と、エレガントに肩をすくめながら説明してくれたので、私は仰天した。

「え、これで一品なの？」

思わず私は目を見張った。なにしろそこは、たくさんのハリウッドスターも通うと評判の店で、キャパシティが小さいせいもあり、なかなか予約が取れないことで有名だった。三ヶ月待ってようやく予約が取れたので、どれほど洒落た料理が出てくるかと、期待は私の胸の中で富士山より高くそびえ立っていたのである。まさか一品目にしてこんな単純な料理が出てくるとは思わなかった。がっかりしながらも、しかたがないので適当に塩を振り、フォークを伸ばして口に運んでみたところ、再び仰天した。

岩塩の大粒の結晶のジャリジャリ感と、パプリカに染み込んだオリーブオイルの香りが口の中で融合し、シャキッとした密度の濃いパプリカの甘さが噛《か》むほどに広がっていく。その味の余韻を残しつつ、グラスに注がれた白ワインを少し口に含んでみれば、これがまたなんとも言えぬ幸福感。空っぽのお腹が刺激され、続く料理への受け入れ態勢が万全となった瞬間だった。篤史と一緒だったことはさておいて、あの感動的な味が、麻有の一言によって蘇《よみがえ》った。

「そうだ、そうなのよ。ただ焼いただけなのに、なんでこんなにおいしいのって思った覚えがある」

麻有にその話をしたところ、

「じゃ、手当たり次第、焼いてみましょうか」

しかし、「焼き野菜」がレシピとして通用するだろうか。焼くだけなら、人に教わらなくても誰だって知っている。

「いや、案外、素朴すぎて気づかないってことはありますよ。ポイントは、新鮮な野菜といい塩と、いいオイルを使うってところなんですから、そこを強調してみたらどうでしょう」

「なるほどね」

こうして私たちは、「焼き野菜シリーズ」と銘打って、パプリカだけでなく、いろいろな種類のキノコや、人参、牛蒡《ごぼう》、大根などの根菜類、基本的に歯ごたえのある野菜を使い、素材を台無しにしないよう切り方には注意して、焼いて「おいしい！」と思ったものを厳選してレシピの仲間に加えてみた。

もちろん「焼き野菜シリーズ」と「ミニピザシリーズ」の他にも、「白身魚切り身のホイル焼きシリーズ」（中華風にしたければ、胡麻《ごま》油、にんにく、八角、生姜、醤油、豆板醤《トウバンジャン》で味つけし、イタリア風にしたければ、にんにく、玉ねぎ、トマト、パセリと塩胡椒を載せ、タイ風にしたいときは、パクチー、白髪ねぎに魚醤とライム、あるいは塩とココナッツオイルで味つけするといった具合に変化をつける）や、当然のごとく、アサリやシジミを使った料理、イカやタコのフリットとソテーのレシピなども、多少のアレンジを加えて提案項目に入れた。

あと、麻有のおばあさまが考案したという、「豆腐オリーブオイル」というものも作ってみた。木綿豆腐をざるに載せて五分ほど水切りし、賽《さい》の目に切って、塩をパラパラ、オリーブオイルをタラタラ、ゆず酢をチョチョッと。それだけの簡単な料理だが、豆腐がモッツァレラチーズのような味になり、これがスッキリした福島の白ワインによく合う。

「カニかまスクランブルエッグ」は昔、私が料理上手の友達に教えてもらったレシピである。卵の白身を攪拌《かくはん》し、ふわふわになったところにカニかまをほぐして入れ、塩で味つけしたあと、スクランブルエッグの要領でソテーする。カニかまと侮ってはいけない。これがなかなか高級感のある卵白のスクランブルエッグに変身するのである。残った卵の黄身はもちろん捨てない。ガーゼに包んで味噌《みそ》に漬けて四日ほど置けば、これも酒のつまみとして上等な一品となる。

麻有と私は過去の記憶や経験を駆使して、思いつくかぎりの白ワインに合いそうなレ

シピを列挙していった。しかし、どんなに必死に考えても、なかなか三百種類には至らない。だんだん考える力が尽きてきた頃、

「そうだ、知り合いのイタリアンのシェフが言ってたこと、もう一つ、思い出しました」

麻有が突然、言葉を発した。

「白ワインっていうと魚介類ってイメージだけど、肉料理も大丈夫、特に鶏肉《とりにく》がよく合いますよって」

確かに白ワインだと思って、肉料理を避けていたきらいがある。そうか、鶏肉が合うのか、と気づいたとき、

「あ！」

私はひらめいた。というか、思い出したのだ。

「せっかく見つけ出したのに、参考にするの、すっかり忘れてた」

私は台所の本棚に挟んでおいた母の料理ノートを取り出して、麻有の前で開いてみせた。

「えー、これって、お母さんの料理ノートですか？　うわあ、いっぱい書いてある」

「そうなの。ウチの母、けっこう昔は熱心にノートつけてたのよね。夕方になるとこれをパラパラめくりながら、『今晩、なに作ろうかしら……』って私に聞いてくるから、私がノートを奪い取って、『じゃ、これがいい！』って決めるの。私が好きだったのはねえ、どこに書いてあったっけなあ……」

ノートを繰っていくと、ようやく出てきた。

「これだ。レモンライス」

「レモンライス？　なんですか、それ」

麻有が私の横からノートを覗《のぞ》き込んだ。

母がこの料理をどこで誰に習ってきたのかは知らない。が、小学生の頃、私がリクエストしたせいもあるが、頻繁に食卓に出てきた記憶がある。白いご飯の上に鶏肉と玉ねぎの入ったホワイトソースがかかっていて、スプーンですくって食べるとほんのり酸っぱい味がした。食べ方は、カレーやハヤシライスと同じだが、その白くて上品な色合いと、なめらかな舌触りとほのかな酸味がなんともいえずおいしくて、私は大好きだった。

「へえ。食べてみたいです。それって、白ワインにも合いそうじゃないですか？」

「そう思う？　でも私は自分でちゃんと作ったことがないのよねえ。いつも母が作ってくれたからね」

「じゃ、お母さんに作ってもらいましょうよぉ」

麻有の言葉に私は思わず笑った。そうか、母に作らせてみるという手があるか。麻有はときどき思いもよらぬ発想をする。料理ノートだけでなく、母自身をこのプロジェクトに巻き込めばいいのだ。ついでに昔の記憶が蘇るかもしれない。

レシピ作りに夢中になって、母のことをないがしろにしていた。私は台所を出て、和室でテレビを見ていた母のそばへ駆け寄った。

「なによ、突然。レモンライス？　なんだっけ、それ」

「ほら、昔、母さんがよく作ってくれたじゃない。ちょっと作ってみてくれない？　仕事に必要なの」

「今？　もう作り方、忘れちゃったわよ」

「大丈夫。ノートに書いてあるから。母さんが自分で書いた料理ノートなんだよ。見ればきっと思い出すって」

「そんなノート、私がつけてたの？　できないわよ」

「大丈夫だよ。私と麻有ちゃんが助手を務めるから、ね、お願い！」

抵抗する母を台所へ無理やり連れてきて、まな板の前に立たせる。ノートを母に見せ、私が声に出して読み上げる。私の声に従って、麻有が材料となる鶏もも肉のぶつ切りを冷蔵庫から出し、その横に玉ねぎ、マッシュルーム、にんにく、牛乳、小麦粉、バター、サラダ油、レモン、塩、胡椒を手早く、次々に並べていく。

「はい、材料はぜんぶここに揃いました。まず、ホワイトソースを作るんだよね。母さん、どうするんだっけ？」

「ホワイトソース？」

母はしぶしぶといった手つきで深めのフライパンを片手で持つと、ゆっくりとガス台に置いた。火をつける。

フライパンが温まると、そこへバターのかたまりをたっぷり。溶け始めたところへ小

麦粉を大匙《おおさじ》に二杯、三杯、四杯……。どんどん入れそうになるので、

「もう、それくらいでいいんじゃない？」

私が押しとどめると、

「足りないわよ。だってお父さんと私と香子と、岳人とお嫁ちゃんと賢ちゃんと、あと、この人も召し上がるんでしょ？」

母が指折り数えて、最後に麻有を指さした。

「七人分よ。足りないわよ、四杯じゃ」

「でも今日は岳人たちいないし。父さんも、もう、いないんだから……」

自主的に思い出してほしいと思い、さりげなく促してみたが、

「あら、そう。じゃ、これくらいでいいかしらね」

理解したのかしないのか、とりあえず小麦粉のついたスプーンを置いて、杓文字《しゃもじ》に持ち替えた。

父が亡くなってからというもの、母はすっかり料理をしなくなった。火を使うと危ないかと思い、私がガス台へ近寄らせないようにしているせいもあるけれど、それ以前に料理を作る気力が薄れたように見える。それでも夕方になると、どこか頭のスイッチが入るようで、トコトコと台所に現れては、

「そろそろご飯の支度、しなきゃね。何を作ろうかしら」

そう言いながら冷蔵庫を開けてみるのだが、しばらくゴソゴソ野菜室などを探ってい

るうちに、

「なんか、疲れちゃった」

そう言って台所を出て行こうとする。

「やだ、母さん。一緒に作ろうよ」

私が促すと、

「うーん」と首をひねって考えてから、

「明日、作る。今日は疲れたから、やめる」

子供が親の言いつけを逃れるときのような顔で、へヘッと笑って食堂の隣の和室へ退散し、テレビを見始めるのが常となっていた。

フライパンを握る母を見るのは久しぶりのことだ。やはり母には料理を作る姿がよく似合う。頭の訓練のためにも、今度からもう少し作らせてみようか。

バターと混ざって黄色いブールマニエになった小麦粉の上に、母が牛乳を注ぎ始める。やり始めればなんとなく要領は蘇るものらしい。ダマにならないよう気をつけながら少しずつ牛乳を加え、そしてまた杓文字を手早く動かして、小麦粉を溶いていく。

「おお、ホワイトソース、できてきましたねえ。さすがお上手！」

麻有が手を叩いて褒めると、母も照れくさそうに笑って手を動かすのだが、だんだんかき混ぜるスピードが落ちていき、ダマが目立ってきた。

「疲れた？　私、かわろうか？」

「そうね。かわってちょうだい。疲れちゃった」

あっさり杓文字を手渡された。

「じゃ、お母さん、こっちのガス台で鶏肉と玉ねぎとにんにくを炒《いた》めてくださいますか？」

麻有がもう一つのフライパンを持って、母の前にさりげなく差し出すと、

「私が？　いやよ。あなた、やってよ」

これもあっさり拒否。やはり持久力は落ちているようだ。

「じゃ、ここで私たちを監視しててください。最後の仕上げはお母さんに見てもらわないとね。失敗するといけないので」

麻有が上手に誘導する。呼び止められた母は素直に「ハイハイ」と頷《うなず》いて、

「ちょっと座っていい？」

後ろのスツールに座りかけたが、うまくお尻《しり》が収まらないのか、すぐにずり落ちてしまう。何度か座り直した末に、

「やっぱりあっちへ行ってます。この椅子、嫌い」

手を振りながら、台所を出て行ってしまった。

「あーあ。最後まで作らせるのは無理か」

溜め息をつくと、麻有が、

「でも、さすがに手際がいいですよね。長年、お料理してらしたって感じ。部分的でも

いいから、もっとお料理なさったほうがいいんじゃないですか？」

麻有の言う通りだ。危ないからといって台所仕事をいっさい禁止するよりは、少しでもさせたほうが脳の活性化につながるかもしれない。

母が途中で放棄したレモンライスは、麻有と一緒になんとか作りあげた。オイルで炒めた鶏肉、玉ねぎ、マッシュルームをホワイトソースの中に混ぜ込んで、塩胡椒で味を調え、最後に上からレモン一個分の搾り汁をたっぷり加えて、出来上がり。さっそく試食してみることにする。

炊飯ジャーに残っていたご飯を小皿に少し取り、上からレモンホワイトソースをかけて、

「どう？」

麻有に問いかけると、

「うわ、酸っぱいホワイトソースって、新鮮です。おいしい！」

麻有がスプーンを持ってはしゃいでみせた。そして、もう一度ゆっくりソースをスプーンですくって口に入れ、嚙みしめてから、

「白ワインのつまみにするんだったら、たとえばココット皿で出すとか？　ご飯をほんのちょこっとだけ入れて、上からホワイトソースをかぶせて、その上にパン粉をまぶしてグラタンみたいにオーブンで焼くっていうのは、どうでしょう」

「なるほどね。お洒落だね。よし、やってみよう！」

三月に入ってまもなく、私と麻有は編み出したレシピをまとめ上げ、この仕事を持ってきた田茂山社長にメールで送った。ミニピザシリーズや焼き野菜シリーズなどで数を稼いだところもあるが、とりあえず三百種類という目標はクリアしたつもりだ。

思えばこの一ヶ月間、明けても暮れても、寝ているときでさえ、レシピのことばかり考えていた。そして毎日のように福島の白ワインを飲んでいたせいか、少しお酒に強くなった気がする。母にも少し飲ませて料理の感想を求めてみたのだが、だいたいのものについて、母は、「おいしいねえ、おいしいねえ」と褒めてくれるばかりで、気持は嬉《うれ》しいが、あまり参考にならなかった。

「香子、お料理が上手になったわねえ。母は「おいしいねえ」と言ったあと、教えた覚えないのに。偉いわねえ。私は、引退。もうぜんぜん作れない」

母は、毎回同じことを言い、両手をシャンシャンと打って「ごちそうさまでした」と頭を下げると、片づけもせずにさっさと台所を出て行こうとする。

「ちょっとちょっと。食べるだけじゃなくて、母さんも手伝ってよぉ。お料理、楽しいよぉ」

呼び止めてみるが、関心と意欲が長続きしない。それでも「炒める」とか「食器を洗う」とか「豆の筋を取る」とかなどの単純な作業はなるべく母にやらせてみるようにした。

呆けていても父が生きているうちは、それなりに一日じゅう、家事に追われていたが、父亡きあと、洗濯物を畳むか、食後のお皿洗いをするぐらいで、掃除も料理もしなくなった。もっぱら食堂の隣の和室に座り込み、あるいはクッションを頭に当て、ごろんと畳に横になってテレビをぼうっと見るだけのぐうたらぶりである。人生の大半を家族のために走り回ってきたのだから、そろそろ休養させてやりたい。そう思う一方で、これではますます呆けが進んでしまいそうで心配になる。

レモンライス以外にも、母の料理ノートに載っていた「簡単トマトスープ」や、「鶏レバーのベーコン巻き」というオードブルや、「バターコロッケ」「ニース風じゃがいもたっぷりサラダ」などを三百レシピの中に加えたが、それらはすべて、母の小さな助けを借りて作ったものである。

タモ社長にレシピを送った一週間後、社長からメールで返事が届いた。

「いやはや改めて、お疲れ様でした。みごとな三百種類です。よく頑張ってくれました。だいぶお待たせしましたが、ようやく福島のクライアントから返事が届きました。で、ここで相談です。先方が、できれば近日中に郡山《こおりやま》にある本社に来て、この三百レシピの中のいくつかを実際に作って試食させてほしいと言ってきました。どうでしょうか。行かれそうですか？　ちなみにあちらが社内選考した結果、とりあえず以下の十品を現地で作ってもらいたいということです」

タモ社長の文面の下に、箇条書きにされたメニューが記されている。

「○ココット入りレモンライス
○鶏レバーのベーコン巻き
○バターコロッケ
○牡蠣のオイル漬け
○ミニピザ　生しらす
○ミニピザ　ナポリタン
○ミニピザ　チーズシリーズ数点
○タコのケイジャン風ソテー
○タイ風チキンサラダ
○簡単トマトスープ」

驚いた。母のメニューが思いのほか多い。やはり「焼き野菜シリーズ」は不合格だったか。おいしいのに。でもミニピザはそれなりに興味を持たれたようだ。

しかしまあ、十品だけが採用されるわけではあるまい。実際に、いくつかの料理を試食してみて、私たちの腕を判断したいというのが先方の狙いと思われる。その上で、採用するかどうかを決定するのだろう。

「よし、乗り込んでみようじゃないの！　ね、麻有ちゃん！」

「合点ですよ！」

隣でパソコン画面を覗いていた麻有も、威勢良く拳《こぶし》を上げた。

しかし、郡山まで行くとなると、一日仕事だ。下準備のことも考えると、前泊したほうがいいかもしれない。となると母をどうする。この家に一人で留守番させるのは不安だ。どこかに預けなければならない。

「もしもし、あ、岳人？　香子だけど、今、話せる？」

母を一晩だけ預かってもらえるか、弟に打診してみることにした。

「いいけど？　いつ？」

ぶっきらぼうながら、案外、すんなり引き受けてくれそうな声音である。

「来週の平日のどこかになりそうなんだけど」

「布団がないと思うんだ。ウチ、全員ベッドだからさ。そっちの二階で使ってない布団、宅配便で送ってくれない？　あと、知加が水曜日と金曜日は家にいないと思う。賢太の幼児教室があってさ。その日以外なら、大丈夫だと思うけど」

「わかった。じゃ、日にちは知加ちゃんと直接連絡取って、お願いしてみていいかな。あと布団はすぐに送ります。ありがとう。助かるわ」

いつになく優しい声で弟に礼を言って電話を切った。そして、弟が伝えてくれるであろう時間を見計らってから知加ちゃんに電話をし、弟以上に丁寧に経緯を説明してお伺いを立て、具体的な日程調整と、「薬は一日一回一錠。母のバッグに入れておきます。まあ、万が一、飲み忘れても死ぬってことはないのでご心配なく」と、遣えるかぎりの気をすべて遣って言い添えた。知加ちゃんは、「いつも何のお役にも立っていないんですから、これぐらいのことは喜んで！」などという積極的な反応はまったくしなかったが、従順な様子で私の話に相づちを打ってから、最後に「わかりました。お義姉《ねえ》さんもどうかお気をつけて」と静かに言って電話を切った。本心はわからない。

「いやはや。よかったよぉ」

田茂山社長ことタモさんは、向かい合わせに回転させた新幹線の座席に腰を下ろすや、いかにも満足そうに言い放った。

私と麻有とタモさんは、一泊出張の責務を終えて、これから東京へ戻ろうというところである。調理器具の詰まったキャリーバッグと、先方の担当者からお土産にいただいた柚餅子《ゆべし》の包み、白ワイン銘々一本ずつ、合計三本を紙袋ごと網棚に載せ、タモさんに続いて座席につくと、ようやく一息ついた。

「とにかく大好評！　あの感じだとね、追加のレシピも言ってくると思うよ。だって最後に担当部長さんが僕のとこに来てさ。『いやあ、田茂山さん、これ、シリーズ化したいですねえ。ちょっと上のほうとも相談したうえで、今後のこと、検討させてもらえませんか』だって。そういうとき、あんまり嬉しそうにするとさ、足元見られる危険があるからさ、僕、こんなふうに余裕の笑顔を見せてね」と、タモさんは口元をわざとらしく横に思い切り伸ばして頭をカキコキ左右に振って、「こんなふうにね。営業スマイルっていうの？　そいでさ、『そうですねえ。彼女たちもなかなか売れっ子でしてね。ちょっとこちらでも検討させてください』って、冷静な返答をしておいたけどさ。悪い話じゃないと思うんだ」

私は隣に座る麻有のほうを向き、「よかったね、認められて」と同意を求めた。

「そりゃ、認められたなんてレベルじゃないよ」と、すかさずタモさんが言葉を続ける。

「だって本当においしかったもん、どれも。レモンライスも感心したなあ。この業界、僕、けっこう長いんですけどね、ホント、上手だなって思った。それはさ、おいしいだけじゃなくてね、レシピの簡潔さがまたいいのよ。結局ね、料理って同じようなものを誰もが思いつくわけ。でもさ、そのレシピをどんなふうに作るかってとこが魅力的じゃないと、誰もついてこないわけ。ね、僕の言ってる意味、わかる？」

「はい。わかります」

麻有と私は神妙な顔で、向かいの座席から半身を乗り出し、熱を込めて語るタモさんの言葉に耳を傾けた。

「でも……」と私はタモさんの言葉を引き取る。

「まさかあの、簡単トマトスープが採用されるとは、思いませんでした」

「正直、私も驚きましたよ。あれ、簡単過ぎますもんね。だって香子さん、これはきっと採用されないだろうけど、とりあえず数合わせに入れちゃえってね、それで苦肉の策で書いておいたんですもんね」

麻有が私のあとに続き、思い出したようにコロコロ笑い出した。

「そうだよねえ。僕もびっくりでしたよ。あれ、だって、缶詰のトマトスープに牛乳入れて冷やしただけなんでしょ？　香子さん、どうして思いついたの？」

「あのスープのレシピは実は、母の料理ノートに載ってたものなんです。すごーく昔に母が料理教室で教えてもらったって、たしか言ってたような気がする。あれ、お客様に出すと、たいてい褒められるんですよ。おいしい、どうやって作るのって、聞かれるたびに、『秘密です』って答えてたんです。だって、まさか缶詰のトマトスープに倍量の牛乳入れてかき混ぜて、冷蔵庫で冷やすだけって、言えないでしょう」

「工夫するとすれば、上にパセリを散らすのと、生クリームをたっぷりトッピングするぐらいですもんね。でもおいしいんですよね。実はあれだけじゃ、なんか詐欺みたいって思われそうだから、スープの中に玉ねぎのみじん切りとか生のトマトを刻んで入れるとか、やってみたんですけど……ね、香子さん」

「そうそう。入れてみたんだけど、なんかしっくりこなくて……」

麻有と二人でコトの経緯を説明すると、

「あれはね、僕、思うに、何も入れないほうがいい。シンプルにパセリを散らすだけでいいですよ。あの簡単さにみんな、ヒエーッて驚くんだから。驚くのも味のうちですよ。現に、あのスープの作り方を報告したら、みんな、ヒエーッて声あげてたじゃない。シンプルが勝った瞬間です！」

タモさんは、いつにもましてテンションが高い。これほど料理について熱く語る人とは思っていなかった。フードコーディネーター派遣会社の社長の立場からも、今回の仕事に満足している様子が伝わってくる。

「あ、すいません」

タモさんが、ちょうど通りかかったワゴン販売の女性を呼び止めた。

「ビール三つ。それと、柿ピーと……、あと、なにか欲しいもん、どう？」

タモさんが麻有の腕を手先で突っついた。

「社長、奢《おご》ってくださるんですか？　イエーイ。じゃね、あたし、マカデミアナッツとさくさくチーズ一袋と、あと抹茶アイスクリーム」

「アイスクリームも？　ビールに合わないでしょうが」

「そんなことないですよ、私は合うと思います」

麻有のきっぱりした言い方に、

「珍しい人だね。香子さんは？　ビールでいい？　ワインもあるみたいですよ」

「ありがとうございます。このところ、さんざんワインばかり飲んでたんで、私、ビールがいただきたいです。喉《のど》渇いたし」

「そうだね。つまみは？」

「そういえば、持ってきたんだ」

私はリュックのサイドポケットからタッパーを取り出した。そこには、鶏レバーのべーコン巻きとタイ風チキンサラダと、試食料理とは別に先方がランチに用意してくれたサンドイッチが入っていた。試食会に立ち会ったワイン会社の女性社員が、「帰りの新幹線でどうぞ。作っていただいた残りものでナンですけど」と、わざわざ持たせてくれたのである。

「そうそう、この鶏レバーのベーコン巻きもよかったねえ。これもお母さんのレシピだっけ？」

「はい。けっこう評判よかったですね」

三人がほとんど同時に手を伸ばし、爪楊枝《つまようじ》に刺さったレバーを取り上げた。これもいたって簡単なつまみである。鶏のレバーに半分の長さに切ったベーコンを巻き付けて、爪楊枝で留め、鉄板に並べてオーブンで十五分ほど焼けば出来上がりだ。

「お母さん、お歳はいくつなの？」

タモさんがレバーを嚙みながら、私に聞いた。

「七十一歳です」

「その世代の人にしては、モダンなお料理をたくさん知ってらっしゃるよねえ。家庭的なんだけど、すごくモダンだよねえ」

タモさんは食べ終わったあとの爪楊枝を見つめながら、

「モダンだなあ、うーん、モダンだ」

と何度も呟《つぶや》いた。

「香子さんさ、このお母さんのレシピ、一度、ぜんぶ復元してみたらどうだろう。こういう懐かしいけどモダンなメニュー、埋没させせちゃいけないと思うよ。お母さんがお元気なうちに、引き継いでおきなさいよ。そいでさ」

「そいで？」

「うん。ゆくゆくは、この路線で香子さん、行くといいよ」

「行くって？」

「フードコーディネーターとして。この路線を目指したら、どうかな」

「この路線……ですか」

「もちろん、お母さんのレシピだけじゃなくて、香子さんも独自のレシピを作っていかなきゃダメだけどね。まちがいなく、香子さんの身体にはお母さんの味が染み込んでいるわけだから、新しいメニューを考え出しても、それはそれなりに、ちゃんと筋の通った方向にいくと思うんだ。他の人とは違う家庭の歴史とオリジナリティが融合した道筋っていうのかな。そういう路線が見えてくるんじゃないかなあ」

「はあ……」

タモさんの言っている意味がわからないわけではない。しかし、自分に母の味が本当に染み込んでいるのかどうか、それをきちんと継承することができるのか、自信がなかった。でも、タモさんにそう言われたことで、この一ヶ月間、レシピをひねり出してきた過程で感じていた自分の漠然とした思いが、にわかに引き締まったかのような感覚に包まれた。

それがなんであるか、今はまだよくわからないけれど、自分の嗜好《しこう》に、確かになにかがあることだけは、なんとなく理解できた。

「うわ、香子さん、いいですね。私もタモさんの意見、悪くないと思います」

「あのさ、麻有ちゃんさ。一応ね、俺、あなたの上司なの。歳も二十歳以上、上だと思うんだけどね」

タモさんは遠慮がちに麻有に注意したつもりらしいが、

「でも、タモ社長、たまにはいいこと言うなって、本気で感心したんですよ。見直しました。社長、今日、冴《さ》えてますね」

「それはどうも、恐れ入りますけどね」

私は軽く笑いながら、心の中で母の料理ノートのことを考えていた。今回、白ワインに合うメニューとして再現したのはほんの一部である。ノートは全部で六冊あった。本気で再現しようとしたら、かなりの大仕事になるだろう。でも、そこに母を巻き込んでいけば、それこそ、母の頭のリハビリにもなる。ついでに私の実績に繋《つな》がれば、たしかにやって無駄なことはなさそうだ。よし、これから毎日、一つずつメニューを再現していこう。想像しただけで、わくわくしてきた。

そのとき、マナーモードにしておいた携帯電話が震え出した。表示を見ると、岳人からである。

「もしもし？」

小声で受けながら、膝《ひざ》の上に広げたつまみ類を急いで片づける。同時に麻有が私の手からビール缶を受け取ってくれた。

「もしもし、ちょっと待って」

私は席を立ち、小走りにデッキへ向かう。車両の扉が開いた途端、列車の轟音《ごうおん》が大きくなった。私の声も同時に音量を上げる。

「今、新幹線で帰るとこ。どうしたの？」

すると岳人が聞いた。

「新幹線？　あとどれくらいで帰ってこられそう？」

私はポケットに入れておいたチケットを取り出して確認する。

「東京駅着が十七時二十三分だから……そうだな、お宅に着くのは七時近くになるかなあ。どうしたの？」

不吉な予感がした。

「実は、母さんがね、見つからないんだよ」

「見つからない？」

「それがさ、勝手に出かけちゃってさ。どこに行ったか、わからないんだ。近所はさんざん捜したんだけどさ」

興奮しているのか、弟の声がときどき裏返る。

「勝手に出かけたって、どういうこと？　だって知加ちゃん、家にいたんでしょ？」

「いたけど、そりゃ。四六時中、監視してたわけじゃないしさ。ちょっと風呂掃除かなんかしている間に、出て行ったらしいんだよ」

「そんな……。それって何時頃の話なの？」

「夕方の四時前くらいなのかな。気づいたときには、母さんの靴がなくなっていて、姿がなかったらしい。俺だって会社から一目散に戻ってきてさ。もう、参っちゃうよなあ」

「警察は？　警察には連絡したの？」

「まだしてない」

「それ、早くしないとダメだよ。交通事故とかに遭ったら大変じゃない。なにしてんのよ」

「なにしてんのって、その言い草はないだろ？　さんざん捜したんだから。知加も賢太も一緒になって、必死で走り回ったんだぜ。まず自力で捜すってのが常識だろ？　途中で最寄りの交番に寄ってみたけど、お巡りさんがいなくてさ。しょうがないだろ？　とりあえず家に戻ってきて、警察に捜索願い出す前に香子に連絡しなきゃって思ったから、こうして電話してるんじゃないか。それのどこが、いけないって言いたいの？」

岳人のいきり立った声がときどき途切れる。私は携帯に当てていないほうの耳を、空いた手で塞《ふさ》ぎながら、岳人の怒り声を必死で拾った。イライラする気持と不安な気持がないまぜになって、心拍数が急激に上がり始めたのを感じる。

「とにかく、急いで戻ります。なんかあったらまた電話して。警察には連絡しておいてください。お願いします」

感情を殺して言い切ると、携帯電話を切った。落ち着いて、落ち着いて。ドキドキする胸をさすりながら自分に言い聞かせる。

岳人の家に預けたのが間違いだったのだろうか。少々嫌がっても、知加ちゃんにウチに泊まってもらうようお願いすればよかった。慣れない家に長い時間いることは、今の母には無理があったのかもしれない。後悔の念が頭の中をグルグル回る。それにしても母さんったら、どこをほっつき歩いているのだろう。もう、なんでこんなときに限って……。

携帯電話を握りしめたまま、私はデッキの扉の窓から日の暮れかかった遠い景色に目を向けた。早く！　急いで新幹線。スピードを上げて。どうかお願いします！

第六章　徘徊迷子

さっきから足元がふらついて、さかさか歩けません。早くしないとお父さんが帰ってきてしまう。そう思うとなおさら気ばかり焦って左右の足がいちいち絡み合うのです。ふざけてないでシャキッとしなさい、シャキッと。足を叱りつけながら腕時計を見ると、あら、もう四時半。夕方までに戻るつもりだったのに。なんでもっと早く出なかったのかしら。本当にわたしったら、バカ、バカ。お父さんが帰る前に夕飯の支度もしなきゃいけない。ああ、どうしましょう。バカ、バカ、バカ。

ふと見ると、目の前に八百屋さんがありました。新鮮そうなお野菜がたくさん並んでいます。きっといいお店なのでしょう。せっかくだからここでお野菜を買って、あとはウチの近所のお肉屋さんで豚肉の薄切りと、隣のお豆腐屋さんでお豆腐を買えば、そうだ、豚のしゃぶしゃぶになるわ。お父さん、豚しゃぶ、好きだし。そうしましょう。作る時間がないときはお鍋《なべ》がいちばん。

「らっしゃーい」と威勢良く店の奥から頭に手ぬぐいを巻いたオヤジさんが出てきたので、店先に積まれた青菜の束を見て、

「あら、これ、芹《せり》？」

訊《たず》ねると、

「そう。今日の芹はいいよぉ」

「本当だ。じゃ、この芹と、あとほうれん草と長ねぎと……」

「今晩なにすんの、奥さん？」

「今晩？　どうしようかと思ってるの」

「鍋がいいんじゃない？　今夜また冷え込むらしいから。花冷えってやつだね」

「あらそうなの？　鍋のつもりはなかったけれど、まあ、いいわ、お鍋で」

「だったらウチの豆腐、持って行きなよ」

「お豆腐もあるの？」

「ウチの豆腐ね、評判いいんですよ」

「じゃ、ひとつちょうだいな」

「木綿と絹、どっちにします？」

「木綿がいいわね」

「白菜とか、春菊とかはいらない？」

「いらない。ウチの主人、お鍋はシンプルなのが好きなの。豚肉の薄切りとほうれん草とお豆腐だけって、昔から決まってるの。でもたれは胡麻《ごま》なのよ。白胡麻のペーストに醤油《しょうゆ》と胡麻油とお砂糖少しと、生姜《しょうが》とか長ねぎとかも入れてね。あ、にんにくもいただける？」

「へい。にんにくも入れてっと。じゃ、全部で千百三十円になります」

バッグからお財布を出して、ついでに眼鏡、眼鏡はどこかしら。あった、あった。眼鏡をかけて、

「はい、二千円お預かりして……、八百七十円のお返し」

おつりを受け取って、お財布に入れて、お財布の蓋《ふた》をしめたら、

「おいしそうですね、お宅の豚しゃぶ」

オヤジさんが話しかけてきたので、

「なんで？」

訊《き》き返すと、

「だって豚しゃぶ、作るんでしょ、今晩」

「あら、そうだった？」

わたしは考えてもいなかったけれど、それは名案だと思いました。時間がないときはお鍋がいちばん。お父さんも豚しゃぶ好きだし。

「ありがとう、いいこと教えてもらって。ウチの豚しゃぶは、お肉とほうれん草とお豆腐だけなの。ごちゃごちゃ入れるの、嫌いだって言うのよ、ウチの主人」

「ああ、そうなんっすかあ」

「たれは胡麻だれが好きなのよ。そうそう、ほうれん草、一束くださる？」

「入れましたけど、さっき」

オヤジさんがキョトンとした顔でわたしを見つめるので、手にぶら下げていたビニール袋を覗《のぞ》いてみると、なるほどほうれん草が入っているではないですか。

「やだ、入ってた。私ったら、頭がパッパラパーになっちゃった」

自分の頭を叩《たた》いて笑うと、オヤジさんも笑いながらわたしの背中を叩いて、「なに言ってるんですか。まだじゅうぶんにお若いですよ！」なんてお世辞を言うから、

「年寄りをからかうもんじゃないの！」

そう言い返して、お財布をバッグにしまいながら歩き出しました。するとわたしの背中に、

「まいど！　またお待ちしてまっす！」

びっくりするほど大きな声でオヤジさんが送り出してくれました。

ちょっとのんびりし過ぎたようです。早くウチへ帰らなきゃいけなかったのに。お父さんにまた怒られちゃうわ。お前はあちこちで愛嬌《あいきょう》を振りまきすぎるから何でも時間がかかるんだって、いつもお父さんに叱られるの。

商店街の端まで行って、大通りには出たものの、さて右に行ったら駅に着くのか、左へ曲がったほうがいいのか。振り返って見上げると、頭上に大きく「観音通り商店街」と書いてあります。こんな商店街に来たの、初めて。なんでわたし、こんなところにいるのかしら。とんと思い出せません。だから駅がどっちなのかわからないのも当然だわ。

さあ、どうしたものか。野菜の入った袋の重さがだんだん響いて、膝《ひざ》と腰が痛くなってきました。

しばらく立ちすくんでいると、ちょうど通りかかった女子中学生らしき三人組となんとなく目が合ったので、「あのー」と遠慮がちに声をかけてみました。三人はあどけない顔で「はい」と声を揃えて恥ずかしそうに返事をし、立ち止まってくれました。わたしは彼女たちの顔を見ながらもう一度、

「あのー」

言い出してはみたものの、何を聞こうとしたんだっけ。この子たちがあまりにも可愛くて、そのプクプクしたほっぺたに見とれているうちに、わからなくなってしまいました。

「ええとね」

考えているわたしを、三人がじっと辛抱強く待ってくれています。なんだか申し訳なくなってきました。

「もういいわ。ごめんなさいね、お引き留めしちゃって」

そう言うと、「いいえ」と、また三人が声を揃えてちょこんと頭を下げ、歩き去っていきました。

わたしはその後ろ姿を見送っているうちに、ふとひらめきました。そうだ、彼女たちのあとをついていけば、駅に着けるかもしれない。セーラー服の背中を見ながらわたし

は歩き出しました。でも、まもなく三人のうちの一人が残る二人と、「じゃあねえ」と手を振って別れ、それからまもなく次の路地で残る二人が「また明日」と手を振って別れ、最後の一人がスッと横道に逸《そ》れたと思ったら、すぐ先の、ブロック塀に囲まれた家の鉄の門を開けて、中に消えてしまいました。

さあ、どうしましょう。住宅街に、わたしひとりが残されました。

そこへサラリーマン風の男の人が近寄ってきたので、勇気をふるって声をかけました。

「すみませんが、駅はどちらでしょう？」

「ああ、駅ですか？」

男性は低い声で穏やかに応《こた》えると、人差し指を伸ばして説明し始めました。でも、車の行き交う音がうるさいのと、その人の声がくぐもっているせいで、よく聞こえません。

「え？　え？」と何度も訊き返すうち、

「ご案内しましょう。私も同じ方向なので」

駅まで連れて行ってくださると言うではないですか。世の中には親切な方がいるものです。おまけに、わたしが手に持っている白いビニール袋に気づいて、「お持ちしましょうか」とまで言ってくださいます。

「いえいえ、大丈夫です」

わたしは手を横に振りながら丁重にお断りしました。本当は、持ってもらいたい気がしないでもなかったけれど、そこまでずうずうしくはなれません。

しばらくそのサラリーマンと並んで歩道を歩いて行くうちに、ようやく駅が見えてきました。ああ、よかったあ。

「もう大丈夫です。ありがとうございました」

深くお辞儀をしてその人にお礼を言いました。その方は、そうですか、じゃあと言って、また来た道を戻っていかれたのです。なんでその方がわたしと並んで一緒にここまで歩いてこられたのか知らないけれど、まあ、悪い人ではなかったので、よしとしましょう。きっとあの人も一人じゃ心細かったのでしょうね。

ここまで来ればもう問題ありません。あとは切符を買って電車に乗って、いつもの駅で降りて、十分ほど歩けばウチに着くんだから。そう思って券売機の前に立ち、路線図を見上げたのですが、どうしても目指す駅の名前が見当たらない。おかしいわねえ。

電車に乗るなんて、久しぶりのことです。もう長いこと、わたしは子育てと夫の世話に忙しくて、家事に専念していたから、一人で電車に乗ることはめったになくなっていました。たまに出かけるときはたいていお父さんと一緒でしたから、お父さんが切符を買ってくれていたし。

そりゃ若い頃は、子供の学校へ行ったり、買い物に出かけたりして、外を歩き回る機会は多かったように思いますが、それでも自分の楽しみのために電車に乗るなんてことはなかったわねえ。学生時代の友達と旅行を一回ぐらいはしたかもしれない。あれはでも、結婚してまもなくのこと。香子も岳人も生まれる前の話ですから。

思えばわたしの結婚は、なんの変哲も面白みもないごくごく平凡なものでした。恋愛感情とか片思いとか恋の病とか、そんなものとは、笑っちゃうほど無縁だったわ。

そもそも晋さんとは、父の仕事関係のお知り合いの紹介で会ったのです。わたしが二十六歳で、晋さんは三十三歳。当時としては二人とも売れ残り同士のお見合いみたいなものでした。男はまだしも、女が二十五過ぎても結婚していないと、ひどく肩身が狭くて。どうしてそんな歳まで結婚しなかったのかと聞かれても、これといって理由はなかったんです。お見合いもそこそこしていたのですが、なんとなくご縁がないまま、二十代も後半にさしかかっていました。いっときは、わたしってそんなに魅力がないのかしらと思い悩んだこともありました。それなのに、落ち込んでいるわたしに向かって父がある日突然、言い放ったのです。

「次の見合いで決まらなかったら、勘当だ。この家を出て、一人で生きていけ！」

そんな恐ろしいことを実の親がどうして言えるのでしょう。わたしは恐怖のあまりしばらく父の顔が見られなかったのを覚えています。だってひどすぎると思ったんですもの。学校を卒業したあと、わたしは会社にお勤めするのを許してもらえなかったから、家業の海苔《のり》問屋の手伝いをしたり、父の姉である年老いた伯母《おば》の世話を任されて、独り暮らしの大森《おおもり》の伯母の家に泊まり込んでずいぶん面倒をみたりもしていたのです。家や親族のためにそれなりに尽くしてきたつもりでした。それなのに、なぜこんな厳しいことを言われなければいけないのでしょう。でも、家の中で父の発言は絶対でした。抗《あらが》えるわけがありません。勘当されたらたまらないから、次のお見合いのお相手がどうか良い人でありますようにと、ひたすら神様にお祈りすることしかできませんでした。

そんなわたしの前に現れたのが、晋さんだったのです。

晋さんの第一印象といえば、さほどパッとしたものではありませんでした。肩幅はしっかりあるけれど、全体的には痩《や》せっぽちで胸板も薄くて、立っても座っても歩いても、どことなく頼りない感じでした。顔もごく普通。目は細くて頰骨が張っていて、ひどいってほどではないけれど、少なくともわたし好みの顔ではなかったわ。

わたしはその頃、ゲイリー・クーパーが好きでしたので、青い目までは望みませんが、せめて自分を見つめてくれる瞳《ひとみ》が、映画の「誰が為《た》に鐘は鳴る」に出てきた彼のように、志に燃えてキラキラ輝く人がいいなと思っておりました。できれば初めてのキスも、わたしのお喋《しゃべ》りを唇で封じてくれるのがいいなあ、なんて、憧《あこが》れていたのです。でも晋さんは、わたしを見つめるどころか、わたしの目を見て話してくれたことなんて、一度もないんじゃないかしら。いつもそっぽを向いたまま。初めてのキスだってぜんぜん情熱的じゃなくて、明後日《あさって》の方向を見ておざなりにチュチュだったから、がっかりしちゃった。晋さんに目をそらされるたびに、なんでわたしはこの人と結婚したのだろうと情けなく思ったものです。

でも父の脅しもあって、わたしには選ぶ余地がありませんでした。だからといって無理やり結婚させられたとは思っておりませんよ。昔から、馬には乗ってみよ、人には添うてみよと言うではありませんか。最初はなんとも思わなかった晋さんでしたけれど、連れ添ううちに、この人が伴侶《はんりょ》でよかったと少しずつ思えるようになりました。

「おばあちゃん、どこ行きたいの？」

突然、声をかけられて顔を上げると、目の前に駅員さんが立っていました。

「え？」

わたしが戸惑っていると、

「後ろに人がいっぱい並んでいるんでね。迷惑になっちゃうんだよね」

そう言われて振り向いたら、たしかにわたしの後ろにイライラした顔の人たちが五人ほど並んでいます。あらやだ、いつのまにこんな行列ができていたのでしょう。

「まあ、申し訳ありません」

わたしは後ろに並んでいる人たちに深々と頭を下げました。すると、

「謝んなくていいから、早くして」

後ろのオバサンに叱られてしまいました。

「だから、おばあちゃん、どこまで行きたいんですか？」

駅員さんがまた、わたしに訊きました。

「それがね……」

わたしはもう一度、路線図を見上げて駅名を探します。おかしいわね、どうして見つ

からないのかしら。

駅員さんはわたしのそでを引っ張って、列から離すと、

「とりあえず、こっちへ来てくださいねえ」

たちまち後ろに並んでいた人たちが次々に切符を買って、改札を通り抜けていきました。まあ、皆さん、その手早いこと。残ったのはわたしだけ。まるで居残りを命じられた小学生みたいです。

「駅名は？　なんて駅に行きたいの？」

「えーと、今、思い出すから」

わたしは愛想笑いを浮かべて一生懸命に考えるのだけれど、問い詰められると頭が混乱してますます駅名が出てきません。そうしたら、急にひらめいたのです。

「わかった、大森」

「大森？」

「そうそう」

「大丈夫？　一人で電車、乗れます？」

「やあね、それくらい、わかるわよ。だってウチに帰るんだから。そこまで耄碌《もうろく》しちゃいないのよ、わたし」

「ウチに帰るとこなの、おばあちゃん？　ここの駅から電車に乗って大森のお家に帰るのは初めてじゃないわけね？」

「初めてじゃないですよ。もう何度も乗ってるの。慣れた道ですから大丈夫！」

答えながら、思わず吹き出してしまいました。だってその駅員さんの顔があまりにも不安そうなんですもの。するとその駅員さん、

「じゃさ、切符は私が買ってあげますから」

と言って、わたしのお財布から小銭をつまみ出すと、券売機で切符を一枚買ってくれました。

わたしは親切な駅員さんに笑いながらお礼を言い、切符を挿入して改札を抜け、ホームへの階段を上っていきました。やれやれ、あとは電車に乗るだけです。お父さん、もう帰っているかしら。電話をしておいたほうがいいかしら。あらら、電車が来たみたい。急いで階段を下りないと。でも、ここで転んだら大変。あらあら、ちょっと待ってくださいよ。よっこらしょっと。

やっとこさっとこ電車に乗り込んで、空いていた席に座ることができました。やーれやれ。荷物を膝に載せ、ようやく人心地ついて顔を上げると、向かい側の席に二歳くらいの女の子を連れたお腹の大きいお母さんが座っています。女の子はじっと前を睨《にら》んで静かにしていました。偉いわねえ。もうすぐお姉ちゃんになるんだもんね。覚悟してるんだもんねえ。わたしは腰をかがめて女の子に手を振って、笑いかけてみましたが、ぷいっとそっぽを向かれてしまいました。

香子も小さい頃はあんな感じだったわ。気が強くて、でも泣き虫でね。二歳違いの岳

人の面倒をよく見て、いいお姉ちゃんでした。

わたしが三十三歳のときに生まれた長女が香子。高齢出産だったから心配したけれど、無事に生まれてくれたときは本当に嬉《うれ》しかった。その二年後に、まさか男の子も授かるなんて、思ってもいなかったですよ。

わたしたち夫婦はなかなか子宝に恵まれなくてね。結婚したら放っといたって子供はできるものと信じていたわたしは焦りました。

本当のところ、一度だけ妊娠はしたんです。ところが妊娠してまもなく、その子を流産してしまいました。なにがいけなかったのかはわかりませんが、お医者様に、「無理に生まれてきても、きっと生命力は弱かったでしょう。大丈夫、次がありますよ」と軽い調子で言っていただいたおかげで、それほど落ち込まずにすみましたけれど。わたしはその言葉を素直に信じました。あの頃、晋さんだって同じ気持だったはずです。でもなかなかできなかった。晋さんのお義母《かあ》さまは、「別に子供がいなくたっていいのよ」と会うたびにおっしゃるのですが、わざわざ嫁のわたしにそんなことを言うのは、きっと早く孫の顔が見たいのだろうと思うと、つらかったものです。

結婚して七年も経つと、わたしはもう母親になれない定めなのだと諦《あきら》めかけておりました。そうしたら、ようやく女の子を授かったのです。そして二年後には男の子。不思議なものです。欲しい欲しいと思っているときは恵まれないのに、もう諦めようと思った途端に、授かるのですからね。

名前は二人とも、晋さんの独断で決まりました。香子のときなんて、わたしの入院していた産婦人科の病院の枕元に、墨で書いた「香子」という字を差し出して、「これ」

その一言で長女は香子に決まったのです。岳人も同じようなものです。どうして岳人なのって訊いても、「気に入らないのか?」って訊き返されるだけでした。わたしは別に不満じゃなかったんですよ。香子も岳人も、晋さんが白い半紙に墨で書いた字をひと目見た瞬間に、いい名前だって思ったのですから。

思えばわたしは家族に恵まれました。馬に乗ったことはないけれど、人はまことに添うてみるものだと思います。ゲイリー・クーパーのような輝く瞳ではないし、胸板も薄いけれど、そこそこに頼もしいご亭主様です。無愛想だけど、他の人がいる前だとむやみに空威張りするから、つねってやろうかと思うこともあるけれど、あと、神経質そうな咳払《せきばら》いと、洗面所に吐いた痰《たん》を、きちんと流してくださいなと何度言ってもやってくれないところなどはどうしても好きになれないけれど……、でも基本的には穏やかで優しい人です。忘れた頃にちょこっとつまらない冗談を言って笑わせてくれることもあって、そんなときは、それまでの憂さや心配事がパアッと吹っ飛んで、なんとかなるわって思えるから不思議です。この人についていけば、まあまあ楽しい人生を送れるだろうと思っていましたが、本当にその通りになりました。

さてさて、そんな大事なご主人様が家で待っているのだから、早く帰らなきゃ。窓の外へ目を移すと、遠くのほうに富士山が見えます。夕日に照らされて、なんと神々しいことでしょう。今度のお正月は富士山の近くの温泉旅館でも予約して、久々に二人で一泊旅行なんてどうかしら。そうだわ、帰ったらさっそく晋さんに相談してみましょう。昔のことをあれこれ思い出していたら、「次は品川《しながわ》ー、品川に停まります」という車掌さんのアナウンスが聞こえてきました。そういえばわたし、どこで降りるんだったっけ。わかんなくなっちゃった。

新幹線を東京駅で降りたあと、私は在来線に乗り換えて、麻有と一緒に弟の住むマンションへ急いだ。心配だからと麻有がついてきてくれたおかげで、表面上はなんとか平静を保つことができたが、内心はかなり動揺していたと思う。途中、歩きながら、あるいは乗換駅のホームなどで何度も弟の携帯に電話をしてみたが、依然として母の行方はわからないままだった。警察には捜索願いを出したというけれど、そちらからも何も連絡がないそうだ。とりあえず私は私でできるかぎりのことをしようと思い、大森に住んでいる母の妹や、葬儀に来てくれた大工の新山さんや近所の酒屋さんなど、連絡先のわかるところへ片っ端から電話をし、母を見かけなかったかとか、連絡がなかったかとか訊いてみたが、みな一様に驚くばかりで、誰も母の居所を知っている人はいなかった。

「そりゃ、心配だ。私もちょっとここいらを捜してみますよ。今夜は冷え込むらしいからね。早く見つけないとまずいね」

新山さんは相変わらず親切で、お弟子さんたちも総動員して近所の捜索に繰り出してくれるという。あまり騒動を大きくし過ぎても迷惑がかかる気がしてきて、連絡するのはそれぐらいに留めることにした。

麻有ともども弟のマンションに着くと、待ち構えていたのは嫁の知加ちゃんと賢太の二人だった。岳人はまだ外を回っているらしい。私も荷物を置いて、捜しに出ようとした矢先、弟が戻ってきた。あとは警察に任せたほうがいいと弟が言うので、いったんリビングルームへ戻る。

「これだけ捜しても見つからないってことは、電車に乗っちゃった可能性もあるな」

岳人は冷蔵庫から缶ビールを取り出して、プルタブをつまみ上げると缶のまま飲み始めた。

「いやあ、歩いた歩いた。喉カラカラだよ。で、香子、福島、何しに行ってたの？」

私はカーテンを少し開け、四階の弟の部屋から望む、街灯に照らされた下の通りに目をやった。ビールを飲みながらそんな暢気《のんき》な質問をしてくる弟の心境がわからない。母はまだ見つかっていないのだ。もしかすると今の瞬間にも交通事故に遭っているかもしれない。二度と会えないかもしれないのに、よくそんな話をする気になれるものである。

「警察は、なんて？」

私は弟の問いに答えず、訊き返す。

「警察？　ああ、捜索願い、出してきたよ。すごいもんだねえ、今の警察って。母さんの名前と生年月日と、あと服装とか携帯電話の有無とかいろいろ聞かれてさ」

「母さん、携帯は持ってないよ」

「うん、知ってるけどさ。持たせときゃよかったよな。そうしたらGPSで居場所がわかったのになあ。それはしかたないけど、とにかくそういうデータをパソコンに入力するとね、全国の警察に一斉に情報が回って行方不明者届として扱ってくれるらしい。そういうネットワークシステムができてるんだって。だから、どっかでアヤシイおばあさんを見つけたら、データと照会して、すぐにこっちに連絡してくれるってさ」

「じゃ、能動的には動いてくれないんだ」

「そんなことはないよ。お巡りさんが自転車であちこち聞き込みもしてくれてるし。だからって誘拐犯を捜すのとはわけが違うからなあ。能動的ったって限度はあるだろうな」

麻有は床に座り込んで、福島から持ち帰った柚餅子《ゆべし》の箱を開け、賢太に勧めたり、二人でじゃれ合ったりしている。老人だけでなく子供の相手をするのも手慣れたものだ。天性の才能かな。賢太が声を上げて笑っている。

「お義母様、もしかしてご自分でお家に戻ってらっしゃるってことはないかしら」

知加ちゃんが台所から日本茶の入った湯飲みを二つ持って出てきた。

「あ、お義姉《ねえ》さんたちも、ビールにします？」

その声に私が顔をしかめたとたん、しまったと思ったのか、かすかに肩をすくめ、

「お茶、どうぞー」

そう言って、何事もなかったかのように湯飲みをテーブルの上に置いた。

知加ちゃんを責められないことはわかっている。そもそもは、私が頼んだのだ。母を預かってほしいと。しかし、たとえそうだとしても、「私がちょっと目を離したのがいけなかったのかしら、ごめんなさい」くらいの一言があってもいいのではないか。それなのに、「ビールにします？」とは、どういうことだ。この家は夫婦ともどうかしている。でも本当のところ、私は自分自身に腹を立てていた。

心のどこかで仕事に浮ついている自分がいた。母をないがしろにした自分がいた。だからこんな結果になったのだ。もしこのまま母が見つからなかったら、私の責任だ。

「ねえ、岳人。お義母様、もうお家に戻ってるかもよ。電話してみたら？」

知加ちゃんが弟にまた声をかけた。

「もう何度も電話したんだって。だけど、ぜんぜん出ない。あの膝でここから一人で家には帰れないだろ。電車に乗ることはできたとしても、駅降りてから、歩いてあの坂を上がるのは、母さん一人じゃ、まず無理だと思うな。さっき酒屋の若旦那《わかだんな》に見に行ってもらったら、やっぱり誰も家にはいないみたいだって言ってたしさ」

私は知加ちゃんと岳人の会話を聞きながら、携帯電話で自分の家に電話をする。

「香子、どこにかけてるの？」

「ウチ」

「だから出ないって。無駄だってば。さっき俺がかけたばっかりなんだから」

そう言われても、私は携帯を耳に当てたまま、待つ。プー、プー、プー、プー。「はい、佐藤です」と母の声がしたら、どんなに安心することか。でも、携帯電話から聞こえる呼び出し音は延々と繰り返されるだけである。

「やっぱり私、捜してくる」

私は携帯電話を鞄《かばん》にしまい、コートを手に取った。

「じゃあ、私も行きますよ」

賢太と遊んでいたはずの麻有が素早く立ち上がる。

「麻有ちゃんはいいわよ。もうお家へ帰って。ここまでつき合ってくれただけで、ホント、助かったから。ありがとうございました」

「いえ、でも。やっぱり一緒に行きますよ」

麻有も自分のコートと荷物を取り上げて、私の後ろについてきた。

玄関に向かう私たちに、弟が声をかけた。

「無駄だってば。もうさんざん捜したんだから。あとは警察に任せたほうが賢明だって」

「そんなこと言ったって、黙って待ってるわけにはいかないよ」

「落ち着けって。心配なのはわかるけど、無駄に労力使ったってしょうがないよ」

「無駄？　さっきから無駄無駄無駄って、なんなの、それ？」

なんで私は弟の言葉にいちいち引っかかるのだろう。こみ上げる怒りを深呼吸でなんとか収め、玄関に座り込み、スニーカーの紐《ひも》を結ぶ。落ち着け、香子。落ち着くんだ。

「言っとくけど知加のせいじゃないからね」

弟が低い声で私の頭上から囁《ささや》いた。私は反射的に顔を上げ、振り返る。

「そんなこと、私、一言も言ってないでしょ」

「言わなくたって、顔に書いてあるよ、香子の顔にさ」

弟の声がきつくなっている。私は黙って立ち上がる。知加ちゃんのせいじゃない。そう言わなければいけない。でもどうしてもその言葉が出てこない。

私は玄関のロックを解除した。弟に背を向け、ドアを開ける。ドアノブを握ったまま、私は外に向かって言った。

「知加ちゃんのせいだなんて、まったく思ってないです。私がいけなかったんだから」

私はマンションの廊下を駆け出した。「お邪魔しました。じゃ、失礼します」という麻有の声が後ろで聞こえ、続いて追いかけてくる足音がした。

「待って、香子さん」

いけないのは私だったのだ。こんなことなら母さんを福島まで連れていけばよかった。母さんの得意料理もたくさん選ばれていたのだから、試食会の手伝いをしてもらうことだってできたはずである。

いや、違う。私は恥ずかしかったのだ。呆《ぼ》けた母親を見ず知らずの人の前に出すことが。タモさんや麻有に迷惑をかけるのも嫌だった。でもそれよりもたぶん、自分の仕事は家の事情と切り離したかったのだと思う。フリーのフードコーディネーターとして、今度こそ失敗せずに、カッコよく仕事をやり遂げたかったのである。

「弟さんにここらへんの地図、借りてきました。赤ペンでチェックのついているところは、一応、確認済みって印だそうです。今、ここだから……、とりあえず、あっちの公園、行ってみます？」

麻有が私に追いついて、歩きながら目の前にタブロイド判ほどの大きさの地図を広げて説明してくれた。

「うん、そうしようか。あと、駅と、商店街にも行ってみたほうがいいと思うの」

「そうですね。誰かお母さんの姿を見た人がいるかもしれませんからね。服は何色だったんですか？」

「ベージュ色のウールのコート着て、その下に白いセーターと焦げ茶のズボンだったはず」

「そうだ、私、こないだ、お母さんとご仏壇の前で自撮りしたんだ。あの写真、見せながら聞き込みしていったら、なんか思い出してくれる人、いるかもしれませんね」

麻有が歩きながら携帯電話を操作して、写真を検索している。

「危ないよ、麻有ちゃん。私たちが自転車にでもぶつかって怪我したら、洒落《しゃれ》にならないからね」

「はーい」

実際、歩いていると、何度も自転車とぶつかりそうになる。キャリーバッグを転がしている人もいるし、ベビーカーを押しているお母さんもいる。

こんなごちゃごちゃした、車道と歩道の区別もないような道を、母は誰にもぶつからず、車にも轢《ひ》かれず、ちゃんとまっすぐ歩くことができたのだろうか。

まして夕方の、買い物客や学校帰りの子供たちが多い時間帯は今より危険に満ちていただろう。

暗闇に包まれた公園に着き、隅から隅まで駆け足で回ったが、ブランコにも滑り台にも茂みの陰にも、母らしき人影はなかった。東屋《あずまや》のベンチにいるかもしれないと思って覗《のぞ》き込んだら、キャッと悲鳴を上げられた。高校生のカップルを脅かしてしまったらしい。

公園は諦めて、続いて商店街に向かったが、すでにシャッターを下ろしている店が多かった。気がつけばもう夜の八時を過ぎている。コンビニや喫茶店など、まだ営業中の店に入って、麻有の撮った写真を見せながら訊ねてみたが、母を見かけたという人は一人もいなかった。

考えてみれば、居酒屋や飲食店の中にまで母が入る可能性は低い。続いて通りの脇で屋台を出している焼き鳥屋とかおでん屋とかを当たってみたが、それも不発に終わった。

三月半ばとはいえ、夜風は冷たい。こんな暗くて寒い路上をまだ母が歩き回っているかと思うと、居ても立ってもいられない気持になる。が、どこからどうやって捜せばいいのだろう。歩き回れば歩き回るほど、見通しがつかなくなってきた。弟が「労力の無駄」と言った気持もわからなくはない。無駄とまでは思わないが、こんなことで母が見つかるわけはないという悲観的な考えが頭をもたげてきた。

「駅、行ってみます？」

麻有が私の顔を覗いた。私は夜空を見上げた。駅へ行っても期待はできないだろう。でもここで諦めたら、二度と母に会えないような気がした。

「よし、行こう！」

私は歩きながら麻有に語りかけた。

「駅でなんの手がかりもなかったら、麻有ちゃん、もう帰ってね。これ以上つき合わせるわけにはいかないから」

「なに言ってるんですか。私だってお母さんを捜す権利、あるんですよ。だってずっと一緒にレシピ考えてきた仲間なんだから。それに、帰ったって、心配で眠れませんよ」

私は麻有とは逆の方向に顔を向けた。涙で視界が曇ってよく見えない。

「ごめんね」

涙声を堪《こら》え、そう返すのが精一杯だった。

駅員室の扉を叩くと、奥にいた三人の駅員がこちらを振り返った。

「はい、なにかご用でしょうか」

私は事情を説明し、麻有が携帯電話を開いて母の写真を差し出した。

「ああ、さっきも警察の人が来て問い合わせてた徘徊《はいかい》のおばあさんのことね？」

徘徊と、はっきり言われるとドキッとする。たしかに母は徘徊しているのかもしれないが、そういう言葉を使うことに抵抗がある。

「どうも迷子になっちゃったらしくて」

迷子と呼ぶには歳を取り過ぎている。でも徘徊とは言いたくない。じゃあ、なんと呼べばいいのだろう。日本語には、道に迷った人間のことを呼ぶとき、「迷子」か「徘徊」の二つしか選択肢はないのだろうか。

「迷子って歳じゃないんですけどね」

そう言って苦笑いをしてみせたが、私の言葉には誰も反応せず、すでに三人の駅員は麻有の前に集まって、写真を覗き込んでいる。

「あー、このおばあちゃん、私、会いましたよ」

三人のうちのいちばん若い駅員が、声を上げた。

「え?」

私は身を乗り出した。初めての手がかりだ。

「いつ? 何時頃ですか? 改札、通ったんですか? 電車に乗ったんですか?」

畳みかけると、

「たしか五時頃じゃなかったかな。券売機の前で切符の買い方がわからなくて困ってた様子だったんで、声かけたんですよ」

母を目撃したという駅員が説明を始めると、

「なんだ、さっき警察の人が来たとき、そんなこと言ってた？　遠藤君《えんどう》」

「いや、だって私、そのとき所用で出てて、ここにおりませんでしたから」

「あ、そうかあ。遠藤君、いなかったんだ。そのおばあさん、電車に乗ったの？」

駅長というバッジをつけた年配の駅員が遠藤駅員に質問する。

「はい。大森まで行くっていうから、私が切符を買ってあげて。そしたらちゃんとお礼を言って改札を通って行かれましたよ。そんな、徘徊老人には見えなかったですけどね」

「大森……？」

私が呟《つぶや》くと、

「ウチに帰るって。大丈夫ですか、一人で電車、乗れますかって聞いたら、それくらいわかりますよってニコニコしてらっしゃいましたけどね。大森じゃないんですか、お宅は？」

「違います。でも親戚《しんせき》が大森に住んでいるので、母さん、それと勘違いしたのかなあ」

「いずれにしても、そのおばあさんは大森方面へ向かったってことなんだな？　それ、早く警察に知らせたほうがいいぞ、おい」

駅長が部下に指令した。そのとき、私の携帯電話が鳴った。

「もしもし？」

弟の岳人からだ。

「あ、香子？　警察から連絡があってさ。母さんが見つかったって」

「マジ⁉」

私は自分でも驚くほどの大声を発した。

「ただ、見つかったのが久里浜《くりはま》らしくてさ」

「久里浜？　なんで？」

「わかんないよ。とにかく今、久里浜の病院にいるらしい」

「病院って⁉　怪我でもしたの？」

「どうも路上で転んだらしいんだ。通りかかった人が救急車で病院へ運んでくれて、身元がわからないからって警察に届けたら、バッグの中にウチの電話番号を書いた紙があったらしくて。それでかかってきたんだよ。ホントにラッキーだよなあ」

「で、母さん、大丈夫なの？」

「警察の人の話によると、腰と膝を打ったみたいだけど大した怪我じゃなかったらしい」

麻有と三人の駅員は、私のそばに立ってじっと聞き耳を立てている。私は岳人と電話で話しながら、みんなの顔を見渡して指でVサインを作って、何度も頭を下げた。よかった。本当によかった。こんなに嬉しかったのは、大学の合格発表のとき以来かもしれない。

「どうする、香子。だいたい今、どこにいるんだよ？」

「駅」

「じゃ、俺もこれからそっちに向かうよ。一緒に引き取りにいったほうがいいだろ？」

「そうね。じゃ、ここで待ってる」

「私もついて行きましょうか？」

弟との電話を切ると、麻有が声をかけてきた。

「そう？」

麻有の申し出を断ることができない。母が見つかってホッとしたものの、つい先刻まで激しく言い争っていた弟に対するわだかまりは残っていた。緩衝材としての麻有の存在は大きい。麻有には申し訳ないけれど、ここまで来たら最後までつき合ってもらいたくなった。

「やっぱりさあ……」

久里浜へ向かう横須賀《よこすか》線の車内である。並んで座った弟が、呟くような口調で話しかけてきた。私に対する怒りは収まったのか。声に棘《とげ》がない。私はゆっくり岳人のほうへ顔を向ける。

「なに？」

「いや、母さんのことだけどさ。やっぱりそろそろ本気で施設に入れること、考えたほうがいいんじゃないか？」

またその話か。弟はどうしても母を施設に放り込みたいらしい。反論したい気持がなかったわけではないが、電車の中ということもある。

「施設ねえ……」

私は曖昧《あいまい》に、おうむ返しをした。そんな私の反応に弟は安心したのか、たちまち堰《せき》を切ったように喋り出した。

「そうなんだよ。俺、ちょっと調べたんだけど。本当に今って高齢化社会なんだよなあ。いろんな企業が老人向けのそういう施設作っててさ。まあ、特養とか、ああいうのに比べたら値段は高いと思うけど。でもね、香子、知ってた？」

「なにを？」

「親父ったらさ、そういうときのためにって母さんと二人で終身保険に入ってたみたいだぜ。さすがだね。それが貯蓄型のものでね、けっこうな額になっててさ。解約すれば、施設の経費はなんとかまかなえそうなんだよ。つまり、親父が今まで積み立ててきたお金で、当分は施設で暮らせるっていうわけ。すごくない？　それなら、今すぐ家を売らなくても、なんとかなるぜ」

父が死んだあと、遺産や財産のことはすべて弟に任せきりだった。私はそういう方面がとんと苦手だ。その点に関しては、弟の働きは大きい。しかし――。

岳人の口ぶりは、まるで新しいマンションを見つけて買おうかどうか迷っている人の話のようだ。そんなに楽しそうに語る話題か。でも、私は黙って聞き続ける。

「だから母さんが元気なうちは、たとえば週末とかは帰宅して、ウチでみんな集まってご飯食べるとかさ。そういう自由もあるし。まあ、今程度の呆け具合と健康状態ならって話だけどね。そうすれば香子だってあの家に住み続けられるだろ？」

「そうねえ……」

「ただね、あの家に一人で暮らすのは無駄っていうかもったいないっていうか。固定資産税だってバカにならないし、庭の手入れにも金はかかるしね。将来的に売るか、あるいはマンションに建て替えて、そこを人に貸して家賃収入を得るかだな。いずれにしても見通しは立てておいたほうがいいよ」

弟の考えはある意味で理にかなっている。母と家をそろそろ始末する方向で話を進めようじゃないかという意見だ。しかし、家はともかく、母はモノではない。人の気持はそんなに合理的に始末できるものではないと思う。どうしてそれが弟にはわからないのか。

「どう思う、香子？」

あれだけ激しく喧嘩《けんか》をしたわりに、弟はすこぶる機嫌がいい。少なくとも機嫌良く見える。持論を展開しているときはいつもそうだ。この場に気まずい雰囲気が流れていないかとか、相手がどう思っているだろうとか、そういうことにはまったく頓着《とんちゃく》しない性格だ。

「うーん。どうかなあ……」

私は隣に座る麻有のほうにさりげなく視線を移す。麻有は前後に頭を揺らしながら、居眠りをしている。さすがに疲れたのだろう。朝から働きづめの上、母の捜索にまで走り回ってくれたのだ。今度、きちんとお礼をしなきゃ。

「お、そろそろ着くぞ」

弟の声に、

「麻有ちゃん、着きますよ」

私は麻有の肩をそっとゆすって起こし、目を半開きにした麻有を抱えて座席から立ち上がった。

久里浜の市立病院に到着すると、救急室の隅にある椅子に母がちょこんと座って待っていた。白衣を着た医者の隣には、警察官の姿もある。

「あら、どうしたの?」

私と岳人の顔を見るなり、母は目を瞠り、嬉しそうに手を振った。想像していたよりはるかに元気だ。転んだ勢いで呆けが進んでいたらどうしようかと思っていたが、この分だと大丈夫そうだ。

「どうしたのじゃないでしょう。いったいどこをほっつき歩いていたのよぉ」

私は母の肩を叩いて軽く叱りつけた。母はケロリとしたもので、フフッと笑うと私のお腹に人差し指を突きつけて、

「つんつん、おへそ!」

最近、母はやたらに人のおへそを突っつきたがる。幼少期にこんなことをして遊んだりしていたのだろうか。

「なんですか、心配させておいて」

私も人差し指を立てて母のおへそのあたりを突っつく。

「やん。残念でしたぁ、そこじゃないもんね」

そしてまた母が私のお腹を突っついて、私が仕返しをする。キリがないので、私は傍らにいる麻有を指さして、

「この人、誰?」

意識を他に移させようと問いかけてみる。母は麻有の顔をじっと見つめてから、立てていた人差し指を自分の口元において、「うーん」と上目遣いをしたあげく、

「誰だっけ?」

子供のように舌を出して照れ笑いをしてみせた。

「やだ、私のこと、忘れちゃったんですか? 麻有ですよ、お母さん! お迎えにきましたよ!」

麻有が床に膝をつき、視線を母と同じ高さにして笑いかけた。

「お迎え? どっかに出かけるの?」

「違いますよ。おウチに帰るんです。ここは病院なんです。お膝、大丈夫ですか?」

麻有が母の膝にそっと手を当てた。

「膝?」と母はズボンのまくれ上がった自分の膝に目を落とし、初めて気づいたかのような顔で、

「あら。なんで包帯なんか巻いてるの?」

と言った。

「転んだんでしょ？　覚えてないの？」

私が問うと、

「そうだっけ？　なんで私、転んだの？」

「もう……。こっちが聞きたいわよ」

「ちょっと、香子」

弟に呼ばれ、私は母のそばを離れる。弟は白衣姿の若い医者と警察官と向き合って立っていた。

「どうもお世話になりました」

医者と警察官の双方に会釈をすると、

「では、これで捜索願い解除の手続きは一応、完了しましたので、本官は失礼します」

「どうもありがとうございました」

頭を下げる私と弟に向かい、軽く敬礼したあと、警察官は書類を抱えて部屋を出て行った。腰には本物の拳銃《けんじゅう》をぶら下げている。その物々しい後ろ姿を見送りながら、改めて母が無事だったことに安堵《あんど》した。警察官がいなくなると、医者がおもむろに口火を切った。

「今、弟さんにもお話ししたのですが、お母様はここに運ばれてきたときは意識もしっかりしていて。転んだ際に膝を打って少し出血しておられましたが、レントゲンの結果、骨に異常はありませんでした。発見した人の証言によりますと、道に横たわっていたときは、やや意識がもうろうとしていたようだったので、念のため、頭部のCTスキャンも撮りましたが、ま、多少の萎縮《いしゅく》と血管の硬化は確認できたものの、転倒によると思われる異常は……たとえば慢性硬膜下血腫《けっしゅ》といって、脳の中で出血して血腫ができるという症状ですが、ま、そういうものは見当たりませんでしたので、とりあえず問題ないと思われます。ただ……」

「ただ……？」

どうやらここからが話の要点のようだ。私は身を乗り出す。

「もし、何か気になる症状が出た際は、かかりつけの病院なりお医者さんなりに診てもらうことをお薦めします」

「気になる症状というのは、つまり認知症が進むとか、そういうことですか？」

岳人が医者に聞いた。

「転倒とか、長時間歩き回ったことが直接的な要因となって認知症状が急速に進むかというと、そのような例はめったにないと思われますので、おそらく心配はないでしょう。ただ、ま、フィジカルな症状ですかね。たとえば頭痛とか吐き気とか、あるいは膝の痛みが増すとか。慢性硬膜下血腫というのは、転倒直後には現れない場合もあります。しばらく経って、もしなんらかの症状が見られるようでしたら、早めに病院へ連れていかれるほうがいいかもしれませんね」

医者の説明はあくまで明瞭《めいりょう》だ。つまり、今は大丈夫でも、しばらくしてから母の具合が悪くなる可能性があるらしい。遠慮がちながら、そちらのほうが問題だと言っているように聞こえる。急に不安になってきた。そんな私の心の内を察したか、医者がつけ加えた。

「ま、ちょっと転んだくらいでは認知症が進むことは少ないと思います。ただ、認知症というのは環境の変化に弱いところがありまして。たとえば今後また転倒して骨折などしたときは入院が必要になりますが、そういうことで認知症の方の場合、混乱をきたしてしまうことがありますのでね、ま、できるだけ転倒しないように、ご家族の方も、注意してあげてください」

医者が私に向かって慈悲深い神父のような顔で微笑んだ。

「あと……」

医者の言葉がさらに続いた。まだ注意事項があるのだろうか。

「失禁されていましたので、下着を替えて、今、おむつをつけてあります。おそらく転倒したときの衝撃のせいだと思いますが。汚れた下着はあとで看護師がお返ししますので」

失禁……。そんなことは初めてだ。今までどんなにもの忘れをしても、母がお手洗いの問題で私や他人の手をわずらわせたことはない。母がこのことを知ったら恥ずかしがるだろう。今、自分がおむつをはいている自覚はあるのだろうか。とうとう、母がおむつをするときが来たのかと思うと、かすかにショックである。

「あの、母なんですけど、今後は常におむつをつけておいたほうがいいんでしょうかね」

唐突に、弟が大きな声で医者に問いかけた。

「いや、今回の失禁はあくまで一時的なことだと思いますので、その点に関しては今後の様子を見て判断されればよろしいかと思いますよ」

そんな質問を、いくら耳が遠いからといって、母のすぐそばでする必要があるのか。無神経が過ぎるぞ。私は弟を睨みつけた。が、弟はなんとも感じていない様子だ。

後ろで母と麻有の声がする。

「あなた、どこのお生まれ？」

「神戸《こうべ》です」

「まあ、神戸なの？」

いつもと同じやりとりが始まった。しかし神戸は初登場だ。私は振り返って二人の会話に耳を傾けた。

「神戸ってどんなとこ？　私、行ったことないの。きれいな街なんですってねえ」

「きれいですよぉ。おいしいレストランもたくさんあるし。建物に風情があって、異国情緒が溢《あふ》れる街ですよ」

麻有がコロコロ笑い声をあげながら話すのを、母はいとも楽しそうにいちいち頷《うなず》いている。

でもきっと今は気を張っているから元気なのだろう。あれだけ長い時間、放浪したのだ。疲れていないわけがない。早く家に帰らせて、暖かい布団の中でたっぷり寝かせよう。おしめなんて、帰ったらさっさと取ってやる。母にはまだ必要ないはずだ。住み慣れた場所に戻ればきっと落ち着くに違いない。おいしいものを食べさせて、いつもの生活リズムに戻す。そしてもう二度と、弟の家に預けるなんてことはしない。自分の家にいるかぎり、母は安心していられるのだから。

「さあ、母さん、帰ろう」

私は母のズボンの裾《すそ》を降ろし、手を取って、床に立たせた。

「歩ける？」

「大丈夫」

母は昔から我慢強い。少々痛くても、「大丈夫」と言うのが口癖だ。呆けても本質的な性格は変わらない。私は母の手を握ったまま、医者に頭を下げた。

「どうもお世話になりました」

私の隣で弟の岳人も「どうも」と頭を下げている。すると、その姿を見た母が、

「あら、岳人、いつ来たの？」

驚いた顔をした。

「やめてよ、母さん。俺、さっきからずっとここにいたでしょうが」

「あらそう？　気がつかなかったわ」

医者と麻有が笑い声を上げた。

「お元気で、よかったですよ」

医者は母に向かって、少し声を張り、

「ね、お元気でよかったですね。転ばないようにしてくださいよ。じゃ、お大事に」

医者の声に反応し、控えていた看護師が母を挟んで私と反対側に寄り添うと、「大丈夫ですか？　歩けますか？」と何度も母に優しく声をかけながら救急室を出て、照明の消された病院のロビーまで付き添ってくれた。

世の中には親切な人が多いものだと、今回の事件でつくづく認識した。医者も看護師も警察官も駅員も商店街の人たちも。

転倒した母を病院まで運び込んでくれた人だって、きっと都合があっただろうに、母のために貴重な時間と労力を費やしてくれたのだ。なんて奇特なのだろう。警察官に、その人の電話番号か住所を聞いておけばよかった。通報者の連絡先は警察が書き留めているはずだ。今度、問い合わせてみよう。

「麻有ちゃんも、本当に今日はさんざんな目に遭わせてしまって。申し訳ありませんでした。いくら独り暮らしだからって、こんなに遅くまでつき合わせて……。ほら、母さん、片足あげて」

ようやくウチに辿《たど》り着き、玄関で母の靴を脱がせながら、麻有に改めて礼を言うと、

「独り暮らしじゃないですけどね、私」

と笑いながら応えた。

「え？」

靴を脱ごうとする母の身体を支えながら、私は麻有に訊き返した。

「独り暮らしだと思ってました？」

「だって、そんな雰囲気だったから」

「実は亭主と子供がいるんです」

「嘘!? お子さんはいくつなの？」

「六歳の男の子です」

「やめてよ。それなのにこんなに遅くまでつき合わせて……、やだもう」

私はたちまち身が縮んだ。なんてこった。とんでもないことをしてしまった。

「大丈夫なんです。ウチの亭主、そういうの平気な人なんで。私が忙しいときはご飯も作るし洗濯もしてくれるし。子供はおばあちゃんが愛情かけて見てくれてるので」

「おばあちゃんって？」

「亭主の母親です」

「お姑《しゅうとめ》さんとも一緒に住んでるの？」

「はい。この人も気のいい人なんですよ。女は外で仕事をするべきだって言ってくれて」

「だからって、そういうことは……」

「大丈夫なんですって、ホントに」

「あなた、ここに泊まるの？」

母が話に割り込んできた。

「いえ、私、もう帰ります」

「あらそう？　泊まれば？」

「ダメなの。麻有ちゃんはね、ダンナ様とお子さんが家で待ってるんだから」

「あら残念ね。じゃ、さようなら」

ダメとわかったらあっさりしたものだ。こういう後腐れのないところは弟と似ているかもしれない。母は麻有に手を振って、少し片足を引きずりつつトコトコ廊下を歩いていった。

「おやすみなさーい」

少し上がって休んでいけばと勧める私に麻有は、いえ、電車がなくなっちゃうからもう失礼しますと頭を下げて、玄関を出た。

「ごめんね。ホントにありがとうございました。気をつけて」

私は外まで出て、麻有の背中に手を振った。私は幸せ者だ。こんなに親切な人たちに囲まれて、母も幸せ者だ。

玄関の戸を閉める。鈴が鳴った。

「きっとやっていけるさ！」

鍵《かぎ》をかけながら、声に出して宣言する。

「まだ施設なんて入れないぞ！　弟なんか当てにしないぞ。母さんと二人で、頑張るぞー！　安保、反対！　施設、反対！」

反対闘争をする運動家のように、大きな声で唱えながら廊下を進む。そうだ、身内は協力するのが当然と思うから、腹が立つんだ。最初から期待しなければ、気が楽になる。むしろ身内じゃない人たちの誠意に感謝するべきだ。たくさんの人に支えられていると思っていれば、きっとうまくいく。香子は一人じゃないんだもんね！

「ね、母さん！」

母の部屋のふすまを開けて声をかけた。母はベッドの上に腰を下ろし、寝間着に着替えようと服を脱いだところだったらしく、

「ああ、びっくりしたあ」

慌てて下着姿の胸を両手で隠した。

「ね、ね。頑張ろうね！」

母のそばまでスキップしながら近づいて、思い出した。

「そうだ、おしめ、外さなきゃ」

私が母のお腹まわりに手を伸ばすと、

「なにするの、やめて。やめてちょうだい」

母は身体をくねらせながら、人差し指を伸ばし、私におへそ攻撃をしてきた。

「よし！　こっちも突っつくぞ」

私も人差し指を母のお腹に突き刺した。ついでにおしめをはぎ取ろうとしたが、

「やめて、やめてー。助けてー。恥ずかしいから、やめてー」

「じゃ、自分でこれにはき替えてよ！」

私は母の箪笥《たんす》から洗濯してあるショーツを出して、差し出した。すると母はお腹のあたりに手を当てた。自分のはいているものに気づいたらしい。

「あら、ずいぶん分厚いパンツねえ。なんで私、こんなものはいているのかしら」

「いいのいいの。さっき病院で検査するためにはいたの。それ脱いで、こっちのショーツにはき替えてくださいよ。自分でできる？　できないなら私が脱がせるぞ」

「やめてちょうだい！　できるから」

「ホントにできる？」

「できます、できます。もう放っておいて。さよなら、おやすみなさい、ばいばい」

掛け布団で身体を隠しつつ手を激しく振って拒否する母に、急《せ》き立てられて部屋を出ると、私は自分の寝室へ向かう。

よかった。母はまだ、母である。

第七章　二人の生活

いなり寿司《ずし》作りのポイントは、お揚げの煮方にある。

私が子供の頃、母が作ってくれたいなり寿司は、お揚げだけ食べると、こんなお菓子みたいに甘くて大丈夫かしらと思うほど甘かった。でも、その甘々のお揚げに柚子《ゆず》の皮のみじん切りと白胡麻《しろごま》が混ざった酢飯を詰めて一口かじるや、お揚げから染み出すジュワッとした甘みが柚子や胡麻や酢飯の酸味と合体し、なんともいえず上品な、むしろさっぱりとした味わいに感じられるから不思議である。

「母さん、よく遠足とか運動会とかにこのいなり寿司、作ってくれたよね」

煮立ち始めたお揚げの鍋《なべ》を見つめながら、私は母に語りかける。

「え？」

母は私の後ろで、調理台に置いた木桶《きおけ》の前に立ち、中の酢飯を杓文字《しゃもじ》で切っているところだ。

「私がね、子供の頃にね、運動会のときなんかに、母さん、いなり寿司、よく作ってくれたよね」

母にはゆっくり大きな声で語りかけなければいけない。そう思いつつも、ときどき私は横着をして早口になってしまう。母は耳に補聴器を入れているが、それでも聞き取れないことがあるらしい。たちまち、「え？」と訊《き》き返し、私は結局、同じことを二度、言うハメになる。

母の聴覚の衰えがもう少し遅かったら認知症の発症も遅れたのではないかと、ときどき思う。耳が聞こえないぶん、理解力が衰えて、その蓄積で脳みそがちゃんと働かなくなったのではないか。医学的な裏付けはなく、単なるシロウトの想像だが、母を見ているとそんな気がしてくる。

母がいちいち訊き返すのは耳が遠いせいだとずっと思っていた。それが認知症のせいだとわかるまでに時間がかかったことが、病気を進行させた要因かもしれない。もう少し早い段階でまわりが気づいていたら、なんかしらの対応ができたのではないか。悔やんでもしかたないとわかっているが、どうしても悔やまれる。

母が人の話を訊き返すのは、理解できないせいなのか聞こえないせいなのか、最近、区別がつきにくくなってきた。声をかけると母はパブロフの犬のように、すぐ「え？」と反応する。一瞬、どっちなんだ？　聞こえなかったの？　それとも理解できないの？　もしかすると本人でさえわかっていないのではないか、と思うこともある。ならば、耳が遠いせいにして、呆《ぼ》けたわけではないと決めてしまえば、こちらも多少は気が楽になる。

「なあに？　運動会に行きたいの？」

「違うの。まあ、いいや。どう？　酢飯、おいしくできそう？　そろそろ柚子と胡麻を入れていいですか？」

私は前もって刻んでおいた柚子の皮のみじん切りをまな板ごと持って母のそばへ歩み寄った。

「ちょっと待って、ちょっと待って。まだご飯に味つけしてないの。お塩とお酢を入れなくちゃ」

「もう入れたって。さっき母さん、お酢の中にお塩とお砂糖、混ぜて、合わせ酢を作ったでしょ？　このカップに作って、もうご飯にかけたよ。これ以上、お塩入れたら、ご飯が塩辛くなっちゃうよ」

「あらそう？　あんたが入れたのね？」

「違うよ、母さんが入れたの！　さっき、ご飯の上から合わせ酢をタラタラって、母さんがかけたんだよ。ほら、こうやってタラタラって」

空になったカップを持って、入れる真似をしてみせるが、

「私はかけてない」

きっぱり言い切るので、こちらもついムキになり、

「かけてました！　とにかく、もう入れなくていいの！　味見してごらん？　わかるから」

母は酢飯をひとつまみして口に入れると、

「まだ塩味が薄いわね」

「薄いぐらいのほうがいいんです！」

私は母の手から強引に塩の壺《つぼ》を取り上げる。たちまち母がすねた子供のように、「いじわる……」と言って口元を膨らませた。

「母さん、ふくれてないで。今度は柚子を入れるから、杓文字でかき混ぜて。そうそう。続いて胡麻、入りまーす。ほら、混ぜて混ぜて。ああ、いい香りがしてきたね」

母も杓文字を握ったまま、酢飯の上に鼻を近づけて、「いい香りねえ」と言って笑った。忘れるのも早いけれど、機嫌を直すのもみごとに早い。

「お揚げもそろそろできたかな。火を止めてっと。少し冷まさないと味が染み込まないんだよね」

私は、いなり寿司の作り方が書かれている母の料理ノートにもう一度目を通す。

「うん、やっぱり少し冷ませって書いてある。じゃ母さん。お揚げが冷めるまで、いったん休憩。あっちの部屋で休んでて。お手伝い、ありがとうございました」

頭を下げて礼を言うと、

「いいえ。どういたしまして」

母は私と同じように丁寧にお辞儀をし、台所を出て行った。「疲れた、疲れた、ああ、疲れちゃったのよぉ、フンフフフン」と、思いついた言葉をそのまま鼻歌のメロディに乗せ、食堂へ向かう母の声が廊下に響く。

今日は母が「おいなりさんでも作ろうか」と言い出したのである。自分から積極的になにかしたいと言い出すのは珍しいことだ。

朝、起きて、食堂でトーストをかじりながら二人して庭の桜の木を眺めているときだった。風が吹くたび、ピンクの花びらがヒラヒラと宙を舞う。ようやくつぼみが開いたのは、ほんの数日前だと思っていたが、あっという間に満開になり、気がついたらもう散り始めている。花びらは地上に降りるまでの束の間を、「ほら、見て、早く早く！」とか細い声で叫ぶかのごとく、表へ裏へと回転しながら太陽の光を反射させ、最後のパフォーマンスを演じてみせる。

「きれいねえ。キラキラしてる」

母は、自分が風に舞う花びらにでもなったつもりか、身体をゆっくり左右に揺らしながら、いかにも楽しそうにそう言った。

「ホントだねえ」

私もバターナイフの先を動かして、瓶の端にへばりついているマーマレードのかたまりをこそげながら答える。

そろそろ新しいマーマレードを買っておかなければ。母さん、好きだからな。そうだ、伊豆の加瀬さんからいただいた甘夏ミカンがだいぶ余って、しょぼしょぼになっていたはずだ。父が亡くなったあとに、「少しでもお慰めになれば」というカードと一緒に段ボール箱いっぱい送ってくださった。ありがたいけれど、母と二人の生活になったら、モノが余ってしかたがない。あれを使ってマーマレードを作ってみようかしら。そんなことを考えていたら、

「お花見　行こうか？」

母が私の顔を覗《のぞ》き込んで、いたずらを思いついた子供のように言った。

「え？　行きたいの？」

「行きたいってわけじゃないけれど」

いやいや、母さん、行きたいんだ。思えば、母の失踪《しっそう》事件や病院通いなどにあたふたして、今年はゆっくり桜を愛《め》でていない。桜吹雪の花見も悪くない。でも、母は歩くとき、先日転んでぶつけた膝《ひざ》がまだ痛そうである。家の中ならともかく、人混みを長時間歩かせるのは無理だろう。

「じゃあ、ウチでお花見しましょうか」

私は提案した。ガラス戸を開け放し、縁側に座布団を並べ、ちょいと熱燗《あつかん》でもつけましょう。お父さんの遺影も並べて親子三人、水入らずの花見酒ときたもんだ。

「どう？」

母に告げながら私がさっそく押し入れからお客様用の座布団を二枚取り出して縁側に並べ始めたら、

「じゃ、おいなりさんでも作ろうか」

母がはっきりとそう言ったのである。一瞬、私は耳を疑った。料理の名前まで具体的に挙げて作る気になるのは珍しい。

母の気が変わらないうちにと、私は急いで台所へ飛んでいき、本棚から母の料理ノートを取り出して食堂へ戻る。

「いなり寿司って、私、作ったことないんだ。母さん、教えてよ」

「どうやるんだったかしら」

ここで気持が萎《な》えたらおしまいだ。私はすかさず、

「ほら、ここに作り方、書いてあるよ。見て見て」

母の前に料理ノートの「いなり寿司」のページを開いてみせる。記憶力は曖昧《あいまい》だが読解力はある。目の前に文字が示されれば、それを読んで理解する能力は、まだじゅうぶんに残っている。

「そうそう。最初にお揚げを煮るのよ。お揚げはあるの？」

「あるある。冷蔵庫に入ってる」

ちょうど昨日、きつねうどんを作ろうと思って、二袋買っておいたところだった。

「母さん、じゃ、材料から読み上げてみて」

「材料？　お揚げ六枚」

「六枚はないよ。でも、一枚で二つ作れるんでしょ？　だったら四枚あるから八個作れ

る。それでじゅうぶんだな。あとは？」

「あとは、柚子の皮と白胡麻とご飯でしょ」

「あるある」

「酢、砂糖、塩、みりん、お出汁《だし》」

「あるある、全部ある。まずご飯を炊いて、お揚げを煮るのね？」

「味をつける前に、油抜きするの。お鍋いっぱいにお湯を張って、そこで油揚げをしばらく煮立てるのよ」

「ほうほう。それから？」

「その前に、これを忘れてはいけませんよ。油揚げを擂《す》り粉木でゴロゴロするの」

母の声が活気づいてきた。

「ゴロゴロって？」

「ゴロゴロ。そうすると、あとで半分に切ったとき、間に隙間が開いて、袋になるの」

「そうなの？」

私は母の横から顔を突っ込んでノートを確認する。ゴロゴロとは、煮る前に油揚げの表面に擂り粉木を転がして、内側をはがれやすくするための作業らしい。おまじないみたいだが、ノートにはそう書いてある。こういうレシピを、母はどこで仕入れてきたのだろう。

「よし、わかった。じゃ、一緒に作ろう！」

私は椅子から立ち上がった。

「一緒に？　私と？」と母が私の顔を横目で見上げた。

「香子、作ってよ」

ニヤリと笑う。おっと危ない。ここでやる気をなくされたら元も子もないぞ。

「なにを甘えているんですか。ほら、一緒に作ろうよ。母さんに教えてもらわないと作れないもん。ね、お願い！　そもそも母さんがおいなりさん作ろうって言い出したんだからね」

なだめたりすかしたり、あれやこれやと説得したりし、母を椅子から立ち上がらせた。

こうして今日こそは、なんとか母を巻き込むことに成功したのである。料理をする習慣が身につけば、ひょっとして前よりシャキッとするかもしれない。

なにごとにも意欲が湧くのはいいことだ。ここ数日、私はヒヤヒヤしながら母の様子を見守ってきた。転んだあと、しばらく時間が経ってから変調をきたすことがあると、久里浜の市立病院の医者はたしかに言った。幸いにも、その後の母は、極端におかしな行動を取ったり、頭痛や吐き気を訴えたりすることはなかった。食欲もあるし、見た目はとりあえず元気そうだ。むしろ転んだショックが幸いして、認知症が消えたらいいのにと思ったが、そういう奇跡も残念ながら起こらなかった。

しかし本当のところ、母の具合は日によって微妙に差があった。今日のように意欲的で、比較的頭がクリアな日もあれば、もしかして急激に認知症が進んだのではあるまい

かと思うほど、視線がうつろになる日もある。心配になって声をかけると、

「え？　なあに？」

たちまち目の焦点が合い、穏やかな表情に戻るのでホッとする。母とて少し呆けた頭なりに物思いに耽《ふけ》る日もあるのだろう。

一方で、一日じゅう眠い眠いと訴えて、ぐうたらなパンダのように動きが鈍くなることもある。食事を終えるとすぐ、「ちょっと寝るね」と言って畳の上にごろんと横たわる。あるいはこちらが目を離している隙に、椅子に座ったまま、船をこいでいるときもある。

「そんなとこでうたた寝したら風邪引くよ」

母をたたき起こして部屋へ連れて行き、布団に入れると、さも気持よさそうに、「あぁ、しあわせー」と、目をとろんとさせるやいなや、あっという間にスゥスゥ寝息を立て始める。

私はベッドの傍らに立ち、母の寝顔をしばらく見守る。

体力が落ちているのかな。こんな具合に少しずつ体力が枯渇していって、気持よく寝ていると思ったら、あら、息をしていないわという日が、いつか訪れるのだろうか。

母の寝顔を見ていると、大森の叔母《おば》が飼っていた犬のチロのことを思い出す。

ビーグル犬のチロは眠っている間に死んだ。十一歳だった。足腰が弱くなってからは寝ている時間が多くなってね、今日はちっとも目を覚まさないと思って起こしにいった

ら、息をしていなかったの、本当に最期までおとなしい犬だった。文句も言わず、眠るように静かに天国に行っちゃうんだもの。叔母が寂しそうに言ったとき、私もそういう死に方が楽そうでいいなと、あの頃は叔母の気も知らず、かすかに思ったものである。

母もチロと同じように、眠っている間に死んでしまうのか。本人にとっては幸せな死に方かもしれないけれど、そんなの、私としてはやりきれない。今がその瞬間だとしたらどうしよう。急に怖くなり、無理やり母の身体をゆすって起こす。すると母は世にも悲しそうな顔で目を半分開けて、

「今、何時？」

私に聞きながら枕元に置いてある目覚まし時計に目を遣《や》って、

「四時？　なんでこんな早くに起きなきゃいけないの？」

「四時って、夕方の四時だよ。今、寝たら、夜、寝られなくなっちゃうから起きなさい！」

「夕方？　朝じゃないの？　なんで私、こんな時間に寝てるの？」

「だって眠いって言ったからだよぉ」

「うーん、眠いですぅ。あと五分寝かせて」

布団を抱え、幸せそうな顔で再び目を閉じてしまう。しょうがないなあ、もう。私は起こすのを諦《あきら》めて、母の部屋を出る。まあ、生きているからいいかと思いながら。

「はい、どうぞ」

私は熱々に燗をした徳利《とつくり》を傾けて、母の手にある小振りのお猪口《ちよこ》に酒を注ぐ。私と母は縁側に並んで座り、庭を眺めながら昼下がりの宴会を始めた。母の隣に父の写真も立てかけて、その前には父愛用のお猪口も置いてみた。

「父さんにも注ぎましょうね。じゃ、カンパーイ」

「はい、カンパーイ」

母はおぼつかない手つきでお猪口を掲げ、私と父の写真に会釈をしてから日本酒を一気に飲み干した。みごとな飲みっぷりだ。空になったお猪口をすぐに差し出してくる。

「おかわり？　母さん、飲みますねえ。あんまり飲みすぎると、また寝ちゃうよ」

私が二杯目を注ぐと、またくいっと飲み干した。

「あー、おいしい。サンキュー、キューキュー、救急車！」

この間、久里浜で救急車に乗ってからである。母は「サンキュー」を言うたび、最後に「救急車」をくっつけるようになった。もともと母がこういう言葉遊びを得意としていたかどうか、わからない。あるいは、よほど救急車に乗ったインパクトが強かったのか。

そうかと思って、「救急車に乗ったの、覚えてる？」と訊くと、

「え、誰が？　あたし？」

しばらく鼻に人差し指を当てて考えてから、

「乗ったっけ……」

そう言って、笑ってごまかすのである。もはや弟の家を出て久里浜まで遠征したことすら、ほとんど記憶にない。でも救急車という言葉の響きは、どこか頭の片隅に残ったのだろう。母の中で「サンキュー」と「救急車」はセットになっている。

「いなり寿司も食べてくださいよ、はい」

私は小皿に取り分けたいなり寿司を母の前に差し出した。

「どう？　おいしい？」

母がいなり寿司を頬張るのを見て、問いかける。

「おいしーい！」

と応《こた》えてから、母はちょっと考えて、

「お塩が少し足りないわね」

「そお？」

私も一口、かじってみる。お揚げの甘みと柚子の香りはほどよい感じだが、あえて文句をつけるなら、たしかに酢飯の味が多少ぼやけている気もする。母の言う通り、酢飯の味を引き立たせるための塩の一振りが足りなかったかもしれない。塩を足そうとした母の勘が正しかったのか。お見それしましたね。

「でも、おいしい。おいしいですよ」

母が口を動かしながら気を遣っている。

「よかったあ」

よし、反省点も含め、これで「いなり寿司」はクリアした。

仕事がない今のうちに、母の料理ノートのレシピを制覇するというタモさんとの約束を果たそうと思っている。ただ踏襲するだけではなく、そこへ自分自身のアイディアを加えて新たな味を創り出していかなければ意味がない。酢飯の中に柚子の皮と白胡麻だけというのもさっぱりしていてお洒落《しゃれ》だが、他にも何か入れてみてはどうだろう。たとえば茗荷《みょうが》。あるいは針生姜《はりしょうが》をたくさん入れたら歯ごたえがあって味が引き締まるかもしれない。

母の失踪事件以来、フードコーディネーターの仕事は開店休業状態が続いている。タモ社長は、「いつでもウエルカムだからね。お母さんのことが落ち着いたら、また連絡ちょうだいね」と言ってくれてはいるけれど、どういう段階で連絡をしたものか迷う。

仕事場に母を連れていくわけにはいかないだろう。かといって一人で長時間、留守番させるのも心配だ。また勝手に出かけられたりしたら、たまったものではない。弟の家にはもう二度と預けたくないし、他の親戚《しんせき》や近所の人にも頼みにくい。認知症は環境変化に弱いと、久里浜の医者も言っていた。できるだけウチにいさせるのがいちばんだ。となれば、必然的に出仕事は無理ということになる。

福島の白ワインの会社からだって、ワインのおつまみレシピのシリーズ化の話がすぐにでも来るような勢いだったが、タモ社長からは何の連絡もない。もしかして、他の人に回ってしまったのだろうか。麻有ならいいけれど、ぜんぜん違うコーディネーターに引き継がれるとしたら、悔しい気がしないでもない。

「寒い？」

隣で母が膝をさすっている。少し風が冷たくなってきた。私は奥から膝掛けを持ってきて、母の膝に載せる。

「あら、サンキュー、キューキュー、救急車」

また出た。なんでもすぐ忘れるくせに、こういう言葉は忘れないものらしい。母の脳みそはどういうつくりになっているのだろう。

「可笑《おか》しいね、母さんって」

私は笑いながら、手酌でお猪口に酒を注ぐ。

「この桜の木はね」

母がおもむろに切り出した。

「この木がどうしたの？」

「この桜の木はね。香子が生まれたとき、お祝いにって、お父さんの会社の社長さんからいただいたの。小さい苗木でしたけれどね」

「その話はなんか、子供の頃に聞いた覚えがあるなあ」

私はたくわんをかじりながら返答する。

「でもね、私は最初、嫌だったの」

「え？　嫌だったの？　なんで？」

初耳だ。

「だって、桜って、はかないでしょう。きれいだけどね。だから女の子の誕生のお祝いにはそぐわないんじゃないかと思って。香子にそんな桜みたいな人生を送ってほしくないと思ったの」

「桜みたいな人生って？」

「だってそうじゃない？　パアッと咲いて、パアッと散るでしょ？　そりゃ華やかかもしれないけど、なんか、ねえ」

「一発勝負みたいな人生ってこと？　それでもよかったけどね、私としては……」

「そしたらね、この木をくださった社長さんが、もし他の木がよければ遠慮なく交換してくださいって、植木屋さんの連絡先も教えてくださったのよ」

「ふうん」

「だから私はお父さんに言ったの。せっかくそう言ってくださるんだから、交換してもらいましょうよ。香子って、香る子供って名前をつけたんですから、梅とかクチナシとか。いい香りのする花が咲く木にしたらどうでしょう。沈丁花《じんちょうげ》はちょっと、お手洗いの裏にあるような灌木《かんぼく》だからお祝いにはふさわしくないと思うけど。あなたから社長さんにそう言ってくれませんかって」

「そしたら、父さんは？」

「もう大変なお怒りよう。ふざけるなーって。どういう了見だ、社長のせっかくのご厚意にお前は水を差す気かって」

「怒鳴られたの？」

「怒鳴るっていうか、怒鳴られるより怖かったわよ。低い声で顔を真っ赤にして。出て行きなさいとまで言われたんだから。そんなことで出て行けなんて。もう悲しくて情けなくて。でもそう言われたからしかたないでしょ。生まれたばかりの香子を抱いて、『お世話になりました』って言って家を出ようとしたら……」

「うんうん」

「お父さんが、『香子は置いていきなさい』って。まあ、その頃はまだ、お義父《とう》さまとお義母《かあ》さまも一緒に住んでいたから、なんとかなるとは思ったけど」

「ひどーい。私、まだ生まれたばかりだったんでしょ」

「そうだけど。しかたないじゃないの、置いていけって言われちゃ」

母が達観したように、鼻でふふっと笑った。

「それで？　どうしたの？」

「それで、一人で家を出て、とぼとぼ歩いて、大森のおじいちゃんの家に帰ろうかとも思ったけど、なんだかそれもいけないような気がして」

「帰ればよかったのに」

「だってみっともないでしょう。夫婦喧嘩《げんか》をして子供を置いて戻りましたなんて、そんなこと言えませんよ」

「まあねえ。で？」

「どうしようかと思って、駅のベンチに座って一時間くらい、ボーッとしてたら……、お父さんが来たの」

母はけっこうなストーリーテラーと見た。クライマックスにいたる間の取り方が上手《うま》い。

「迎えに来たの？　お父さんが？」

「私の前に棒立ちになって、ぶっきらぼうに、『トイレットペーパーはどこにあるんだ』って。切れたっていうの。そんなこと、お義母さまにお聞きになればいいでしょ、って言ったの、私」

「そうしたら？」

「そしたらお父さん、『わからんよ』って言ったまま、歩き出すのよ。しかたないでしょ。お父さんの後ろについて、ウチに帰ったの。それで、シャンシャン！」

母は、「ごちそうさま」を言うときと同じように身体の前で両手をゆっくり二度叩《たた》き、家出物語の幕を閉じた。

初めて聞いた話だった。私は改めて、庭のほうへ目を向ける。この桜が、そんな曰《いわ》くつきの出産祝いだったとは。

「でもね、今は桜でよかったと思ってますよ」

母が縁側に吹き込んできた桜の花びらを一枚ずつ集めながら言った。

「だって母さん、悔しかったのよ。だから、この桜がはかない人生になりませんようにって、必死で育てたの。桜って、育てやすいとは言うけれど、土から栄養をどんどん吸ってまわりの木を枯らすって説もあるの。それもなんだか、よくないでしょう。香子にはそんな人になってほしくなかったから。他人《ひと》様の分まで幸せを奪ってしまうような子にはしたくなかった。でも香子には幸せになってもらわないと困るでしょ。だから、まわりの木にも手を掛けて。ご迷惑かけないようにしますのでよろしくってご挨拶《あいさつ》しながら水をやってね。桜の木がまわりの木に喜んでもらえるような、はかなくない木になってほしいと思いながら、大事に大事に、水をやったり肥料を与えたりして育てたのよ」

一気にそこまで言うと、母は再び身体を横に揺らしながら桜を愛でた。風が吹いてきた。たちまち、たくさんの花びらがヒラヒラと大量に舞い上がる。

「きれいねえ。立派に大きくなったわねえ」

それから私の顔を見て、

「香子も大きくなったわねえ。あんた、いくつになったんだっけ？」

「三十八歳」

「あら、驚いた。もうそんな歳？　桜もそんな歳なのね」

そして、私の顔をまじまじと見て、言った。

「きれいよ、香子も」

何を急に取ってつけたような。照れるではないか。

「へえ。でもそんな話、ぜんぜんしてくれなかったよね、今まで」

私が話を戻すと、

「お父さんに家を追い出された話なんて、お父さんの前で蒸し返したくないもの」

それは道理である。そんな計算ができるとは驚きだ。なにより母が長い昔話を理路整然と話す力があることに感心した。こうなったら今のうちに家族にまつわる話をいっぱい聞いておいたほうがいい。まだ知らない話がたくさん出てきそうだ。

「じゃ、あっちの紅梅は、いつ植えたの？」

訊《たず》ねると、母はあっさり、

「いつだったかしらね。こっちの桜の木はね、あんたが生まれたとき、お父さんの会社の社長さんからお祝いにいただいたのよ」

「いや、それはさっき聞いたけど」

「でもね、私は桜じゃないほうがいいって、最初は思ったの」

「ああ、そうなの？」

買いかぶりすぎたか。

「だって桜の木って、なんか、はかないでしょう。それよりせっかく香子って名前をつけたんだから、なにか香りのある花が咲く木のほうが、記念になるんじゃないかしらって思ったのよ」

「へえ」

「木をくださった社長さんも、もし他の木がよければ遠慮なく交換してくださいって植木屋さんの連絡先も教えてくださったのよ」

細かいところまで正確に繰り返して話すところは見事だが、ついさっき自分が話したことは完全に忘れている。このままずっと聞き続けるか。あるいはどこかで、「もう聞いた」と中断させるべきか。迷っているところで、私の携帯電話が鳴った。

「もしもし？」

「あら、出たわね」

「うわ、ヒナ子さん？　お久しぶりです。どうしたんですか？」

「どうってこともないんだけど。その後、どうしてるかなと思ってさ」

相変わらずヒナ子さんは勘がいい。こちらが元気なときはなんの音沙汰《おとさた》もないのだが、私が迷ったり、心細くなったりしているときに限って、絶妙なタイミングで電話をくれる。天性の姉御気質なのかもしれない。

「そうそう、父の四十九日にはお花を送っていただいて、ありがとうございました」

私がお礼を言うと、ヒナ子さんは、

「いえいえ、ご葬儀に伺えなくて失礼しました。改めてお悔やみ申し上げます。お母様、いかが？」

「はい。案外ケロッとしてて、ときどき父が死んだかどうかも曖昧になるくらい、明るく呆けてます」

「へえ。でも、呆けても明るいなんて、お母様、ステキ！　ふさぎ込まれたりしたら大変よお。家じゅう暗くなっちゃうからね」

「それは私も助かってます」

「で？　仕事は？　続けられてるの？」

「それがねえ……」

答えながら振り向くと、母が自分で日本酒を注ごうとしている。私は携帯を耳に当て、

「ちょっと軌道に乗りかけたんですけどね、ええ、福島のワイン会社からの依頼で」

喋《しゃべ》りながら、母の手から徳利を取り上げる。たちまち母が、

「あら、やだ」

大きな声でそう言って、私の手から奪い返そうとした。

「いえ、テレビの仕事じゃなくて。白ワインに合うレシピを作るって仕事だったんです。それはまあまあ、成功したんですけど」

案外、母の力は強い。なんとか徳利を守り、私は立ち上がる。母が、「いじわる！」と私のお尻《しり》を叩いた。私は母を睨《にら》みつけ、部屋を見渡す。徳利をどこかに隠さなければ。

「その福島の仕事から帰ってくる日に、母がいなくなっちゃったんですよ」

私はうろうろ歩き回りながら携帯電話に語りかける。

「いなくなった？」

ヒナ子さんが素っ頓狂《とんきょう》な声を出した。

「福島へ行く前に、母を弟の家に預けたんですけどね。そしたら、その家から自分のウチへ帰ろうと思ったらしくて、母が勝手に出ていっちゃったものだから……」

そうだ、冷蔵庫の上の段に置いてしまえば、背の低い母の目には届かないだろう。私は携帯を耳に当てたまま、もう片方の手で徳利を持って台所へ向かい、冷蔵庫を開けた。

「そうなんですよ。警察にも捜索願い出して。もう大騒ぎですよぉ」

台所から戻ってくると、驚いたことに写真の前に置いておいた父のお猪口を持ち上げて、まさに母が口をつけようとしているところだった。

「ちょっと母さん、なにやってんの！」

思わず声を出してしまった。

「どうしたの？　大丈夫？」

ヒナ子さんの声に、

「ごめんなさい。あとでかけ直していいですか？」

私は電話を切って母のそばに駆け寄った。母から急いでお猪口を奪い取ろうとしたら、その拍子にお猪口が傾いて、酒がこぼれた。

「あら、もったいない」

母が、ズボンのポケットからクシャクシャになったティッシュを取り出して床を拭《ふ》こうとするので、

「やめなさいって。それ、一度、鼻かんだティッシュでしょ。今、雑巾《ぞうきん》持ってくるから。ダメ、拭かないの！」

「そう？　まだきれいよ。もう乾いてるし、ほら」

私の顔の前にティッシュを近づけるので、

「わかったから。とにかくね、母さん、お酒飲みすぎだよ！　もうダメ！　酔っ払ってるでしょ！」

叱りつけると、母は、べえーと私に向かって舌を出し、「酔っ払ってませんよぉーだ」と言っておどけてみせた。その顔が、じゅうぶんに酔っ払っている。


訪問調査員がやってきたのは、母と縁側でお花見をした日から二週間ほどのちの、平日の午前中である。

ヒナ子さんが教えてくれたのだ。

今後のことを考えたら、介護保険制度を利用するっていう手があるんじゃない？　近くの役所に申請すれば簡単に受け付けてくれるよ。介護保険証（見つけ出すのにこれまた苦労したが）を持っていって、必要な書類に記入して、そしたら家に調査員がやってきて、お母さんの要介護度を認定するための調査をしてくれるの。症状や生活能力によっていろいろサービスを受けられるんだけど、その度合いに応じた点数を決めるために調査するのよ。

認定されたら、点数を利用して、たとえば介護用のベッドを借りたり、家の中に手すりをつけたりするのも安くやってくれるし。あと、家を留守にするとき頼めばヘルパーさんが来てくれたり、お泊まりサービスってのもあって、ときどきセンターに一晩預けることだってできるのよ。あっちは介護のプロだから、下手なとこに頼むよりずっと安心。預けている間に入浴サービスもあるの。ウチの母もときどきお願いしてたけど、あれは助かるわよ。お風呂って、老人になると面倒臭がって入りたがらないから、知らないうちに汚れてたりするのよ。きれいにしてもらっておくと安心でしょう。

噂には聞いていたけれど、母はまだそういう公共のサービスを受ける段階ではないと思っていた。でも、ヒナ子さんに「もっと気楽に考えていいんじゃない？」と言われて、私も気持が動いた。

食堂の椅子を向かい合わせに置いて、認定調査員と名乗る女性が母の前に座り、ゆっくり質問を始めた。

「ではまず、お名前と生年月日をおっしゃっていただけますか？」

「名前は佐藤琴子。生年月日？　一九四一年五月二日でございます」

普段着の白いセーターと焦げ茶色のズボン姿で、母はよそいきの高めの声を出した。

「ありがとうございます。来月の誕生日で七十二歳になられるということで……」

書類に目を落としながら調査員は言葉を続け、

「では、これからいろいろ質問していきますが、答えられなかったら、わからないっておっしゃっていただいてけっこうですよ。まず、お身体のことをお聞きしましょうね。どこか具合の悪いところはありますか？」

「え？」

母が訊き返す。私はすかさず調査員に小声で、「ちょっと耳が遠いので、大きめの声でお願いできますか？」と頼む。「ああ、そうですか」とすぐに了解してくれたと思ったら、調査員はまた小さい声で、

「お身体の具合はいかがですか？　しびれたり、痛かったりするところはありませんか？」

「え？」

母がまた訊き返した。

「手足でしびれるとこある？」

私は口を挟む。こういう声を出してほしいという気持を込めて、わざと部屋中に響くような大きな声で母に聞くと、

「ない」

「痛いとこある？」

「ない」

ないことはないだろう。私は調査員に向かい、

「このあいだ道で転んで、左足の膝のあたりから出血しまして。たいしたことはないで

すが、まだちょっと足を引きずっているのと、もともと膝と腰は痛いらしく」

小声で補足すると、

「そうですか」

調査員が書類に書き込みをした。

「では、佐藤さん、一人でお散歩は行けますか？」

さっきより少し大きな声になった。

「お散歩？　よく行きますよ」

ウソつけ。散歩はほとんどしないくせに。でも、電車に乗って久里浜まで行けたぐらいだから、歩けないわけではない。

「階段を上がるのはつらくないですか？」

「うーん。ちょっと膝が痛いかしらね」

正直でよろしい。

「お手洗いには一人で行けますか？」

「はい」

「お風呂には一人で入れますか？」

「入れます」

私は首を傾げる。入れることは入れるが、ときどき覗きにいって「身体を洗いなさい」とか「そろそろ上がりなさい」とか指示をしないと、ずっと湯船に浸《つ》かったまま、のぼせても自分では気づかないことがある。それに、つい数日前も風呂から上がって下着をつけようと片足をあげた途端に転びそうになって、ひやっとしたばかりだ。そろそろ私が終始付き添っていなければダメかと思っていたところである。

「じゃ、料理を作ったりお掃除したりはできますか」

「そりゃ、できますよ」

ん？　と、私は調査員のほうを向いて首を傾げてみせる。

「では、普段、お家ではなにをしていらっしゃいますか？」

「普段ですか？　料理をしたりお掃除したり、お洗濯したり……忙しくしております」

母は私の顔を見てニヤリと笑った。私は、ゆっくり首を横に振る。調査員が大きく頷《うなず》いて、また書類に何かを書き込んだ。こっそり書類を覗き込んでみると、なんと質問項目の多いことか。ずいぶん細かく分かれている。身体機能・起居動作評価。生活機能評価。認知機能評価。精神・行動障害評価。社会生活適応評価……。これらを総合し、最終的に介護のレベルを決めるのだろう。

結局、小一時間を使って調査員は母に質問し続け、そのあと母から離れた場所で、私に改めて問いかけてきた。母の答えにどれほどの信憑性《しんぴょうせい》があるかを知りたかったのだろう。たしかに母は、ときどき都合よく優等生的な応答をした。自分ではできるつもりになっているのか。あるいはできないと答えるのが恥ずかしいのか。母の気持はわからないでもないが、それでは正確な調査にならない。私は調査員を相手に、最近、初めて迷子になったことや、おさんどんはほとんどしていないが、おいなりさんを作ったらちゃんとできた話や、病院の「もの忘れ外来」には定期的に通って薬を処方してもらっていることなど、具体的な例を挙げて説明した。

　娘さんは毎日、お母さんのお世話をしていらっしゃるのですかと調査員に問われたので、母を置いて出かけるわけにもいかないので、今のところはちょっと休業状態です。まあ、フリーの仕事なので融通は利きますから、ね、母さんと、ちょうどお茶のおかわりを運んできた母に語りかけると、母が言った。

「この人、離婚して戻ってきたものですから。でもおかげで助かっておりますの」

　来客を相手にするときは、しっかりしたもの言いをするので驚かされる。ついこのあいだは、「あんたもそろそろ結婚しなきゃね」と言っていたくせに。

「そんな余計なことまで言わないの！」

　私は母の身体を軽く叩く。

「痛いー」

　母が大げさに顔をゆがめて痛がってみせた。その間、調査員は淡々と荷物をまとめている。

「ありがとうございました。では、この調査内容を持ち帰りまして、後日、介護認定の結果を郵送させていただきますので」

「結果はどれぐらいで出るんですか」

椅子から立ち上がった調査員に訊ねると、

「そうですね。だいたい一ヶ月と思っていただければけっこうだと思います」

「はあ……。けっこうかかるんですね」

「まあ、念入りに検討いたしますので。では、これで失礼いたします」

やってきたときと同様の小さな声で挨拶すると、調査員は丁寧に頭を下げて、静かに帰っていった。

これで母は、「要介護1」とか「要介護2」とか、社会的なレッテルを張られる老人となるのか。なんだかロボットのようだ。増加の一途を辿《たど》る全国の高齢者たちは、こうして各段階に分類され、それぞれにふさわしい手当を受けられる権利を獲得するということなのだろう。よくできた制度にも思えるし、どこか事務的すぎるようにも感じられる。可笑しくもあり寂しくもあり……。複雑な気持で私は玄関の鍵《かぎ》をかけた。

五月の連休明けに区役所からようやく通知が届いた。母は結局、「要支援2」と認定された。介護の段階は、要支援が1と2の二段階、要介護が1から5までの五段階、合計七段階に分かれている。母は認知症老人としてはまだ軽症と太鼓判を押されたことになる。かすかにホッとした。

「よかったね」

送られてきた認定通知書を母に見せる。

「なにこれ？　私が『要支援2』なの？」

「そうよ。だから胸張っていいんだよ。これからはみんなが親切にしてくれるからね」

「やあよ。そんなのいらないわよ。変なの」

　しっかり理解しているとは思えないが、感覚的にわかるのか、珍しく本気で不愉快そうな顔をした。ウチの地域の場合、介護認定は六ヶ月後に一度、その後は一年ごとに再調査をすると聞いた。調査を更新するたびに、介護の度合いが変化するからだろう。そしていつか、母は自分の名前も生年月日も、娘の名前もわからなくなる。自分が介護されていることすら認識できなくなって、遠い世界へ行ってしまうのだ。

　母と私の二人の生活は、さして変わることなく淡々と続いた。毎日、二人で朝ご飯を食べ、テレビのワイドショーやニュースを見て、「怖い事件ねえ」とか「あら、可愛い赤ちゃん」とか、母が口にする反応を適当に聞き流し、ときどき私も母の隣に座り込んでテレビに見入る。

　そのあと母は庭に出たり、洗濯物を畳んだり、私は台所で、母の料理ノートを眺め、次はどれを作ろうかと考えたり、自分のノートに書き留めたりする。昼ご飯はうどんやスパゲッティなどで軽く済ませ、午後になったら私は食料品の買い物や銀行の用事などのために、小一時間ほど出かけることもある。母はまだ短時間なら大人しく留守番ができる。勝手にガス台に近づくことはもはやなさそうなので大丈夫だと思っているが、出かけるときはいちおうガスの元栓を閉めていく。

夜ご飯もテレビを見ながら、母と二人。二日に一度は食後に母をお風呂に入れて、遅くとも夜十時には寝かせるようにする。母が寝たあと、私は借りてきた映画のDVDを観たり本を読んだりして自分の時間を過ごす。きわめて刺激の薄い毎日ではあるが、案外、私はこういう単調な暮らしが嫌いではなかったことに気づく。先々のことを考えると頭がややこしくなって心が落ち着かなくなるので、なるべく考えないことにする。今が平穏ならとりあえずそれでいい。だから格別、不満はない……と思う。

朝のワイドショーの料理コーナーで一度、麻有の姿を見かけた。私が茶碗蒸《ちゃわんむ》しを引っくり返して、もう来なくていいと言い渡された番組だ。

「ほら、麻有ちゃんが出てるよ。右のフライパン持ってる子。覚えてるでしょ、麻有ちゃん。ウチに来て料理作ってくれたじゃない」

画面を指さしながら母に説明すると、

「ああ、覚えているけど、誰だっけ？」

「だから、麻有ちゃん。すごいね、裏方仕事じゃないんだ。画面にちゃんと映ってる。へっへえ、出世したなあ。ほら、アナウンサーに質問されて、答えてるよ。麻有ちゃんったらタレントみたい」

「ずいぶん太ってる人ね。あら、変なズボン、はいてるわねえ。もう少しすっきりした格好すればいいのに。色がごちゃごちゃして、うるさいわよ。こういうズボン嫌いよ。もっとスッキリした……」

「ちょっと母さん、黙って！」

大きな声で喋り続ける母を制して、私は麻有の発言に耳を傾ける。料理研究家の隣で、料理のコツなどの質問を受けている。料理のコツというより、むしろ共演者にいじられている体だ。ああいう明るい性格だから、きっと出演者にも気に入られるのだろう。みんなに笑われて、麻有も独特のケラケラ声で笑っていて、楽しそうだ。

母との生活に変化が生じたとすれば、ケアマネージャーの中西《なかにし》さんという五十代の女性がときどき訪ねてきて、母の様子を見たり、ケアサービスの話をしたりすることか。

「一度、お母様をデイサービスにお連れするというのはいかがでしょう」

ある日、中西さんから提案された。

「認知症になるとどうしても家にこもりがちになります。でも実は外部の刺激と適度な運動が認知症の進行を遅らせる大事なポイントなんですね。デイサービスで他の方々と会話をしたり体操をしたりすると、必然的に頭と身体が活性化しますから。よろしいかと思いますよ」

たしかに母は、私を「料理担当」と認識してからというもの、食料品の買い物にまったく関心がなくなった。銀行も、引き出したお金や預金通帳を失《な》くす事件が何度かあって以来、危なくてとても一人では行かせられない。運動といえば、庭の草木に水をやったり廊下をちょこちょこ小走りしたりするぐらいのものだ。

おのずと外部の人間との接触が減った。父が亡くなってから、来客もぱったりだし、耳が遠いので電話で人と話をすることもない。かかってきても、「もしもし、佐藤です。ちょっとお待ちください」と言うが早いか、私に受話器を渡す。あるいは、「え？　聞こえません。さようなら」と言ってさっさと切ってしまうので、会話にすらならない。

一度、私が出先から家に電話をしてみると、

「もしもし、佐藤です」

「あ、母さん？　香子だけど、大丈夫？」

「え？」

「香子、こーこ！　聞こえる？」

「すみません、誰もいないんです。わかんないので、失礼しまーす」

私がいくら大きな声で「切らないで。ちょっと待ってよ」と叫んでも、まさに聞く耳を持たず、ガチャンと切ってしまった。まあ、これくらい無愛想なら電話の詐欺に遭う心配もないからいいかと、ある意味、安心する。

こんな具合だから、母の社交の場は今のところ無きに等しい。中西さんの言うことも納得できる。しかし、見ず知らずの老人だらけのサークルに加わって、はたして母は馴《な》染《じ》めるだろうか。案外プライドの高い母だから、お遊戯のような遊びや、赤ちゃんのように扱われることに嫌気が差すのではないか。でも一度、試してみるのはいいかもしれない。

中西さんも言っていた。

「香子さんと一緒に、お試しと思って、一度、見学だけでもしてみませんか？」

こうして私は母を連れ、家から比較的近くの、こんなところにそんなものがあったとはついぞ知らなかったデイサービスセンターなるところを訪ねてみた。

「いやよ。なんで行かなきゃいけないの？」

案の定だ。いくら見学するだけだと説明しても、母は最初、抵抗した。嫌がる母の手を引いて、ごまかしごまかし歩き続けた。実際にそこへ通うことになったら、送迎バスが出るので歩く必要はないという話だが、膝の痛い母を歩かせるのは思いの外、大変だった。何度も立ち止まって「帰ろう」と駄々をこねるし、すぐに座り込もうとするし、ふらつく母を見ていると、本当に具合が悪くなったかと心配になるし。

休憩を取りながら、普通だったら十五分ほどの道のりを、結局、三十分以上かけてようやくたどり着いた。児童公園に隣接する鉄筋二階建ての「ひまわりハウス」と看板の出たデイサービスの建物に到着したとき、母はすっかり疲れ果てていた。「こんにちはー」と満面の笑みで迎えてくれたスタッフの人たちに対しても、仏頂面で黙ったきり、愛想のカスすら残っていないという状態だった。

一時間ほど見学し、私がデイサービスのスタッフに説明を受けている間、母は他の高齢者たちと並んで体操をしたり歌を歌ったり、お菓子を食べたりしてくつろいでいた。

家に戻ってからさりげなく母に聞いてみる。

「どうだった？　ひまわりハウス。けっこう楽しかったね」

促してみると、母は、

「ちっとも楽しくなんかなかった」

憤然として言い切った。私も内心、同意する。あんな子供じみたことをやらされても、母は満足しないだろう。母は家にいさせて、できるだけ身体を動かすように私が心がければいいだけのことだ。中西さんの話によると、リハビリのトレーナーに来てもらう訪問サービスもあるという。運動はそれでじゅうぶんなのではないか。そのほうが母も喜ぶだろう。

そう思っていたのだが、中西さんは家に来るたびデイサービスの話をする。

「やはり通われたほうがいいと思いますよ。定点観測をすると、ご自宅にいるよりお身体の具合の変化がより明確になりますから」

熱心に説得されるうち、私の気持が少しずつ、動き始めた。ちょうどその頃、田茂山社長から電話があった。

「実は一つ、香子さんにぴったりな仕事の依頼が来たんだけど。そろそろどうかしらと思って。またテレビの仕事なんだけどさ」

タモ社長は、あの茶碗蒸し事件以来、私にテレビの仕事を持ちかけてくることはなかった。私にテレビは向いていないと判断したはずだ。どういう風の吹き回しだろう。

「でもテレビは私……」

「いやいや、こないだとは別の局だから、あの変なプロデューサーはいないの。新番組でね。基本的にはトーク番組なんだけどさ。料理好きの男性俳優がゲストのリクエストに応えて料理を作りながらお喋りするって構成でさ」

「はあ。ただ社長……」

「コンセプトは『もう一度食べたい懐かしい味』ってことらしいんだ。その話聞いて、僕、ピンと来ちゃったの。あ、これなら香子さん、行けるんじゃないかなって。だってさ、香子さん、お母さんの味を再現させて、それを上手に生き返らせるのが得意だし。それに、この番組の手伝いをしたら、レシピの幅を広げるヒントが見つかるんじゃないかってさ、僕、思ったわけ。損はないと思うんだ。それに、生番組じゃないからね。二週間に一度の二本撮り。拘束時間はね、だいたい十時頃にスタジオ入りして午後三時くらいまでには終わらせるみたい。正味五時間ってとこかな。その男性俳優の取れる時間がそれだけだから、極端に延びることはないってプロデューサーから言われてるんだ。どうかな？　悪くない話でしょ？」

「悪くはないですが……」

実際、ありがたい話だと思った。やりたい。是非やってみたい。でも、現実的には難しいと思った。母を残して半日以上、家を空けることは不可能だ。未練はあるが、引き受けるのは無理である。断るなら早いほうがいい。

「すごく魅力的な話ではありますが……」

そう言いかけたとき、ふっと思いついた。

もしかして、母をデイサービスに預けている間に、できるのではないか。

「それって、いつ頃までにお返事すればいいですか？」

「番組スタートは夏クールからだから、最終返事はぎりぎり今月いっぱいくらいでお願いできる？　ま、早いほうが助かるけど」

「わかりました。なるべく早くお返事します！」

さっそく私は中西さんと連絡を取った。新しい番組依頼の話をしたところ、中西さんは「それはステキなお仕事じゃないですか。ご協力しますよ」と言った上、とりあえず母をしばらくデイサービスに通わせてみて、どうしても合わないようだったら、それはそのとき他の方法を考えましょうと具体策まで提示してくれた。

しかし週二回とはいえ、母を定期的に家から連れ出すには、案外、苦労した。まず第一に、朝早く起きるのが母は嫌らしい。

「ほら、もう起きなさい。バスが来ちゃうよ！」

子供の頃からずっと、母は早起きが得意な人だと思っていた。いつも家族の誰より早く起き出して、台所に立っている印象が強かった。それなのに、呆けてから、いや、父が亡くなって以降はすっかり怠け者になってしまった。

「ホントに起きないと間に合わないぞー」

私は母の布団を引きはがし、パジャマ姿でくの字に寝ている母の身体に手を伸ばして、おへそを突《つっ》いたりくすぐったりして強攻策に出る。

「やめてー、死ぬー。やめてくださーい」

母は身体をくねらせて抵抗するが、そうはさせない。無理やり起こして立たせると、

「はい、歯を磨いて！　顔も洗う！　早くしなさい！」

軍曹のように厳しく命令する。

「わかりましたよぉ。その前に、ちょっとお手洗い」

母は諦めて、とぼとぼ洗面所へ向かう。

こうしてなんとかデイサービスに送り出すうち、二週間を過ぎたあたりからようやく母も慣れてきたようだ。

夕方に家の裏の路地にバスが到着し、中から母が降りてくると、同乗している他のおばあさんたちに手を振られ、母もニコニコ手を振り返す。

「さようならー」

「またねー」

ありがとうございましたと、私は送ってくれたスタッフに頭を下げ、さりげなく、

「母はどんな様子ですか？」と訊ねる。

「はい。佐藤さん、今日はいっぱいタオルを畳んでくださって。私たちの仕事も積極的にお手伝いしてくださるんです。ねー、佐藤さん、助かりましたよぉ」

スタッフの青年が母の肩を優しくポンポン叩くと、

「え？」

「佐藤さん、ありがとうございました。また洗濯物畳みに来てくださいねー」

「はいはい」

母は手を振る青年に笑いかけ、ゆっくり手を振り返した。

「お友達がいっぱいできたんだね。今、バスから手を振ってくれたおばあちゃん、なんていう人なの？」

「知らない」

私が玄関に母を迎え入れながらそう聞くと、
そこで、「今日はひまわりハウスで何してきたの？」と聞くと、

「え？」

「タオルをたくさん畳んだんだって？」

「私が？　覚えてない」

「今日は、楽しかった？」

と母に訊ねると、にべもなく、

「楽しくなかった」

反抗期の高校生か。みごとな無愛想ぶりである。出かけること自体に慣れても、デイサービスでの時間は母にとってさして楽しいものではないのだろうか。行きたくないところへ無理に行かせるのも考えものだ。一度、中西さんに相談してみよう。

その前に、母のデイサービスでの様子を私がこの目で確かめて、世話をしてくれてい

いいだろう。

るスタッフにも意見を聞いてみよう。事実を確認した上で、今後のことを決めるほうが

翌週、母がひまわりハウスに出かけたあと、私はこっそりデイサービスを覗きにいった。

こちらから見えますので、どうぞゆっくりご見学くださいと、私は応接室のような小さな部屋に案内される。ガラス窓を隔てた明るいホールのような部屋の中央に、大きなテーブルが置かれ、母が数人のおばあさんと並んで座っているのが見える。みんなそれぞれに、青や紫の色紙を切り取ったり糊《のり》で貼り付けたりして、なにかを作っているようだ。ああ、あじさいの切り絵を作っているのか。私はしばらくガラス窓越しに、母の動きを観察する。スタッフの青年が母に近づいて作り方の説明をしている。母は大人しくその説明に耳を傾ける。隣のおばあさんが母に話しかけた。すると母は、そのおばあさんの手を取って、こうするんですよと指導して、ニッコリ微笑みかけた。作り方を教えているのだろうか。

隣のおばあさんが笑った。母も笑った。肩を叩き合ったりしている。そこへ、ちゃんちゃんこを着たおじいさんがよろよろ近寄ってきて、母と隣のおばあさんの間に顔を突き出した。たちまち隣のおばあさんがおじいさんを追い払い、また口に手を当てて大笑いした。母も大笑いしている。

老人たちの中には車椅子に座って前を向いたきり、誰が近寄ってもほとんど反応しない人もいる。よく見ると、無反応な人は何人もいる。そういう老人と比べれば、母と隣のおばあさんは飛び抜けて若々しく見える。

工作の時間が終わり、ティータイムになった。それぞれの前に、おいしそうなシュークリームと紅茶が並べられた。私は応接室を出て、そっと母のそばへ近寄っていく。

「母さん？」

真正面からゆっくり近づいて、母に声をかけた。すると母はシュークリームを持つ手を止めて、

「ああ、びっくりした！」

そう言ってから、自分のシュークリームを差し出して、私に勧めた。

「いる？」

「いいよいいよ。大丈夫」

私は手を横に振って遠慮した。母は隣の仲良しおばあさんに、

「私の娘です」

そう言ってから、

「主人に似て、気が強いの。私はいつも叱られてばかりいるんですよ」

どういう紹介のしかただ。

「お嬢さんもご一緒にいかがですか？　今、お紅茶、お出ししますから」

　センター長らしき年配の女性に勧められたが、「これから行くところがあるので」と断って、「じゃね、母さん、先に帰るね」と、母に向かって声をかけた。

　聞こえないのか、母は隣のおばあさんと話しながらシュークリームを食べるのに夢中だ。しかたがないので他のおばあさんたちに「お邪魔しました」と頭を下げ、うつろな視線の車椅子のおばあさんにも頭を下げ、ひまわりハウスをあとにした。

　母は案外、ひまわりハウスでのひとときを楽しんでいる。部屋の隅にでも座ってつまらなそうに押し黙っているのではないかと想像していた。予想と違う。「楽しくない」なんて、嘘じゃないか。ホッとしたような期待外れだったような、複雑な気分になる。

「そうとわかったからには、タモさんに電話してみるか。よし、仕事だ、仕事だ！」

　ひまわりハウスからの帰り道、私はあえて明るく拳《こぶし》を突き上げてみた。しかしその拳に力が入らないのはなぜなのか。なんとなく勢いがないのはどうしてか。自分でもわからない。

第八章　再　開

玄関の鈴が鳴った。と、同時に「こんにちは～」と明るい声が飛んできた。麻有だ。

台所で昼ご飯の後片づけをしていた私は濡《ぬ》れた手を拭《ふ》き拭き、大急ぎで迎えに出る。

「わー、早かったねえ。暑かったでしょう。さ、上がって上がって」

「タイミングよく急行に乗れたんで。お邪魔しまーす！」

「お邪魔しまーす……」

額の汗をタオルで拭《ぬぐ》いながら荷物を下ろす麻有の後ろから、麻有とは対照的に勢いのない声がした。

「あらー、初めまして！　よく来てくれましたねえ」

一メートル三十センチぐらいの背丈の少年は私と視線を合わさないまま、背中のリュックを下ろし始めた。同時に汗と日向《ひなた》の匂いがふわりと立つ。

「一年生だったっけ？　大きいほうなんじゃない？」

私がもう一度、問いかけると、少年はようやく頷《うなず》いて、早口で「後ろから三番目」と呟《つぶや》くように答えた。

「ほら、ちゃんと返事をしなさい、武尊《たける》ったらもう」

麻有が少年の頭を軽く叩《たた》いて叱ると、

「したよぉ」

少年は母親に向かって顔を上げ、ふくれてみせた。

「たけるくんっていうんだ。どう書くの？」

「ヤマトタケルのタケル」

「ヤマトタケルって、どういう字書くんだっけ？　カタカナ？」

少年がちらりと母親のほうに目を向けて、

「武士の武に尊敬の尊」

「うわあ、カッコいい名前だねえ」

ふくれっ面が少しほぐれたように見えたが、相変わらず目を合わそうとはしない。

「とにかく上がって。食堂は涼しくしてあるから、ほら、どうぞどうぞ」

たちまち武尊君が靴を脱ぎ捨てて、勝手知ったる家でもないのに一直線に廊下を走って食堂へ突進していった。子供の直感は鋭い。動物的な勘が働くのだろうか。今日は武尊君にとって長い一日になりそうだ。心地よく過ごしてくれるといいけれど。

母のデイサービスのない日に臨時のテレビ番組の仕事が入り、困っていたところ、その話をおそらく田茂山社長から聞いた麻有が、「お母さんは、私にお任せください！　香子さん、ご指名なんだから頑張ってください」とわざわざ電話をくれたのである。た

だし、

「子連れでもいいですか？」

麻有が聞いた。

「もちろん大歓迎よ！　だけど、学校は？」

「今、夏休みなんで。ただ、その日は義母が泊まりがけで友達と旅行に出かけちゃうんで、子供一人で留守番させるわけにもいかなくて……」

スペシャル番組の収録は夜七時半に終わると言われているが、延びる可能性もある。後片づけして帰宅したら九時を回るかもしれない。いくら快諾してくれたとはいえ、夜遅くまでとなれば、小学一年生の子供を抱えた麻有に迷惑がかかるだろう。

「もし嫌じゃなかったら、泊まっていってくださってもいいんだけど」

提案したところ、

「あ、大丈夫です。帰りは亭主が車で迎えにきてくれることになってますから」

テレビ局には二時までに入ればいいことになっていた。まだだいぶ余裕があるが、そろそろ支度をしようかと思っていたところだ。

麻有と私は武尊君に一歩遅れて玄関から移動する。

「武尊君、大きいのねえ。なんかスポーツやらせてるの？」

「はい。合気道道場にちょっと」

「合気道？」

「たまたま近所にあったんですよ。ま、親が留守でも泥棒を追っ払えるぐらい逞《たくま》しくなってくれるといいかなと思って。番犬みたいでいいでしょ」

ケラケラ笑う麻有と一緒にエアコンの効いた食堂へ入ると、すでに武尊君は、母の隣にちょこんと座り込み、テレビに見入っていた。

「ほら、見て見て、母ちゃん、早く。俺が言ってたポンタロウって、この人のことだよ！」

麻有のほうを振り返って武尊君が叫んだが、麻有はおかまいなしである。

「晩ご飯、ハンバーグにしようかと思って材料買ってきたんですが、お母さん、嫌いじゃないですよね？」

「うそっ、私もハンバーグの用意してたの。気が合うぅ！　キャベツだけ、今、買いに行こうと思ってたとこ」

「あ、買ってきました」

「助かる〜。じゃあそれ、私が払うよ。お肉の分も。全部でおいくら？」

「いいんですよ。どうせ私たちが食べる分ですから」

「ダメダメ。領収書、出して。今日はこちらがお願いしたことなんだから」

麻有と私が言い合っているところに、武尊君がまた声をあげた。

「母ちゃん、見てよ。ああ、もう映らなくなっちゃったじゃないかあ。早く見てって言ったのにぃ」

畳を叩いて、武尊君が憤慨してみせた。するとたちまち、母が武尊君の両手をつかんで押さえ込み、

「はいはい。おばあちゃんは見ましたよぉ。この人が好きなの？　なんて名前の人？」

「ポンタロウっていうお笑い芸人なんだけど、今、クラスでチョー人気なの。俺、母ちゃんに見てもらいたかったんだ。ねえ、母ちゃんってばあ」

「母ちゃんは今、お忙しいの。そんなわがまま言わないのよ。おへそ、くすぐっちゃうぞ。ほら、ここだな、つんつん」

「やだよお。くすぐったいよお。おばあちゃん、やめてよぉ」

口を尖《とが》らせていた武尊君の顔がたちまち緩んで、身体をくねらせながら笑い転げている。いつのまに馴染《なじ》んだんだ。まだ到着して五分も経っていないというのに。驚く私の横で、麻有は動じた様子もなく、

「武尊！　母ちゃん、今、忙しいから、おばあちゃんに説明してあげて。今度、映ったときはちゃんと見るからさ。ね！」

武尊君は観念したように、母とおへそを突っつき合いながら、テレビのほうへ向き直った。テレビ画面を指さして母に説明したり、音楽に合わせて手振り身振りをつけて踊り始めたりしている。母は武尊君の話に「うん、うん」と頷きながら、一緒に身体を揺らして踊る真似をする。この少年が誰だか、母はわかっているのだろうか。

「あの二人、もう仲良くなっちゃった」

感心している私に、麻有が囁《ささや》いた。

「武尊って、おばあちゃん子だから。好きなんですよ、お年寄りが。変わってるでしょ」

麻有がそう言って、武尊君と同じような声でケラケラ笑い転げた。

「そうだそうだ。まだお母さんにご挨拶《あいさつ》してなかった」

麻有が腰をかがめて母に近づき、

「こんにちはー。ご無沙汰《ぶさた》してまーす。私のこと、覚えてますかあ？」

声をかけると、

「誰だっけ……？　忘れちゃった」

母は鼻に人差し指を乗せ、

「えーと、知加ちゃん？」

「やだあ、忘れないでくださいよぉ。麻有ですよ。これは私の息子の武尊です。よろしくお願いしまーす」

武尊君の頭を上から押さえてお辞儀をさせると、麻有はまた高らかに笑った。麻有と武尊君が夏の香りと光を持ち込んで、家の空気が一気に弾《はじ》けた。


六月から仕事に復帰して、すでに二ヶ月が経過した。今、任されているのはこの七月から始まった収録番組で、ゲストが「もう一度食べたい！」とリクエストした二品を、料理上手で定評のあるホスト役の男性俳優がスタジオで実際に作り、出来上がった料理を食べながらトークをするという内容だ。題して「ハラジュンのおいしいおしゃべり」。その番組の料理の下ごしらえと調理の補助をするのが私の役割である。原田淳之助《はらだじゅんのすけ》という名のその俳優は、まだ二十代の独身と聞いているが、本当に料理が好きと見え、毎回、材料や手順などについて本人が直接、コーディネーターの私との打ち合わせに顔を出してくれる。短時間でも双方で理解し合っておくと、回を重ねるごとに互いのリズムがわかって、収録がスムーズに進む。そうなると料理の失敗も起こらない。いいことづくしだ。

料理をほとんどしたことのない若い女性タレントの裏方を一度だけ務めたことがあるけれど、あのときに比べると雲泥の差だ。彼女と直接言葉を交わす機会はなかった。マネージャーを通してしか話ができなかったので、なんとなくやりにくかった。

その点、原田淳之助は二枚目なのに気取ったところがなく、裏方や技術スタッフにも気さくに話しかけてくる。しかもおいしい料理を作りたいという意欲がひしひしと伝わってきて、こちらのやる気もおのずと刺激される。そんな彼の人柄も相まってか、番組は回を重ねるごとに視聴率が上がり始めた。視聴率がいいとたちまちプロデューサーの機嫌がよくなって、スタッフの間で笑い声が多くなる。テレビの業界はわかりやすい。数字いかんでスタジオの空気が見事に変わるのだ。

この番組の成績がいいおかげで、私までお褒めにあずかった。番組開始から一ヶ月を過ぎた頃、収録終わりにチーフプロデューサーが私のところへやってきて、言ったのである。

「ココちゃん、いい感じですよぉ。ハラジュンも、ココちゃんに毎回、料理を教えてもらうのが楽しみだって、喜んでましたよ」

彼は私のことをなぜかココちゃんと呼ぶ。

「いやね、正直、最初は心配してたんです。だってココちゃん、案外、ドジなとこがあるって噂、聞いてたからさ。大丈夫かなって──」

私は一瞬、身構えた。もしかして、あの茶碗蒸《ちゃわんむ》し事件の話が業界に流れていたのだろうか。他局にまで届くなんて怖すぎる。

「でもさ、ぜんぜんそんなこと、ないんだもん。安心しちゃった。とにかくこの番組、このメンバーで少なくともツークールは続けるつもりなんで。これからもその調子で、ひとつよろしく！」

プロデューサーは私の肩を二度ほど軽く叩くと、周囲のスタッフに向けて片手を挙げ、「お疲れ、お疲れ、お疲れ！」と挨拶しながら、足取りも軽やかにスタジオを出て行った。

それからまもなくのことである。田茂山社長から電話で、臨時番組で料理のアシスタントを担当してもらえないかと依頼があったのだ。

「どうも今の番組が局の上層部の間で好評らしくてね。『ハラジュンのおいしいおしゃべり』のスペシャル版を作りたいんだって。で、香子さんがいなくちゃ成立しないっていうんで。早めに日程、押さえてくれって話でさ」

麻有が「香子さん、ご指名なんだから頑張ってください」と言ったのは、そういう意味らしい。もちろん私としても嬉《うれ》しい依頼だ。せっかく名誉を回復しかけているところだ。ここで頑張らずしてなんとする。麻有には迷惑をかけることになるが、このチャンスを逃す手はないと思われた。

スペシャル番組だけあって、構成は通常とさほど変わらないが、ゲストの数がいつもの三倍になっていた。当然、作る料理の数も三倍から四倍に増える。前もって知らされて覚悟はしていたし、事前に渡された台本を見たタモ社長が、「これ、香子さん一人じゃ無理だ」とついてきてくれたおかげでなんとかなったものの、一人でやっていたら確実に破綻《はたん》していたと思う。四時間にわたる収録中、私とタモ社長は走りっぱなしの状態だった。

料理の種類も多岐にわたった。中華、イタリアン、和風惣菜《そうざい》から、鍋《なべ》物、酒のつまみ系、デザート、点心と、まったく統一性がない。時間のかかるものも、まな板の上でちゃちゃっと簡単に作れるものも、順不同にこなしていかねばならない。材料と調味料と手順、そしていわゆる差し替え用の鍋がどの料理に必要か、どのタイミングで出すかなど、分単位で頭を巡らせることの大変さといったら、今まで受けた仕事の中でダントツ一位だったかもしれない。生放送でないとはいえ、一つ間違えればすべての段取りが狂ってしまう。今、鏡に自分の顔を映したら、きっと鬼の形相だろうと思いながら、私は目の前の作業に集中した。

　収録中、二回、冷や汗をかいた。一度目は「シーフードパエリャ」を作るとき。それこそ差し替え用のパエリャ鍋を、カメラがこちらを向いていない隙に調理台のガスレンジの上に差し込もうとして、またしても床のコードに足を取られた。熱々の鍋をひっくり返すまいと必死で堪《こら》えてオットットットとつんのめっていった先が、調理台の前に立ち、研いだお米を魚介のスープに入れた直後のハラジュンの隣だった。

「おっと、いらっしゃいまーせ。焼き上がったパエリャのご到着！　なんとスピーディな！　鍋が熱いですからね。転んだら大やけどですよ。皆さんもパエリャを作るときは、つまずかないように気をつけてくださいね！」

　カメラに向かって微笑みかけると、ハラジュンは私の手からパエリャ鍋を優雅に受け取って、ガス台の上に下ろしてくれた。私は苦笑いをしながら急いでその場を去る。たちまちスタジオ中に笑いが起こり、和やかな空気のまま、収録が続いた。

　二度目にひやっとしたのは、ハラジュンが調味料の説明をしているときだ。一瞬、彼の言葉が止まった。あれっと思ってハラジュンのほうに目をやると、

「えーと。これはグラニュー糖じゃないかな？　僕はどっちかっていうと、ここではお塩がほしい気分かな？」

　ハラジュンが私のほうに視線を向けて、ウインクしている。しまった、塩と間違えて、次の豆乳プリンに使うグラニュー糖の入った容器を出してしまったか。私は慌ててスタ

ジオの隅に飛んで行き、準備台の上の塩のガラス容器を取ってハラジュンのところへ走り込む。

「おお、ありがとうございます」

ハラジュンは塩の容器を受け取ると、すぐさま立ち去ろうとした私の腕をつかんで、カメラに向かってこう言った。

「この方が、我が番組の誇る、フードコーディネーターの香子さんでーす。ちょっとおっちょこちょいなところがあるんですけどね。料理は完璧《かんぺき》なんですよぉ」

やめてくださいよ、もう。みるみる顔が赤くなるのを感じた。いたたまれなくなってペコペコ頭を下げながらその場を去ったが、そのコーナーが終わり、いったん休憩に入ったとき、案の定、プロデューサーが私に近づいてきた。やばい……。てっきり怒られると思った。ところがプロデューサーは、しみじみとした口調で私に語りかけてきたのである。

「ああいうファミリアーなところがこの番組の魅力になるんですよ。さすがハラジュン、機転が利くよなあ。ココちゃんも、そのまんまでいいですからね。慣れなくていいから、自然にね」

私がドジったせいだけではないと思うが、結局、収録は予定よりだいぶ押して……押すというのはテレビの業界用語であり、つまり予定より長引いた。

「はい、オッケーでーす。収録完了。お疲れ様でしたあ」

アシスタントディレクターの声がスタジオじゅうに響いたが、その時点では出演者の出番が終了しただけで、私たち裏方の仕事はまだ残っていた。

「ブツの撮影が残ってるんでよろしく」

フロアディレクターから肩を叩かれて、私は「ハイ！」と元気良く返事をする。トークを優先して進行したため、材料撮りや出来上がりカットの撮影をいくつかあと回しにした料理があったのだ。

スタジオの壁にかかった時計にちらりと目を向ける。この分だと、家に帰れるのは十時すぎになりそうだ。こういうとき、私、急いでいるので困りますなんて、そんなことは言えない。逸《はや》る気持を抑え、台本を確認しながらスタジオ中央に野菜や肉の載った皿を並べ直す。

「はい、オッケーでーす！」

「お疲れ様！」

大きなかけ声とともにようやく完全に収録が終了し、それぞれのスタッフが互いに声をかけ合って、片づけに入った。音声係の青年がスタジオの片隅から私に向かって片手をあげている。

「お疲れ様でした」

なんという名前だか知らないが、彼はいつも愛想がいい。この音声君に笑顔を向けられると、毎回、ホッとする。というか、ちょっとドキドキする。あのスッキリとした口元の感じとか、指先がきれいなところとか、けっこう好きなタイプかもしれない。

「ありがとうございました！」

私自身、今日は「仕事をした！」という達成感があった。音声君に向かい、いつも以上に声を張って応《こた》えた。すると、音声君がマイクのコードを巻きながらこちらに近づいてきた。

「いやあ、闘いでしたねえ。でも香子さんのお料理、ホントにおいしそうでした。今度、僕も食べてみたいなあ」

「そんなあ。いつでもごちそうしますよ」

調子のいい返事をしてしまった。

「え、マジですか。約束ですよ！」

じっと私を見つめる目が真剣だ。コイツは絶対、私より歳下だ。そうとわかっていてもドキドキする。

「マジマジ。今度ね」

私は調子よく答えつつ、手を振りながらスタジオをあとにする。これって、もしかして、ナンパ？　いやいや、自意識過剰だろう。こんなことで浮ついている場合ではない。

急いで荷物をまとめて家に帰らなければ。麻有と武尊君が首を長くして待っている。

「忘れ物ない？　包丁も入れた？」

「はい。社長、携帯持ちました？」

タモ社長と互いに持ち物を点呼し合い、背中にリュック、片手にキャリーバッグを引きずって小走りで局を出たときに時計を見ると、すでに九時を過ぎていた。


「ごめーん。遅くなりましたあ」

鈴が鳴る。玄関を上がって食堂へ駆け込む。

「ああ、お帰りなさい。疲れたでしょう」

食卓で日本茶を飲んでいた麻有が立ち上がった。同時に、隣の白いTシャツ姿の男性も立ち上がる。でかい。柔道かアメフトの選手かと思うほど肩と胸のあたりががっしりしている。隣の麻有が小さく見えるほど、いや、家自体が狭く感じられるほどだ。

「お疲れ様でした。お邪魔しております」

ぺこりと頭を下げたその男性が麻有の旦那《だんな》さんだということはすぐにわかった。

「どうもすみません。遅くなっちゃって。かなりお待ちになりました？」

「いえ、大丈夫です」

こころなしか緊張している様子の静かな旦那さんとは反対に、隣の和室では、武尊君がキャッキャと奇声を上げながら、母とボール投げに興じている。

「ほら、もうやめなさい。おばあちゃん、疲れちゃうから。武尊、ストップ！」

麻有が止めたが、武尊君はやめる気がなさそうだ。なにより当のおばあちゃんが熱中しているのだから世話がない。武尊君が投げるビニールボールを懸命に受け取ろうとして、右へ左へ身体を伸ばし、ときどき畳に倒れ込んだりして、お、ナイスキャッチ。

「やったあ。その調子だよ、おばあちゃん、上手上手！」

武尊君に褒められて、母も嬉しそうに「取ったぞお」なんて言って万歳をしている。

「大丈夫だった？」

そんな様子を見るかぎり、愚問とは思ったが、一応、麻有に問いかける。

「はい。ハンバーグ、お母さんが焼いてくださったんですよ、武尊と一緒に」

「ホントに？　私といると、ぜんぜん料理してくれないのに」

「ちゃんと焼き方のポイントも教えていただきました。中央を指で押してハンバーグにおへそを作ってから焼くと、中までしっかり焼けるのよって」

「そういえば昔からハンバーグ焼くとき、いつも母がそう言ってた。覚えてたんだ」

「あとはずっと武尊の遊び相手をしてくださって。すごく気が合うみたい、あの二人。でも、きっとお疲れになったと思いますよ」

「やっぱり小さい子供がいると元気が出るんだねえ。生命力が伝わるんじゃないかな。こちらこそ、ありがとうございました」

改めて礼を言うと、

「いえいえ。で、どうでした？　収録のほうは？」

麻有の問いに、私は待ってましたとばかり、リュックから台本を取り出した。

「もうね、麻有ちゃんにいてほしかったよぉ。タモ社長が助けてくれたからなんとかなったけど、一人じゃどうにもならなかったと思う」

「たしかに……。半端じゃないっすね、この料理の数」と麻有は台本をめくりながら日を丸くした。

「でもその顔は、うまくいったってことですね？」

麻有が台本から顔を上げて、いたずらっぽく笑った。

「まあ、なんとかね」

私は、いかに収録が大変だったかを微に入り細を穿《うが》って麻有に報告した。パエリャ鍋をひっくり返しそうになったこと、プロデューサーにかけられた言葉、ゲストの一人である大物女優が、休憩時間に突然、消えもの室（調理室）に現れて、スタジオで他のゲストがリクエストした飛竜頭《ひりょうず》のレシピが欲しいと言ってきて慌てたこと、ハラジュンのアイディアで作った冷やし中華のたれが意外においしくてびっくりしたことなど、興奮気味に話したら、麻有と旦那さんがおおいに反応してくれるので、つい私も調子に乗った。ずっと母と二人だけの静かな生活を送っていた反動か、今日の私はやや躁《そう》状態になっている気がする。達成感の余韻もあった。

いつのまにか母と武尊君のキャッチボールは終わったらしく、気がついたら母が私の横にちょこんと座って日本茶をすすっていた。武尊君は隣の和室に寝転がって漫画本を読んでいる。

「あら、母さん、元気？　疲れた？」

声をかけたら母は、隣にいるのが私だったことに初めて気づいたかのように、

「あー、びっくりしたあ。あんた、いつ来たの？」

「やだ、来たんじゃないの。帰ってきたのよ」

「どこ行ってたの？」

「お仕事。テレビの仕事で大変だったんだよぉ」

「じゃあ、これからまた、仕事が忙しくなりそうですね」

麻有に訊《き》かれ、

「わかんないけど。でもやっぱりこの仕事、やり甲斐《がい》があるなって、今日、改めて思った」

母の乱れた髪を指で梳《と》かしてやりながら、何気なく言うと、

「そうですよ。香子さん、ぜったい続けたほうがいいと思います。私、協力しますから。どうせ暇だし。いつでもお留守番、引き受けますよ、ね」

と、麻有が隣の旦那さんに同意を求めた。

「はい。麻有の都合がつかなかったら、僕が……」

「なに言ってるの。ご主人だって、お仕事があるでしょうに」

「いえ、僕はたいして……」と、麻有の旦那さんが言いかけたのをさえぎって、

「そうそう、麻有ちゃんだって最近、ご活躍じゃない。こないだ見たわよ、テレビに映ってるとこ」

私が振ると、

「あ、見られちゃいました?」

「すごくいい感じだった。料理の説明もうまいなあって、感心しちゃった」

「やめてくださいよぉ。あれはね、たまたまああいうことになっちゃっただけで。基本は裏方稼業なんですから」

「いやいや、麻有ちゃん、テレビ映りもいいから出たほうがいい。なんか麻有ちゃんがいるだけで料理がおいしそうに見えるもの」

「なんですか、それ。おいしそうなブタってことですか、私?」

「ブタなんて言ってないじゃない!」

慌てて言い返すと、母が小さく「ブタだって……」と呟いて笑った。聞いていたのか。麻有と私の話を、母は理解しているのか理解していないのか。「ねえ、母さんも麻有ちゃんがテレビに出たの、見たよねえ」と声をかけると、「ぜんぜん覚えてない」と素っ気ない。

「いいのいいの、母さん。あとで話すね」

きっとすぐに忘れてしまうから、大声で説明するのも無駄な気がして、その場を流す癖がついている。

私は掛け時計に目を向けた。

「うわ、もう十一時過ぎちゃってる。ごめんごめん。やっぱり泊まっていったら? 二階のエアコンのある部屋にお布団敷くから」

「僕、泊まりたい！」

　武尊君が漫画本を持って食卓に飛んできた。

「母ちゃん、僕、泊まってもいいよ。だってこの家、涼しくて気持いいんだもん」

「ダメよ、ウチに帰るんだから」

「やだよ、暑くて寝られないよぉ」

　麻有が武尊君の頭をなでながら苦笑いした。

「ウチ、今、エアコンが壊れてるんですよ」

　と私に向かって説明してから、武尊君に、

「でもダメ。お父ちゃん、明日、お仕事があるの」

「日曜日だよ。仕事、あるわけないじゃん」

　武尊君が反論すると、

「あるんです。ライブのお仕事。さ、帰る支度しなさい。その漫画もリュックに入れて」

　麻有の言いつけに、武尊君はしぶしぶ帰り支度を始めた。その横で、大きなお父ちゃんは麻有の指示に従ってゆっくり動き出し、いっぽうの母は帰り支度を始めた武尊君のそばに近づいて、おへそを突っつこうとしている。今日の母はやけに元気だ。いつもなら、こんな夜遅くまで起こしておくと、疲れた疲れたと文句を言うのに、客の前では気を張るのか。やはり武尊君の若い生命力のおかげかもしれない。

玄関で三人を送り出すとき、私は小さな声で麻有に訊《たず》ねてみた。

「ご主人、なにをなさってるの？」

「あ、亭主ですか？　プロのＤＪなんです」

「ＤＪ……」

麻有はケラケラと笑いながら、武尊君の手を取って、巨大なＤＪにすべての荷物を持たせ、ぬるい夜気の中を去っていった。


八月中旬の土曜日昼の時間帯に放映された「ハラジュンのおいしいおしゃべり・真夏の二時間スペシャル」が高視聴率を記録したという。よほど喜ばしいことだったらしく、タモ社長を通さず、チーフプロデューサーから直接、私のところへ報告の電話がかかってきた。

「ココちゃんのドジのシーンが思いの外、好評でね。あれね、ハラジュンがからかったのに対して、ココちゃんが本気で申し訳なさそうに、あたふたした顔がまた、よかったのよお。でさ、他の番組からもいくつか問い合わせがありましてね。そうなの。料理コーナーで出演してくれないかって。いや、表立って出演ってことじゃなく、もちろんフードコーディネーターとしてですけど。料理の味もよかったからね。やっぱ視聴者はおいしいものに敏感ですよ。画面に映るだけでも、おいしいかおいしくないか見抜きますからね。厳しいですよ、そりゃ、視聴者ってもんは」

私はちょうど、母と一緒に台所で「母の料理ノート」の再現をしているところだった。今日はインド風カレーに挑戦することにした。小麦粉を入れず、牛乳だけで作るサラサラしたカレーである。簡単でおいしくて、子供の頃から夏には欠かせないメニューの一つだった。ちょうど人参とじゃがいもと玉ねぎを、にんにくも入れて中華鍋で炒《いた》め始めたところであった。

私はプロデューサーの話を聞きながら、母に小声で、

「これ、炒めてて」

指示をして、台所を出た。食堂に置いてある手帳を取りにいこうと思ったのだ。

「え、来週？　何曜日ですか？」

私は携帯電話を耳に当て、手帳を繰る。

「炒めておくの？　ずっと炒めるの？」

台所から母の声がする。私は携帯電話の送話口に手を当てて、

「そう。玉ねぎが柔らかくなるまで炒めて！」

台所に向かって大声で叫ぶ。

「すみません。で？　何曜日ですって？」

プロデューサーの話によると、急遽《きゅうきょ》、朝のワイドショーの一コーナーにハラジュンがゲストで出演することになった。ついてはスタジオで得意の料理を披露するので、それを手伝ってもらいたいという依頼である。

「ハラジュンのご指名なんだよ。ココちゃんがいないと難しいなあって言ってるんで、無理を承知でお願いします」

「ありがたいお話ではあるんですが、ただ私……」

電話に向かって話しながら、私は再び台所へ向かう。たしかにありがたい話ではある。しかし、その日はデイサービスに行く日ではない。また麻有に頼むのは気が引ける。たしか武尊君の夏休みを利用して、一家揃ってどこかに出かけると言っていた。他に母と留守番してくれそうな人が見つかればいいけれど……。と、前方を見て仰天した。

中華鍋から白い煙が上がっている。火がついたままなのに、母の姿がない。どこへ行ったんだ。私は慌ててガス台に突進し、火を消す。鍋の中を覗くと、玉ねぎも人参もじゃがいもも、片面だけではあるけれど、すっかり焦げついているではないか。

「大丈夫？　お取り込み中？」

携帯にも私の慌てぶりが伝わったのだろう。

「いえ、大丈夫です」

私は換気扇のスイッチを入れて台所を出る。母はどこへ消えたんだ。

「どうかなあ。都合つけてもらえませんか？　それとももう先約入っちゃってるとか？　それ、なんとかキャンセルできないですかね？」

プロデューサーがしぶとく語りかけてくる。

「いえ、別に先約はないんですけど……」

食堂へ戻ってみると、母が隣室の畳に座り込んで新聞を読んでいた。いったいいつのまに移動したんだ。私は母のそばに近づいて、プロデューサーの話に相づちを打ちながら、母の膝《ひざ》を思い切り叩いてやった。

「痛い！　なんで叩くのよぉ」

母が泣き顔になった。私は母を睨《にら》みつけ、その場に座り込む。

「実はですね。今、ちょっと老齢の母と二人暮らしでして。母一人をウチに置いて仕事に出るのは難しい状況で。はい。いや、それほど重症ではないんですが、ちょっとね。忘れることがけっこう多いもんで」

母が私のおへそを探し始めた。人差し指を伸ばし、お腹めがけてつんつん、突《つっ》いてくる。私は母の指をつかんで阻止する。

「あいにく、ちょうどデイサービスじゃない日なんですよ。まあでも、ちょっと聞いてみます。これって、いつまでにお返事すればいいですか？」

母がまた指を動かし、私のお腹に狙いをつけている。私は目で母に、「やめなさい！」と合図を送る。

「わかりました。なるべく早くですね。はい、ありがとうございます。わかりました。では、失礼します」

電話を切って、私は母に正対する。

「ちょっと母さん、火をつけっぱなしにして台所出たら、危ないでしょ！　火事になるとこだったんだからね」

「火をつけっぱなしにした？　私が？」

「そうだよ。焦げちゃったよ」

「あら大変。それは失礼しました」

笑いながら謝っている。やはり母に火を任せるのは危険だ。

「誰と話してたの？」

母が聞いた。

「ん？　仕事の人」

「仕事の人？　なんて人？」

「なんてって、母さんの知らない人。テレビ局のプロデューサー」

「なんで？」

「なんでって……。それはいいから。さ、カレー作らなきゃ。ちょっと焦げちゃったけど、もったいないからあれで作るしかないね。おいしくなかったら、母さんのせいだからね」

「いやよ。おいしくないものはいらない」

「なに言ってるんだか」

プロデューサーからの直々の話ではあったが、結局、朝のワイドショーの仕事は断った。

ひまわりハウスにも問い合わせたが、ちょうどその日は前日から宿泊用ベッドがいっぱいで、預かることができないという。朝のワイドショーの場合、午前四時頃には家を出なければならず、そうなると前日の夜から母を預ける必要がある。麻有一家は案の定、旅行中だったし、弟に頼む気にはなれない。

しかたあるまい。また別の仕事が来るだろう。断念し、プロデューサーにそう告げた。その断りの電話をしているときも母がそばにいた。電話を切るや、

「誰と話してたの？」

最近母は、わかりもしないくせに私が電話で話している相手の名前をしつこく聞きたがる。

「仕事の人よ」

と答えると、

「なんて人？」

「母さんの知らない人。テレビ局のプロデューサー」

「なんの仕事？」

「テレビのお仕事です。いいから、母さん。早く食べなさい」

同じ会話を何度も繰り返すことになる。

すぐに忘れてしまう母に対して、寛容にならなければと思うのだが、なかなか難しい。説明しても無駄だとわかっていることを、とりわけ母は知りたがる。その母に、大きな

声でゆっくり説明し、そしてまもなく、すっかり忘れられていると、ついこちらもイライラしてしまう。だから話しても無駄だって言ったでしょ！　叱りつけると、母は、そのときだけは「わかりましたよお。もう聞きませんよーだ」と子供のようにすねてみせるのだ。

ありがたいことに、その後も何度か、同じプロデューサーから仕事の依頼があった。しかし、いつも急な話で、母の面倒を見てもらう段取りをするのが難しく、いずれも断らざるを得ない結果となった。プロデューサーは「いいよいいよ。お母さん、大変だものねえ。またなんかあったらお願いしますから」と優しく承諾してくれるけれど、きっとそのうち声はかからなくなるだろう。フリーの身で依頼を三度断ったら仕事はないものと思え、それがフリーランスの鉄則だと、誰かが本に書いていた。

こうして断り続けるうち、どうせあいつに頼んでも無駄だと敬遠されるのだ。ならばせめてレギュラーである「ハラジュンのおいしいおしゃべり」だけはしっかり務めよう。数をこなすことはできないが、佐藤香子の仕事は質が高いという評判を築くことが大切だ。そのためには決して気を抜くまい。常に期待以上の出来映えにする。おいしく作る。当然のことながら、遅刻欠席は言語道断。どんなに疲れていても笑顔を忘れず、文句を垂れない。

実際、スタッフの雰囲気は最高だった。チームワークがよく、私の準備する料理に興味を持ち、収録の最後には、皆さん感じよく「お疲れ」と声をかけてくれた。こんな番組に参加させてもらえるだけでも幸せだ。この番組には必死でしがみついていこうと心に決めた。

プロデューサーは最低ツークール、すなわち六ヶ月はこのメンバーで番組を続けたいと豪語していた。そしてちょうど四ヶ月目が終わった頃、プロデューサーに呼ばれた。

「実はね、今度この番組が引っ越すことになってね」

「引っ越す？」

「今の昼の時間帯から夕方のニュースのあとに」

「それってゴールデンタイムじゃないですか。おめでとうございます。昇格ですね」

「まあね。それで内容を刷新することになって」

「刷新とは……？」

「つまり、なんていうのかな、料理のところで本物のシェフを出すっていう……」

「はあ」

「中華とイタリアンと日本料理の三人のシェフが出てくれることになったんだけど。皆さん、助手は自前で連れてくるって言うんだ」

話の趣旨が見えてきた。

「つまり私はもういらないっていう……」

プロデューサーの顔がこころなしかほころんだ。

「お、勘がいいですねえ。さすがココちゃん。でも僕は反対したんですよ。だってハラジュンが、ココちゃんがいなきゃダメだよって言ってるしね。だけど局の営業がね。スポンサーとのからみもあってさ」

言い訳が続く。

「わかりました」

私は潔く頭を下げた。

「ココちゃんの評判はよかったんだよぉ。これからもあちこちから声がかかると思うから。気を落とさないで。番組、これだけじゃないんだしさ、ね」

そう言うと、思い出したかのように、

「お母さん、お大事に。ま、しばらくは介護に専念してください。親孝行ってさあ、今しとかないとあとで必ず後悔するからね。じゃ、ひとつよろしく！」

プロデューサーは頭を下げる私の肩に手を置いて、少し申し訳なさそうなゆがんだ笑顔を見せつつも、面倒な責務を一つ果たしたとばかり、晴れ晴れとした態度でその場をあとにした。

母と二人の静かな生活が戻ってきた。通常の朝は九時頃まで母を寝かせておくが、月曜日と木曜日の週に二日は七時半に母の部屋を奇襲。ふすまをわざと乱暴に開け、「いやだよぉ。もっと寝かせて」と駄々をこねる母を布団から剝《は》がしてたたき起こし、着替えを手伝って、顔を洗わせ、歯を磨かせて、デイサービスに送り出す。迎えのバスを見送ったら、私はたまった洗濯物を洗濯機に入れて、朝ご飯の後片づけをし、冷蔵庫の中の食料品をチェックする。足りないものがあったらメモに書き留める。テレビを見ながら食堂と畳の部屋に軽く掃除機をかけ、ときどき面白そうな特集やおいしそうな料理が出てきたら、掃除機のスイッチを切ってテレビの前に座り込む。

なるほどね。肩こりには横隔膜を上下させる大呼吸が効くのね。断捨離ねえ、やらないとなあ。そろそろ父さんの服とか処分しようかしら。おお、認知症の特集をやっているぞ。認知症患者の前ですべきことは、見る、話す、触れる、立つの四つの柱だって。なんだ？　まず目をちゃんと見てポジティブなことを語りかけるのか。あなたと話していると楽しいです、嬉しいですという気持を伝えることが大事だと。身体に触るときは、腕をつかんだりせず、手のひらを広げて広い面積で優しく触れてあげる。腕をつかまれると人は逮捕されたような嫌な気持になるものです。あら、私は母さんをたたき起こすとき、いつも腕をつかんで立たせるけどダメなのね。

認知症だからといって家に閉じ込めるのではなく、できるだけ運動をさせる。歩かせる。補助が必要なら支えてでも歩かせる。寝たきりにさせると、それだけで症状が進行すると、テレビ画面に映る医者が力説している。

「認知機能がどれほど低下しても、感情記憶は働き続けます。彼らと感情でつながることは可能なんです」

そうか……。私はその言葉に納得し、さっそく実践してみることにした。

母がデイサービスから帰ってくると、離れた位置から両手を広げ、母の視線の高さに合わせて膝を曲げ、大きな声で「おかえりなさーい！」と挨拶してみた。母は一瞬、驚いた顔をしたが、すぐに私と同様、膝を曲げ、両手を広げて「ただいまー」と言った。

「おかえりー」

「ただいまー」

繰り返しながら少しずつ近寄って、最後に母をハグする。

抱き合ったあと、母が私の腕から身体を離し、呆《あき》れた顔で、

「なにやってんの、あんた」

これで効果があるのか。よくわからないけれど、母との距離が近づいたような気はする。しばらく続けてみることにしよう。

デイサービスの日に仕事へ出かけなくなってから、時間的な余裕ができた。朝のうちに家事を済ませてしまえば、さしてやることはない。ショッピングに出かけようと思えばそれもできる。この間、駅前の大型ショッピングセンターに行って、衝動的に籐《とう》椅子を買った。縁側に座って庭を眺めるのを楽しみにしている母は、膝が痛いらしく板の間に座るのがつらそうだ。籐椅子があればいいかもしれないと思ったのだ。

でもなんとなく最近は、出かけるのも友達に会うのも面倒臭くなってきた。友達と会って何を話すのか。仕事を干された話はしたくない。母のことを話しても、わかってくれる人とわかってくれない人がいると思うと、かえって迷惑な気がする。昔話もいっと

きは楽しいが、すぐに尽きる。ファッションや化粧品の話をするほど、もはや若くはない。

弟の岳人から、何回かメールが届いたが、無視している。相談があると書いてあるが、どうせまた母を施設に入れようという話に決まっている。しばらく放っておこう。

「久しぶりにアリスと三人で会おうよ」

高校時代のロックバンド仲間であるミシェールから電話をもらったときも、私は曖昧《あいまい》に返事をした。二人に会うのが嫌なわけではないが、なんとなく気が乗らない。うーん、そうねえとはっきりしない反応を繰り返していたら、

「ダメだな。だいぶたまってるな。わかった。じゃ、私たちがお宅に行く」

行動派のミシェールが、私の意向も都合も無視して、突然、やってくることになった。そうと決まれば嬉しい気持も湧かないわけではない。日曜日の昼に来るという二人のために、私は得意の焼きビーフンを作ることにした。長ねぎ、人参、椎茸《しいたけ》、ニラと豚バラ肉の薄切りを炒め、水に戻しておいたビーフンを入れて混ぜる。そこへカレー粉を入れればシンガポール風ビーフン。カレー粉を入れないプレーンビーフンと、どっちがいいかなと、カレー粉の缶を手に持って考えていたとき、玄関がガラガラと開き、鈴が鳴った。

もう来たのか。カレー粉の缶を持ったまま、「いらっしゃーい」と笑顔で玄関に出ていくと、そこに立っていたのは岳人だった。

「どうしたのよ」

靴を脱ごうとしている弟に、打って変わって低い声で問うと、

「香子がぜんぜん返事くれないからさあ」

そういえば、弟から何度かメールをもらっていたことを思い出す。

「で？」

訪問の目的を促すと、

「持って来たよ」

岳人が、手にした大判の封筒を振ってみせた。

「なにそれ？」

「母さんから聞いてないの？　高齢者施設の案内パンフレットと、あと契約書も。母さん、自分で入るって電話してきたからさ、急いで用意して持って来たんじゃないか。本人のサインが必要だからね」

「ちょっと待ってよ。そんな話、聞いてないけど。だいたい母さんが自分で電話するわけないじゃない。変な嘘、つかないでよね」

「嘘じゃないよ。本当に母さんが自分で電話してきたんだって。食事のおいしいとこがいいわって、条件までつけてさ」

そんなバカなことがあるものか。たちまち頭に血が上り、息が苦しくなってきた。あり得ない。母さんが自分で施設に入りたがるなんて、そんなこと、ぜったいあり得ない。

第九章　出　立

なんでこの二人は畳の上で向き合って、いつまでも言い争っているのでしょう。もう喧嘩《けんか》は止めなさい。お客様だって困っているじゃないですか。あれは香子のお友達かしら、女の人が二人、食卓の隅に縮こまって居心地悪そうに待っていらっしゃるというのに。他人の気も知らず、ウチの息子と娘ったらキイキイガアガア、キイキイガアガア。大の大人がみっともないったらありゃしませんよ。困った子供たちだわ、もう。でも、さっきから聞いていると、どうやらわたしのことで言い合っている様子なのです。ときどき、母さん、母さんという単語が聞こえてきます。まるでわたしが悪いことをしたみたい……なにか悪いことをしたかしら、わたし……。いやだわ。

いくら待っても埒《らち》が明かないので、お客様にお茶ぐらい淹《い》れようかと思い、戸棚からお急須《きゅうす》を出しました。茶筒の蓋《ふた》を取ろうとしたところで、「おばさま、私たちがやりますから」と、女の方が一人、椅子から立ち上がって手伝ってくださるって言うの。恐れ入ります。じゃ、お菓子でも出しましょうね、とあたりを見渡すと、食卓に見慣れぬ四角い箱が置いてある。なんだっけ、これ。リボンをほどいてそっと中を覗《のぞ》いたら、まあ、きれいな洋菓子がぎっしり並んでいること。シュークリームにモンブランにチョコレートケーキにプリンに……、あらあら、六つもある。ちょうどよかったわ。きっと香子が買ってきたのでしょう。

「どうぞ。好きなのをお取りくださいな」

食器棚からお皿とフォークを出してお勧めしたら、二人が肩をすくめて、「でも……」とたいそう恐縮してから、「おばさま、どうぞお先に」と箱をこちらに押し出すので、わたしは慌てて、

「いえいえ、お客様からどうぞ。近所のお菓子屋ですからたいしておいしくないとは思いますけれどね」

わたしはお菓子の箱を二人の前に押し返しました。すると、

「いえ、どうぞ。おばさまから」

「そんなことおっしゃらないでどうぞ」

箱ちゃんも行ったり来たりして、疲れちゃうわよね。結局、お客様は遠慮して、鳩のように頭を前後させるばかり。ますます申し訳なくなりました。

「本当にごめんなさいね。せっかく遊びに来てくださったのに」

そこまで言いかけて、隣の和室のほうに目を遣《や》ると、香子と向き合ってむっつりしている男の人は、はて誰だったかしら。わかんなくなっちゃった。見たことのある顔なんだけど、名前が出てこないの。えーと……。

「おばさま」

お客様の一人がわたしの肩をそっと叩《たた》くので、振り返ると、

「わたしたち、今日はこれで失礼します。また出直しますね」

「あら、お帰りになるの？」

せっかく来てくださったのに。まだお菓子も召し上がってないのに。

「こっそり帰りますから。香子にはまた連絡するって言っておいてください」

そう言われても、わたしはどうすればいいのでしょう。困ったわねえ。「ちょっと香子！」と、わたしが娘を呼ぼうとしたら、「いいんです。またすぐ来ますから」と、わたしを制して、「じゃ、失礼します。おばさまも、お大事にね」

それだけ言うと、お二人は抜き足差し足、食堂を出て、玄関へ向かいました。わたしも抜き足差し足、あとをついて玄関へお見送りにいきましたが、こんなことでいいのかしら。

鈴が鳴り、お二人がお帰りになったあと、食堂へ戻ると、まだ香子と岳人……そうそう、岳人だわ。思い出した、あー、よかった。思い出せたのはよかったけれど、二人は機嫌の悪そうな顔をしてそっぽを向いたきり。いつまでいがみ合うつもりなのかしら。小さいときはあんなに仲が良かったのに。

岳人は香子と二つ違いです。香子が生まれたとき、わたしはすでに三十三歳だったので、さすがに子供はもうできないだろうと諦《あきら》めていたのですが、どうしたことか。二年

後に二人目の赤ちゃん、しかも男の子を授かったのでした。当時、この家で同居していた晋さんのご両親、お義父《とう》さまとお義母《かあ》さまの喜びようといったらありませんでしたよ。跡継ぎがいなければ困るような家柄でもなかったけれど、それでも男の子というのは格別なのでしょう。よくやったよくやったと、お義父さまはわたしに着物を買ってくださったぐらいでしたから。

もちろん香子が生まれたときも、義父母はそれはそれは喜んで、ずいぶんと可愛がってくださったものです。でもどこか心の片隅には、いずれ嫁に出ていく子という意識があったのでしょうね。それに比べて岳人を産んだ直後は、家族だけでなくご近所の人たちにもお褒めの言葉をたくさん頂戴《ちょうだい》して、なんだか嬉《うれ》しいやら気恥ずかしいやら複雑な気持になりました。だって、香子のことが気がかりでしたから。

なんといっても香子は、岳人が生まれるまでは家じゅうの注目を一身に浴びていたのです。弟が生まれた途端にまわりの扱いが変わったら、さぞや寂しがるだろうと、いっときわたしはヒヤヒヤしたものです。

すでに四人の子育て経験がある友達にも言われました。二人目が生まれると、一人目が赤ちゃん返りをするから気をつけなさいよと。自分をかまってもらいたいと思うあまり、赤ちゃんに戻ってしまって、オネショをしたりおっぱいから離れなくなったりするのだそうです。ときには下の子をいじめることもあるとか。お兄ちゃんが赤ん坊の寝ているベッドにおもちゃを投げ込んで乱暴するので困った、という友達の話を聞いたこともあります。

だからわたしは心配したのです。香子がそんなことをしたら大変です。赤ん坊のほうに余計に手がかかるのはしかたのないことですが、香子にも赤ん坊と同じぐらい目をかけてやらなければいけないと、できるだけ気をつけておりました。

ところが、案ずるより産むが易しです。香子は偉かった。まだ三歳の誕生日も来ないうちから、こちらが教えもしないのに積極的に弟の世話をしたがりました。わたしがおっぱいをやるときはじっとそばに待機して、ガーゼで赤ん坊の口を拭《ふ》いたり、お乳をやり終えたあと岳人の背中をさすってゲップを出そうとしていると、隣で一緒になって赤ん坊の背中をさすってくれたり。ベビーベッドに岳人を寝かせると、「赤ちゃん、ねんね、赤ちゃん、ねんね」と言いながら、おじいちゃんやおばあちゃんや晋さんの前まで突進していって、人差し指を口の前に立て「静かにして！」と怒るのです。まるで小さなお母さん。可愛かったわねえ。

その他にも香子は、赤ん坊の握りこぶしの中にたまった埃《ほこり》を丁寧に取り除いてくれたり、わたしと三人でお風呂に入るときは、おぼつかない手で赤ん坊の頭を支えてくれたり。なかなか寝つかない岳人のそばに添い寝して、だいたい香子のほうが先に寝てしまうことが多かったけれど、本当によく面倒を見て、わたしの助けになってくれました。女の子は本能的に母性が芽生えるのでしょうかねえ。そういう優しさは香子が大きくなるにつれてさらに膨らんでいったように思います。

そりゃ、きょうだい喧嘩をすることがなかったわけではないですよ。でも、たいていの場合は岳人がすぐ、火がついたように泣き出してわたしに助けを求めにくる。そうすると香子は「またか」という顔で肩をすくめて、どこかへ姿を消してしまいます。だから母親として姉と弟の喧嘩を収めるのに苦労したことはほとんどありませんでした。お姉ちゃんだから我慢しなさいとわたしが諭した覚えもないのですが、あの子はどこか、姉としての責任感のようなものを抱いていたのではないかと思います。

なによりわたしがよく覚えているのは、静岡の社宅に住んでいた頃、岳人が小学校の友達に原っぱでいじめられてワンワン泣きながら帰ってきたときのことです。香子は岳人の話を聞くや、顔を真っ赤にして「よし！」と立ち上がると、たちまち家を飛び出して、いじめた子供を懲らしめにいったのです。心配なのでわたしは香子のあとを追いかけようとしたのですが、いつも晋さんが、「子供の喧嘩に親が口を出すものではない」と言っていたのを思い出して、止めました。怪我でもしなければいいけれどと心配して待っていると、香子が服を泥だらけに、髪の毛をボサボサにして帰ってきたので、「どうしたの！」とわたしが駆け寄ったら、両手を腰に当てて言ったのです。

「やっつけてきた。今度、岳人をいじめたら許さないって言ってやった」

唇を噛《か》み締めて上目遣いに天井のほうを向き、涙をこらえていましたっけ。弟思いの立派なお姉ちゃんだったわ。

岳人はあっけらかんとしたもので、いじめられた翌日にはそのいじめっ子たちと仲良く遊んでいたのです。その光景を見た香子のほうが腹を立ててね。男の気持はわからないって憤慨していましたよ。

でも、岳人だってお姉ちゃんが大好きでした。しょっちゅう金魚の糞《ふん》のように香子の後ろにくっついて、「こーこ、こーこ」と甘えておりました。お姉ちゃんが自分の友達と遊んでいるとすぐに、「僕もやる」と割り込んで仲間に入ろうとするのです。あんまり岳人がしつこくなると、さすがの香子も友達の手前、決まりが悪いのでしょう、「岳人、あっちへ行ってよ！」と頭を叩いて追い払うので、それでまた岳人が泣き出すという、そんなことの繰り返しでした。でも基本的には本当に仲の良いきょうだいでした。

「そんなこと母さん、本当に言ったの？」

突然、香子がわたしに聞くので、びっくりして、

「なんのこと？」

笑いながら訊《き》き返すと、

「笑ってる場合じゃないでしょ！」

香子が怖い目をしてわたしを叱るのです。いったいなんの話でしょう。すると隣にいた岳人がわたしに聞いてきます。

「母さん、ちゃんと香子に言ってやってよ。母さんが自分で老人ホームに入るって言ったんだよね。僕にそう言ったの、覚えてるでしょ？」

老人ホーム？　わたしが？　入るって？　言ったような、言わなかったような。

「さあ……」

首を傾げて答えると、

「ほら見なさいよ。母さんがそんなこと、言うわけありません！」

香子が得意げな顔で岳人に言い放ちました。

「なんだか知らないけど、もう喧嘩は止めてちょうだい。お願いよ。わたしがいけなかったのなら、謝るから。ごめんなさい」

わたしは二人の前に手をついて、頭を下げました。

「母さんが謝る必要なんてないの！　母さんは悪くないんだから。だって母さん、ここは母さんのウチなんだよ。なんで母さんが遠慮しなきゃいけないの。嫌なことは嫌って言わないと。そうでしょ！」

香子のキンキンした声を聞きながら、頭を下げたついでに、そこにあったパンフレットが目に入りました。表紙に大きく「老人ホーム　エバハイム」と書かれています。その文字の下には、鬱蒼《うっそう》たる緑に囲まれたレンガ色の立派な建物の写真がありました。まるでヨーロッパかどこかのお屋敷のよう。わたしは何気なくそのパンフレットを手に取りました。

「そうそう、これこれ」

思い出したのです。

「こういうところに住みたかったのよ」

ちょっと思ったことを口にしただけなのに、たちまち香子が「嘘でしょ！」と奇声を発しました。同時に岳人が太い声で我が意を得たりとばかりに叫んだのです。

「ほら見ろ、俺が言ったとおりだろう！」

あらあら、火に油を注いじゃった。わたしの一言がいけなかったのかしら。わたしがここにいるからダメなのね。どうやら退散したほうがよさそうです。そうだ、このパンフレットをちゃんと読んでみましょう。ちょっと興味があるもの。おいくらぐらいなのかしら。間取りも載っているのかな。私は畳に置かれたパンフレットを手に取ると、よっこらしょっと立ち上がり、食堂を抜けて自分の部屋へ行こう、と食卓の横を通りかかったら、白い箱が目に留まりました。あら、これ、なんだったかしら。蓋を開けてみると、まあ、洋菓子がたくさん並んでいるではないですか。きっと香子が買ってきたんだわ。あの子、ちょっと買いすぎる癖がある。せっかくだから一つ、いただこうかしら。でもやっぱり、ご飯のあとにしましょうね。

「母さん、どこへ行くのよ」

私が母を引き留めようと声をかけたら、岳人も立ち上がり、

「母さん、母さん。入ると決めたなら、サインしてもらわないと。ねえ、母さんってば」

残された書類一式を手早くかき集め、母の後ろをついて食堂を出ていった。

結局、私は負けたことになるのか。母自身に入る意志があるとわかった以上、反論す

る術《すべ》がなくなった。納得はいかないがしかたない。私は洋菓子の箱を持って台所へ移動する。ついでに洗い物を始めたら、まもなく母の部屋のふすまの閉まる音がした。

足音は、いったん食堂のほうへ向かったかに思われたが、だんだん近づいてきて、岳人が台所に現れた。

「母さんのサインと印鑑、もらったよ」

岳人が私の前に契約書を広げてみせた。私は返事をしないまま、鍋《なべ》や皿を洗っていた。

「あー、大役を果たしたら、急に腹減っちゃった。香子、なんか食べるものない？　俺、まだ昼飯食ってないんだよ」

そう言いながら岳人が、作りかけのビーフンを目敏《めざと》く見つけたらしい。

「お、旨《うま》そう！　なんだ、ずいぶん大量にあるじゃん。これ、もしかして食べていいの？　俺、カレー味がいいかな」

あれだけ私と激しく言い合った直後だというのに、何事もなかったかのごとく平然と私に話しかけてくるあたりが、子供の頃からの弟の性格というか、無神経なところというか。

私は黙ってタオルで手を拭くと、ガス台の中華鍋を持ち、炒《いた》める途中だったビーフンに、たっぷりカレー粉を振り込んでやった。

私が岳人と喧嘩をしている間に、いつのまにかミシェールとアリスは帰ってしまったらしい。おいしそうな洋菓子まで持ってきてくれたのに、お茶一杯も、お昼ご飯も出さないまま放っておいたせいだ。なんという無礼三昧《ざんまい》。あとで電話をして謝っておかなくちゃ。

岳人が契約書を手に意気揚々と帰ったあと、すっかり気力が失《う》せて料理を作る意欲もなくなった。母には申し訳ないけれど、作りすぎたシンガポール風ビーフンを昼ご飯だけでなく夕飯にも出した。さすがにビーフンだけでは可哀想なので、レタスと人参とインゲン豆のサラダを作り、母が昔から得意にしていた缶詰トマトの冷製スープを添えた。

母はビーフンとサラダとスープを交互に食べながら、「あら、きれいな色のサラダ」「スープ、おいしい」「これなに？　ビーフン？　輪ゴムに見えた」「ちょっと辛い」「香子は料理が上手ねえ」と、褒めたりけなしたり、いつにもまして饒舌《じょうぜつ》だ。昼間、私が不機嫌だったからご機嫌取りをしているつもりかもしれない。

こんなふうに私が作った料理を母がおいしそうに食べてくれるのも、あと何回あることか。私は箸《はし》を置き、食卓に片肘《かたひじ》をついて、じっと母の食べる姿を見守った。

「ねえ、母さん」

たちまち母が、箸に挟んで口に運ぼうとしていたサラダのインゲン豆を床に落とした。

「ほら、こぼしたでしょ。自分で拾いなさい！　お行儀悪いなあ」

叱ると、母は身体をかがめ、床に落ちたインゲン豆を手で拾ってから、私に向かって
「べーだ」と舌を出してみせた。

「なに、その顔。それより、母さんさあ」

私はもう一度、母に問いかける。

「なあに？　食事中にテーブルに肘をつくのは、どうなの？　お行儀悪いわよ」

仕返しをしてきた。そういう頭はよく回る。私は左肘を下ろし、背筋を伸ばしてから、

「母さん、本気でこの家、出て行く気？」

そう聞けば、きっと母はもう老人ホームに入ることなど忘れていると思った。

「この家を出て、どこに行くつもり？」

「どこだか知らないけど、きれいなレンガ色のお屋敷でしょ。いいところみたいよ。岳人が見つけてくれたんだから、間違いないわ」

しっかり覚えていた。なんでこういうことだけ記憶から抜けないのだろう。

「じゃあさ。この家はどうするの？　母さんが出て行ったら、私が一人で住むの？」

母は私のことをぼんやり見つめて、うーんとしばらく唸《うな》ったのち、

「売ったらいいんじゃない？」

売ったらいいだって？　とうてい母の発言とは思えない。

「母さん、それ、本気で言ってるの？　だって母さん、この家はひいおじいちゃんが建てた大切な家だから、嫁の私が守らなきゃいけない、責任があるんだって、昔から言ってたくせに。売っちゃっていいと思ってるの？」

母が箸を持ったまま、「うー」とまたもや唸った。それから、

「でもね、お父さんも死んじゃって、岳人も出ていって、わたし一人で家を守るなんて

無理。もう歳だし」

「だから私と母さんが一緒に守っていけばいいじゃない」

私はなんとか母を思いとどまらせようと言葉を継ぐ。

母はスープのカップを両手で持ってズズッとすり上げてから、

「あら、これなんのスープ？」

「さっきから飲んでる、トマトスープよ」

「ああ、そう。あんまり味がしないわね」

「さっき、おいしいって言ってたくせに。ね、一緒に守っていこうよ」

「なにを？」

「だから、この家」

「この家？　この家はお父さんのおじいさまが建てたのよ。あんたが生まれるずっと前のことだけどねえ」

「そうじゃなくて。売らないで二人で住み続ければいいって話してるんだってば」

母は私の問いには答えず、「これ、辛い」と言いながら今度はビーフンのお皿を食卓に置いて、思い切り顔をしかめた。それから立ち上がって急須を持つと、自分で湯飲みにお茶を注ごうとするのだが、よろけそうになる。

「ほら、危ない」

私が急須を受け取って母の湯飲みに注ぐ。その間に、食卓の隅にあるケーキの箱を発見したらしい。食後に食べようと思って冷蔵庫から出しておいたのだ。

「その箱、何が入ってるの？」

箱をつかむや、手早く蓋を開けた。

「まあ、おいしそうなケーキがいっぱい。誰が買ってきたの？　香子？」

「違う。ミシェールとアリスが持って来てくれたの」

「誰が？　ミシェールって誰？」

「いいの、そんなことは。それより、この家は売らないで、二人で住み続けようよ。そうすれば老人ホームに入らなくて済むんだよ」

もう一度、問いかけると、

「この家をミシェールに売るの？」

「違うの。ミシェールは関係ないの。そうじゃなくて、誰かに売ればいいって、今さっき、母さんが言ったの！」

「言った？　私が？　どうして売るの？」

「知らないわよ。やっぱり売らないで二人で住んだほうがいいでしょ？」

「誰と二人で？」

「だから私とよ」

するとと母はしばらく「うーん」と唸って、

「このケーキ、あんたが買ってきたの？」

もういい。疲れた。

十月に入ってからはバタバタした日々が続いた。いつでも戻ってこられるのだから、ぜんぶ片づけなくてもいいの、忘れ物をしたときは私が届けてあげるからと、何度言い聞かせても母は理解せず、まるで海外にでも移住するような気持になっているらしい。毎日、「片づけなきゃ、片づけなきゃ」と節をつけて歌いながら、自分の部屋と食堂と廊下を行ったり来たりして、何かを持ってあっちへ行ったと思ったら、また別のものを両手いっぱいに抱えて戻ってきたりする。ちょっと姿を消したと思うと、膝《ひざ》が痛いくせに二階へ上がって父の部屋をごそごそ探り、「いらないものだらけねえ。捨てなきゃダメねえ」と呟《つぶや》きつつ、「ここは何が入っていたんだっけ？」と同じ抽斗《ひきだし》を何度も引っ張り出す。箱でも抽斗でも、一度、蓋をしてしまうと、中に何が入っていたか、瞬時に忘れてしまうらしい。

「そこはさっき見た！　古い写真が入っているだけだから。そのままにしておきなさい」

私は母の後ろにくっついて、いちいち叱りつけなければならない。あげく、散らかすだけ散らかして、結局何も捨てられず、母は畳の上に仰向《あおむ》けになり、降参するのである。

「疲れちゃった。明日、片づけます」

そう宣言するや、放り出したものをそのままにしてとっとこ階段を下り、自室にこもってしまう。そして翌日、また同じことが始まるのである。

おそらく頭の中で、「老人ホームに入る前に部屋を片づけなければ」という使命感だけが渦巻いているのだろう。

若い頃、父の転勤や出張のたびに手早く荷造りをするのは、もっぱら母の役割であった。短い日数で見事に荷物をまとめ、いらないものは潔く捨て、必要なものは上手に段ボール箱やスーツケースに収める母の姿を見て、私は幼心に「すごい！」と思ったものだ。普段とて、たとえば父が「爪切りはどこだ？」と聞くと、母は間髪を容《い》れず、「食堂の小抽斗の上から二番目です」と明解に答える。私が小抽斗に飛んでいって確認してみると、確かに母の言う通りなのである。「神様みたい！」と私はまたもや感心する。家の中にあるものは、何がどこに入っているか、母はいつも完璧《かんぺき》に把握していた。母自身、それが自慢の一つでもあったのだと思う。そういう記憶だけが母の頭の片隅に残っているらしい。実際にそれを実行する体力も能力も、今の母にはもはやかけらも残っていないのに。

「ああ、どうしよう。間に合わない」

大量の荷物に囲まれて呆然《ぼうぜん》とする母を見ていると、だからこの家に住み続ければいいじゃないかと言ってやりたくなる。でも、これから老人ホームとの契約を取り消したり、岳人と言い争いをしたりするのは、私にとっても気の重い話である。

母が入ることになった「エバハイム」という老人ホームは、たしかに緑に囲まれた静かな環境に建っていた。入居する前に一度、見学に来てくださいと先方から提案され、岳人と一緒に母を連れて部屋を見に行った。

六畳ほどの個室に柵《さく》のついたベッドとデスクと椅子が一つずつ。扉ではなくビニールカーテンで仕切られた洋式便所と、小さな洗面台。冷蔵庫はあるがキッチンはない。極めてシンプルな部屋である。

ただ、窓からの景色には恵まれていた。晴れた日は富士山が見えるんですよと、案内係のケアスタッフが教えてくれた。ということは、西向きか。夕日も見えるんだなと考えながら窓に近づき、階下を見下ろすと、中庭で車椅子に座って日向《ひなた》ぼっこをしている高齢者数人の姿がある。スタッフに付き添われて散歩をしている人もいる。遊歩道を桜並木が囲み、花壇にベゴニアやサルビアの花が植えられている。春にはここでお花見もできそうだ。花の好きな母がこういう緑に囲まれた環境で過ごせるのかと思うと多少、心が和む。

母が入る予定になっている三階の部屋の、一つ上の階は「病棟」と呼ばれるフロアだそうで、そこには介助が必要になった高齢者、いわゆる寝たきり状態の入居者のための病室が並んでいるという。「ご覧になりますか」と言われたが断った。いずれ母もそちらに移される日が訪れるのかと思うと、今はあまり見たくない。

「あと、一階に食堂とリハビリ室と医務室とお風呂があります。もちろんお風呂はスタッフが付き添ってお入れしますのでご心配ありません。その他、遊技をしたりクラブ活動をしたりする大部屋がございます」

「クラブ活動？」

「はい、切り絵やお絵描きや音楽活動をするプログラムがございまして。けっこう皆さん、楽しんでいらっしゃるんですよ」

案内してくれる吉田《よしだ》さんというこの女性もそうだが、廊下ですれ違う若いスタッフが皆、なんと潑剌《はつらつ》としていることか。見学者の私たちに対しても、まるで昔からの知り合いかと思うほど親しみのこもった笑顔で「こんにちはー」と挨拶をしてくれる。母が来月から入居すると知ると、母のそばへちょこちょこと歩み寄って話しかけてくれるスタッフもいた。

「あらあ、ようこそいらっしゃいました。お名前は？　佐藤琴子さん？　ステキなお名前。三〇六号に入るの？　うん、うん。そうなんだ。お待ちしてますよぉ。じゃあねえ、またねえ、バイバーイ」

小学校の転校生のように語りかけられて、母も嬉しそうに手を振り返す。

昔は家族がしていた老人の世話を、こういう正義感と奉仕の精神に溢《あふ》れた若者が肩代わりしてくれる時代になったのだ。ビジネスとはいえ、ありがたいことだと思う。

でも、そういうサービスを受ける側の母の気持はどうなのだろう。本当に幸せなのだろうか。住み慣れた家を離れ、老人だらけの環境に押し込まれ、ときに幼児のごとく扱われかねない生活に、なんの抵抗もないのだろうか。

十一月三日。日曜日。いよいよ母の引っ越しの前日となった。

明日の午前中に施設の車が母を迎えにきて、母は老人ホームに入居する。見学に行ったとき、送迎バスのサービスの手配もすませておいた。

我が家には車がない。膝の悪い母を連れ、荷物も抱えて電車に乗るのは至難の業だ。どうしようかと思っていたところ、そういうサービスがあることを知らされた。多少の経費はかかるが、タクシーに乗るよりはずっと安上がりである。

母の荷物はおおかたまとまった。スーツケース二つ。膝掛けや服の着替え、パジャマや下着や愛用のマグカップなどは前もって宅配便で送っておいたが、家族の写真や母が自分の枕元に飾っていた小物類、父と海外旅行をしたときに買った思い出の品々は、母が「壊れると嫌だから自分で持っていく」と言って聞かないので、結局、手持ちの荷物だけでけっこうな量になってしまった。

それでも、ここに到達できただけで立派なものだ。一時はとても間に合わないと思った。なにしろ母は、引っ越しすると決まってからほぼ毎日、家じゅうの片づけに明け暮れて、片づけているのか散らかしているのかわからない日々が続いたのである。母も疲れただろうが、その母に付き添った私もバテた。おかげで互いに感傷的になる暇もなかった。

五分に一度は母を叱りつけていたようなものだ。ガムテープで封じた段ボール箱を廊下に置いておくと、母が来て、「あら、これ、なんだっけ？」が始まるのである。

宅配便の荷物を出したあとも対決は続いた。玄関の脇に置いたスーツケースを母は何度も点検し、すでにたくさん入っているのに、またもや「あちらで寒いといけないでしょう」と言って、どこから出してきたのやら、カーディガンや下着を何枚も抱えてやってきて、スーツケースに押し込もうとする。

今朝も始まった。

「母さんの好きなカーディガン、もうたくさん入れてあるの。そんなに持って行っても無駄だって。荷物、重くなっちゃうでしょ！」

「そう？　でも一枚だけしか入れてないでしょ？」

「違います。三枚、入れました。ほら、ここに入ってる。見えた？　わかった？　これ以上入れたら多すぎるでしょ！」

声を荒らげて叱りつけているところへ、鈴が鳴り、玄関ががらりと開いた。反射的に私は、

「誰!?」

イライラした気持がそのまま声になった。顔を上げたら、

「ちょっと早過ぎましたか……？」

田茂山社長と、その隣には「ハラジュンのおいしいおしゃべり」の番組で一緒に仕事をしていた音声君が、花束を抱えて立っていた。

「どうも」

ドスの利いた声から一転、女らしい声を出してみたが、時すでに遅し。

二人はよほど驚いたのか、バツの悪そうな顔で突っ立ったまま、私を見つめている。

私としても、突然の訪問をどう受け止めてよいやら困っていると、

「あー、麻有ちゃんは……まだ？」

タモ社長が家の奥を覗き込みながら訊いた。

「麻有ちゃん？　麻有ちゃんも来るんですか？」

「そのはず……なんですけどね」

タモ社長がもごもご答えたとき、

「ああ、すみません。遅くなっちゃって」

麻有が武尊君の手を引いて、走り込んできた。後ろから大きな身体の麻有の旦那《だんな》さんも到着だ。

いったいなんの騒ぎだ。理解できないまま、

「ま、どうぞ。上がってください。散らかしてますけど。実は明日から母が老人ホームに入居することになって。その荷造りでてんやわんやだったもので」

言い訳をすると、

「そうなんですってねえ」

タモ社長がしみじみ答えた。どうして知っているのだ。

「ごめんなさい。先に来るつもりだったんですけど、買い物に時間がかかっちゃって」

スーパーのビニール袋を両手にぶら下げた麻有がケラケラ笑いながらタモ社長と音声君に頭を下げている。その横で、さっさと靴を脱ぎ捨てて上がり込んだ武尊君が叫んだ。

「ねね、母ちゃん、テレビ見に行っていい？　おばあちゃんも早く。ボール持ってきたよ。テレビ見たら、またキャッチボールやろ！　ほら、行こ。おばあちゃんってばあ」

「はいはい」

玄関に突っ立っていた母は武尊君に袖《そで》を引っ張られてトコトコと食堂へついていく。なにが始まろうとしているのだろう。

「こんにちはー」

騒ぎの後ろから、また新たな声がした。振り向くと、ヒナ子さんとミシェールとアリスの三人が揃い踏みだ。こちらも手に手に紙袋やビニール袋を持って、ニコニコ顔である。

何はさておき、先日のことを謝らなければならない。

「こないだはごめんねえ。お菓子もいただいたのに放りっぱなしにして」

ミシェールとアリスが同時に首を横に振り、「ぜんぜん、ぜんぜん。気にしないで。今日はヒナ子さんも誘っちゃった」

会釈をしながら、「ヒナ子さん？　どうして……」と、訊こうとしたとき、

「ちぃーっす。おっ、お揃いですね」

弟の岳人が嫁の知加ちゃんと賢太を連れて現れた。賢太の靴を脱がそうとしている岳

人の横にかがみこみ、私は小声で問い質《ただ》す。

「なんなのよ、この騒ぎ。あんたが企《たくら》んだの？」

「俺じゃないよ。母さんだろ？」

「母さん？」

母さんがこの人たちを招いたのか。老人ホームに入る前日に？　まさか……。頭が痛くなってきた。いったいどういうことなのか。

「香子さーん」

台所から麻有が呼んでいる。理解できないまま、私は台所へ飛んで行く。

「勝手に入り込んですみませんけど、圧力鍋ってあります？」

「圧力鍋？」

「今日ね、牛すじカレーを作ろうかと思って。香子さんが子供の頃から毎年、お正月に作ってもらったって言ってたから。みんなで食べたら楽しいかなと思いまして」

たしかに母の牛すじカレーは私にとって懐かしの味である。が、いつも母が作るのを食べるだけで私自身は作ったことがない。まして母が圧力鍋を使っていたかどうか……。

「圧力鍋ねえ……」

私は台所の戸棚をあちこち開けて捜してみるが、それらしきものは見当たらない。

「あのー」

振り向くと、タモ社長と音声君が並んで立っていた。

「このお花、どうしましょうかね。花瓶、貸していただければ、僕と土屋《つちや》君で活《い》けときますから」

音声君の名前は土屋だったのか。初めて知った。それにしてもなぜ音声君まで来たんだ？　と、私が怪訝《けげん》な顔をしたせいか、タモ社長が説明し始めた。

「あ、土屋君、誘ったのは僕なんだけどね。ほら、今度、香子さんの料理を食べたいって言ってたから、いいかなと思って。勝手にごめんね」

「いえいえ。絶好のタイミングです！　口約束だけして申し訳ないと思ってたとこだったんですよ」

私は心にもない歓迎の意を表し、音声土屋君とタモ社長に微笑みかけた。

「香子さん、圧力鍋は諦めます。そのかわり炊飯器使っていいですか？　牛すじ肉って、柔らかくするのに時間かかるから。やっぱり圧力かけたほうがいいと思うんですよね」

ああ、そうなの？　と答えながら音声土屋君に花瓶を手渡す。

「コーコ、これ、冷蔵庫に入れておいていい？　フルーツポンチ、作ってきたの」

アリスが大きな密閉容器を掲げた。

「うわ、すごい！　ありがとう」

「私はこれ。レタスカップ。鶏《とり》の挽肉《ひきにく》にレンコンとか玉ねぎとかいろいろ入れてあるから。ちょっとスパイシーだけど、お母さん、大丈夫かな。あとレタス二玉で足りるかな」

「大丈夫、たぶん大丈夫。嬉しー。どうもありがとう」

ミシェールから大玉のレタスを二つ、受け取って礼を言った私は、

「あのー」

台所を見渡しながら、恐る恐る声を上げた。

「皆さんに伺いたいんですけど！」

集っていた全員の動きが一斉に止まった。

「今日のこの会は、いったい誰が言い出しっぺなんですか？」

私の質問に、真っ先に答えたのは、ヒナ子さんである。

「お母さんじゃないの？　チーズケーキ、焼いてきた」

「母が？　あ、どうもありがとうございます」

私はヒナ子さんからチーズケーキの包みを受け取りながら、訊き返す。

「僕も、麻有ちゃんから電話もらって、お母さん主催のパーティに来てくれって……ねえ？」

タモ社長が、周囲に同意を求める顔でそう言った。

「麻有ちゃんが計画してくれたってこと？」

シンクで牛すじ肉を洗っている麻有のそばへ私は歩み寄る。

「私じゃないですよ。私は、お母さんからお葉書いただいて。十一月三日にいらしてくださいって。できれば皆さんをお誘いください、香子には内緒ですって書いてあったんですよ。だからどうしようかと思ったんですけど、香子さんに聞けないとなると、とり

あえず岳人さんにご相談するしかないかと。そしたら岳人さんの奥さんから香子さんのお友達に連絡してくれることになって。私は仕事関係に回したっていう……。すみません、勝手なことして」

驚いた。いったい母はいつのまに麻有に葉書なんか出したのか。

「なんで麻有ちゃんの住所がわかったんだろう」

「それは、最初にお会いしたとき、私、お母さんに名刺、お渡ししたんで、それを持ってらしたんじゃないですか？」

そんなややこしいことを母はどうしてできたのだろう。それ以前に、母はなぜみんなを集めてお別れ会などする気になったのか。不可解だ。よほど盛大に送り出してもらいたいとでも思ったのか。母がパーティ好きだったという記憶はない。謎が多すぎる。

「最初は私も、お母さんが引っ越しをなさる前日だとは知らなかったんです。だって葉書には、『香子のパーティ』って書いてあったから、香子さんの誕生パーティかなって思ったんですけど。そしたら岳人さんから、お母さんが翌日に老人ホームに入るって聞いてびっくりしちゃって」

麻有が恐縮しながら説明を続ける。するとそこへヒナ子さんが割り込んできた。

「お礼を言いたかったんじゃない？」

「誰に？」私は訊き返す。

「お母さんがコーコに。自分のために頑張ってくれているって、いくら記憶が曖昧《あいまい》になっても、そこは母親だもん。ちゃんとわかってるのよ」

「まさか……」

母にそこまで頭を巡らせる力はないはずだ。

「コーコは頑張ったと思うよ。でも、これ以上頑張ると、コーコのほうが参っちゃうって、お母さんは心配なんだよ。だから自分から施設に入ろうって決心したんじゃないの？」

「そんな……」

いくらヒナ子さんの意見とはいえ、私にはどうにも納得がいかない。

「別に私、そんなに頑張ってなんか……」

不可解な気持を抑えつつ、言い返すと、

「そんなことないですよ。香子さん、頑張ってると思います。っていうか、頑張りすぎだと思います」

麻有が私の言葉をさえぎった。

「だから頑張りすぎちゃダメだよって、私言ったでしょう。長続きしなくなるんだから。お母さんにとっても、コーコが壊れたら、元も子もないことになるんだからね」

ヒナ子さんの言葉に重ねるようにして、

「ついでに言っていい？」

アリスがおもむろに発言した。

「なに？」

アリスのほうを振り向くと、

「岳人さんも、コーコのこと心配してたよ。電話で話したけど。知加ちゃんだって、『お義姉《ねえ》さん、一人で背負っちゃう性格なんで。私がちっとも役に立たないから』って申し訳なさそうに言ってたもの」

その場に岳人一家はいなかった。母と武尊君と一緒にあちらの部屋で遊んでいる。アリスとミシェールは、知加ちゃんがまだ岳人と結婚する前、一緒にボン・ジョヴィのコンサートに行ったりご飯を食べたりしていた時期がある。だから彼女に好意的になるのも無理はない。私とて、あの頃は知加ちゃんのことを、おとなしいけれど素直でよく気のつく子だと思っていた。二人が知加ちゃんに抱く印象は、たぶんあの頃と変わっていないはずだ。でも私には、今、そういう話を聞かされても、にわかに本心とは思いにくいところがある。どこかに嫁の計算が働いているのではないかとつい疑ってしまう。私はもはや取り返しのつかない意地悪な小姑《こじゅうと》に成り果てた。

母の介護に関して百歩譲って考えてみれば、たしかに私が率先して動いてしまうから、弟の嫁としては出番のタイミングを逃すのかもしれない。もう少し私のほうから歩み寄って知加ちゃんに頼る姿勢を示せば、関係が変わってくる可能性もある。そういえば昔、ミシェールに言われたことがある。岳人が結婚してまもなくの頃だった。私が軽い気持で知加ちゃんのことを、「積極的に動こうって意識が薄いのよ。いい子なんだけど、ち

ょっと遅いの」などと軽く愚痴を言ったところ、

「コーコが先に何でもテキパキやりすぎるからよ。嫁いだ身としては、義理のお姉さんには遠慮があるもの。出しゃばってもいけないって。逆の立場になればわかると思うよ。そこはコーコが理解してあげなきゃ」

私のほうが諭された。ミシェールは嫁として知加ちゃんの気持がわかるらしい。つまり介護についても私が一人でカッカしていると言いたいのだろう。私はみんなが言うように、「頑張りすぎ」なのか。

だったらどうしろと言うのだ。「頑張りすぎ」にならないために、呆《ぼ》けた母を老人ホームへ入れることが最良の道ということか。結局、岳人の判断が正しいと言いたいのか。みんなの心配に感謝したいとは思いつつ、どうにもやりきれない、納得できない気持が心の中で渦を巻く。

「香子さん、牛すじなんですけど」

麻有が母の料理ノートを手に近寄ってきた。

「やっぱり炊飯器で煮込んでいいですか？　今どきの炊飯器って一種の圧力鍋ですから」

私は料理ノートを改めて読み直す。圧力鍋で牛すじを煮込むという記載はない。ならば母はどうやって肉を柔らかくしていたのか。母のノートには、ただ「よく煮込む」とだけ書かれている。そういえば、カレーを作り出す前夜から、母は寸胴《ずんどう》鍋に肉を入れてクツクツ煮込んでいたような気がしてきた。肉を柔らかくするには、圧力をかけるか、はたまた長時間、煮込むしかないのだろう。

「うん。そうだね。やってみようか」

そう答えると、私は麻有が貰ってきてくれた玉ねぎ、人参、じゃがいも、マッシュルーム、にんにく、生姜《しょうが》、ベイリーフ、ジャム、赤ワイン、カレー粉などを調理台の上に並べ、さっそく作業に取りかかる。

母はいつも、じゃがいもを皮ごと茹《ゆ》でて四等分ぐらいの大きさに切ると、そのままカレーにぶち込んだ。「皮ごと入れたほうが、煮崩れしないの」というのが母の口癖だった。玉ねぎや人参も「どうせ溶けるから」と大ざっぱなざく切りにした。

母はこのカレーを毎年、大みそかの夕方から仕込み始めた。新しい年になり、一月二日の夕方あたりに、カレーがちょうど食べ頃を迎える。冷たいお節料理に飽きてそろそろ洋食が食べたいと思い始める我々子供たちにとって、台所からカレーやにんにくの香りが漂ってくるのは、なにより魅力的なことだった。

本来は数日前から煮込んでおく牛すじカレーを短時間でおいしく作れるのだろうか。不安に思いつつ、私はざく切りにした玉ねぎと人参を炒める。玉ねぎがしんなりするまで炒めたら、そこへ擂《す》ったにんにくと生姜をたっぷり加え、続いてカレー粉を振り込んでさらに炒める。それから安価な赤ワイン一本分をタポタポ惜しげなく注ぎ、しばらく弱火にしておく。そのあと、柔らかくなった牛すじ肉（それでもプリプリとした食感は残っている）を加え、さらにジャム（フルーツチャツネでもいい）を入れる。そして最後にマッシュルーム、下茹でした皮付きじゃがいも、さらにトマトを二個ほど。味は、塩、胡椒《こしょう》、ウスターソース、ケチャップなどで調える。

昔、母が牛すじカレーを作っているとき、私はよく台所に顔を覗かせて味見をしたものだ。

「ちょっとまだ薄いよ」

「ウスターソース足していい？」

「塩をもう少し足す？　ねえ、どうする？」

母に相談しながら味を作り上げるのが、私の楽しみだった。

あるとき私がウスターソースを足している横に来て、母が大匙《おおさじ》で何か黄色いドロンとしたかたまりを加えた。

「なに入れたの？」

私が訊くと、

「パイナップルジャム」

「それってかなり古くない？」

私の記憶によると、そのパイナップルジャムは、母が父と一緒にハワイに旅した際にお土産に買ってきたものではなかったか。一口食べたら期待したほどおいしくなかったので、家族の誰も手を伸ばそうとせず、長らく冷蔵庫の奥にしまわれたまま少なくとも二年は経っていたはずだ。

「そんな古いジャム入れて大丈夫なの？」

非難がましく訊ねると、

「大丈夫よ。だってジャムだもん。カレーはね、冷蔵庫のお掃除屋さんなの。残りものを入れれば入れるほど深みが出るんだから」

母はあっけらかんと言ってのけた。その後、私はカレーを作るたびに母の言葉を思い出す。カレーは冷蔵庫のお掃除屋さん。しなびた人参、椎茸《しいたけ》、味の落ちたリンゴ、古いジャム、飲み残しのコーヒー、硬くなったチョコレートに至るまで、これぞと思う残りものを入れれば入れるほどコクが出る。ついでにジャムは簡単には腐らない。母に教えられたカレーの基本哲学である。

実際、その怪しいパイナップルジャムの入った牛すじカレーを食べても家族の誰一人お腹を壊さなかったところを見ると、母の言ったことはまんざら嘘ではなかったようだ。

カレー鍋を覗いていると、いろいろなことを思い出す。火のそばにずっと立っていたせいか、火照ってきた。暑くて、心なしか息苦しい。生唾《なまつば》が出てきた。カレーの匂いに当たったのかもしれない。

「ごめん、麻有ちゃん、あとお願いしていい？」

私は麻有に頼んで火から離れようとした。そのとき一瞬、身体が揺れた。地震かしら。

「香子さん、大丈夫？」

麻有が叫んでいる。

「コーコ！　コーコ、大丈夫？」

人の騒ぐ声がする。たくさんの声が、はるか遠くの山の向こうから、響いては遠のき、響いては遠のいて、しだいにワンワンワンとこだまになって耳の奥に入り込み、そして私はトンネルの中を誰かに抱かれて運ばれている感覚に襲われた。


香子、香子と、誰かが呼んでいる。

「誰？」

声をかけても返事はない。ただ一方的に、香子、香子と私を呼び続ける。

「はいはい、今、行きます。ちょっと待って」

駆けつけた部屋の扉を開けると、父がアロハシャツを着て寸胴鍋の前に突っ立っていた。なぜか宴会で使うような鼻眼鏡をかけ、上目遣いにこちらをギロリと振り返った。

「なんだ、父さん。そこにいたの？　ずいぶん面白い格好して。なんかご用ですか？」

「これこれ」

飄々《ひょうひょう》とした顔で、父が鍋をしきりに指さして、私に覗けと言う。

近寄って鍋の中を覗いてみると、金色のお出汁《だし》に小さな救急車が浮かんでいて、その屋根に母がムームー姿でちょこんと乗っていた。

「母さん、そんなとこでなにやってるの？」

驚いて私は母に声をかけ、父にも、

「危ないじゃないですか、父さん！」

すると父は鼻眼鏡のまま、「大丈夫だよ。そんなことより」と言って、いとおしそうに母を見つめたあと、私の耳元で囁《ささや》いた。

「母さんは、呆けた。母さんは、呆けた。母さんは、呆けた！」

一方の母は、身体ほどの大きさのスプーンを使って出汁をすくい上げ、口に入れると、

「うーん。ちょっと塩が足りないかも」

そしてまたスプーンで一口味見をし、

「作りすぎちゃったんです。大工の棟梁《とうりょう》にお分けしようかと思うんですけど」

母が叫ぶと、

「そんなことはあとで考えればいい。俺が連絡をしておくから心配するな」

と父は答えた。

父はさっさと鍋に蓋をした。中から母の声が響いてくる。

「サンキュー、キューキュー、救急車！　サンキュー、キューキュー、救急車！」

小さな声が響く寸胴鍋を抱え、父は静々と移動し始めた。

「どこ行くつもり？」

「ちょっとエバハイム」

父は廊下へ出て、鍋を抱えたまま三和土《たたき》を下りると、玄関で靴を履こうとする。父が動くたび、鍋が大きく左右に揺れる。私は慌てて、

「ダメだよ、父さん！　そんなに揺らしたら母さんが出汁に落ちて溺《おぼ》れちゃうでしょ。連れてったらダメだって。ねえ、父さん！」

「手すりがあるから大丈夫だ」

父は頑として聞こうとしない。私の心配をよそに、鍋からは明るい歌声が漏れ聞こえる。フーフフンフン、フーフフンフン！

「なにも今日、行かなくてもいいでしょ。明日、迎えの車が来るんだから、明日にしたらどう？」

私は必死で説得するのだが、父は鍋を揺らしながら靴を履き終えて、玄関の引き戸に手をかけた。鈴が鳴る。

「父さん、父さんってば！」

いくら叫んでも父は私に背を向けたまま。持っている鍋の中からは、フーフフンフン、フーフフンフンと母の声がする。母の鼻歌のボリュームがしだいに大きくなってきた。

気づいたとき、私の顔のすぐそばに母の大きな横顔があった。

救急車の屋根に乗っていた小さな母とは違い、母の顔はバカに大きい。ムームーも着ていない。けれど母は夢の中と同じメロディを繰り返し、自分の着ているセーターの端から毛糸を、楽しそうに引っ張り出している。

「なにやってんの、母さん？」

「あら、起きたの？」

母がこちらを向いて破顔した。昔の母の顔だった。子供の頃、熱にうかされて目が覚めたとき、私の首すじや顔面に噴き出した汗をタオルで拭《ぬぐ》いながら笑いかけてくれた母の顔そのものだ。母さんがそばにいてさえくれれば、病気は治りそうな気がした。

一瞬、すべてが振り出しに戻ったような気がした。もしかして母は呆けがすっかり治ってシャキッとしたのではないか。

しかし、やっていることがどうも怪しい。

「そんなに毛糸を引っ張りだしたら、セーター、ほつれちゃうよ」

寝たままの状態で母に話しかけると、

「うん。だって端っこから糸が出ていたから。引っ張ってみたら、どんどん出てきちゃったの。あらあらあら」

ラーメンのように伸びていく毛糸をもてあまし、母は楽しそうに笑った。

「もう、母さんったら。ダメでしょ！」

私が母の手を叩いて叱りつけると、

「べーだ」

まただ。母は舌を出しておどけてみせた。いつから母はこんなに剽軽《ひょうきん》な性格になったのだろう。

「笑わせないでよ、もう」

笑いながら半身を起こそうと動いたら、

「ダメダメ。あんた、病気なんだから。寝てなさい。ほら、熱があるもの」

そう言って、母は私のおでこにシワシワの手を当てて、続いて自分のおでこにも当てた。

「だいぶ熱い」

「だけど、お客さん、待たせてるんでしょ。起きなきゃ」

私は再び布団を剝《は》いで起きようとしたが、

「ダメダメ。寝てなさい」

思いのほか、強い力で私は布団に戻された。しかたなくまた横になる。すると母が私の身体を優しく叩いて、

「痛いの、痛いの、飛んでけー！　昔、これを私にやってやってって、香子、よくせがんだわねえ。痛いの、痛いの、飛んでけー！」

「そうだっけ」

しばらく同じ言葉を繰り返しながら母は私を布団の上から優しく叩いていたが、突然、悟ったような口ぶりで言った。

「こうなると、思ってた」

「なにがどうなると思ってたの？」

母の顔を見て、問いかける。

「香子はねえ、昔から頑張り屋さんだったからねえ。一人でできるって言いながら、無理して頑張って頑張って、癇癪《かんしゃく》起こして、それで結局、最後に熱出して倒れるの」

「それ、ダメな子ってことじゃん」

私が苦笑いをすると、

「いいえ、ダメな子じゃないの。いい子ですよ。でもムキになるところが、ねえ」

少しずつ思い出すかのようにニコニコしながら、母は言葉を続ける。

「だから母さん、心配なの。私がちゃんとできなくなっちゃったでしょう。最近、すぐ忘れちゃうのよ。もうパッパラパーなの」

母は頭の上をこんこん叩いてみせた。

「そうすると、香子がまた頑張りすぎるでしょう。癇癪起こすでしょう。で、熱を出すでしょう。だから、こうなると思ってたの」

私は半分、目を閉じながら静かに母の話を聞く。そんなことないよ。母さんの世話するのは当たり前でしょ。もう頑張りすぎないようにするから。そう言い返そうと思うが、気力が伴わない。

「あんた、仕事したいのに、母さんの面倒見てたら、仕事、できなくなっちゃうでしょ。遊びにも行けないし、お友達とも会えないし。母さんのせいで、それじゃ香子が可哀想でしょう」

そんなことないよ。うまくやりくりすれば大丈夫だって。そう言いたいのに声が出ない。声の代わりに涙が出る。私は唇を嚙み、掛け布団の端で涙を拭く。

母はそんなことを心配してくれていたのか。呆けているくせに、ちゃんと私を観察し、見守ってくれていたのか。ああ、情けない。なんて情けない娘だろう。ぜんぜん気づいていなかった。私がしゃかりきになっていたのを、母はすべてお見通しだったというわけだ。

「あら、どうしたの⁉」

母が私の顔を凝視して、驚いている。

「泣いてるの？　まあ、かわいちょー。痛いの？　どこが痛いの？　お腹？」

心配顔をしながら布団をそっと剝がし、私のお腹を見つけると、

「あ、おへそは、ここかな？」

ふいに人差し指を伸ばして突っついてきた。

「やだ、なにするのよ。よし、仕返しだ」

私も母のお腹をめがけて人差し指を伸ばす。「ずるい、ダメよ」と母が突っつき返し、

「ずるいとはなんじゃ！」と私が突っつき、とうとう、

「もうやめてください。お願いしまーす」

母が先に降参した。よし、私の勝ち！

その日は夜の十時近くまで、主役（どうやら私）をそっちのけでパーティは続いたらしい。私も三時間ほどたっぷり寝たら、元気を取り戻した。つまりは連日の片づけと睡

眠不足が原因で疲れが溜《た》まっていたせいだったらしい。ときどき麻有や知加ちゃんが私の寝ている部屋に様子を見にくるついでに、パーティの実況中継をしてくれた。それによると、母はヒナ子さんやミシェールやタモ社長たちに囲まれて、しっかり会話に参加しているという。私よりよほど体力がある。案外、社交家なのかもしれない。その調子なら、ホームに入っても寂しい思いをしないだろう。

賢太と武尊君が二人揃って、「お見舞いでしゅ」と、折り鶴や手作りのカードを届けてくれた。二人は仲良しになったようだ。特に賢太が武尊君を兄のように慕っているのがわかる。一人っ子にはこういう歳の違う友達が必要だ。

半分うとうと過ごすうちに、窓の外はすっかり暗くなり、いつのまにか私の隣にもう一組、布団が敷かれていた。

「今日はそのまま母さんの隣で寝るといいよ」

寝床を整える麻有と知加ちゃんの後ろでズボンのポケットに両手を突っ込んだまま、岳人が廊下から声をかけてきた。

「俺たちも、今夜はこの家に泊まるからさ。二階、借りるよ。布団、あるだろ？」

私が返事をする前に、

「私が見てきますね」

麻有が答えて素早く走り出そうとした。

「いえ、私、やりますので……」

遠慮がちな知加ちゃんの声と身体がそのあとに続いた。知加ちゃんも、今日は大変だったろう。素直に感謝しなければ。

たっぷり睡眠を取ったおかげで私はすっかり回復し、翌朝は七時前に目覚めた。こんな大事な日にいつまでも寝ているわけにはいかない。まだ隣で寝息を立てている母を残し、私は母の部屋を出て服を着替える。

大人数の朝をこの家で迎えるのは、何年ぶりのことだろう。私は台所に入り、コーヒーメーカーのスイッチを入れる。母は紅茶党だが、岳人はたしかコーヒーが好きだったはずだ。

朝食用のパンが人数分の枚数に欠ける。どうしよう。そうだ、フレンチトーストにすればかさが稼げるな。冷蔵庫から卵を出して、ボウルに割る。砂糖を加えて攪拌《かくはん》しながらあたりを見渡すと、まだ鍋に残っている牛すじカレーを発見。今夜はこのカレーで私一人の晩ご飯か。

ミシェールが持ってきてくれたレタスの残りときゅうりでサラダを作り、ドレッシングと和《あ》えているところへ、知加ちゃんが現れた。

「おはようございます。あ、私がやります」

「おはよう。ごめんね、昨日は。すっかりご迷惑かけちゃって」

「いいえ、そんな。それより、もう大丈夫なんですか、お身体？」

「もうぴんぴん。たくさん寝たら元気になっちゃった。知加ちゃん、寝られた？」

「あ、大丈夫です」

その微妙な返事は寝られなかった証拠であろう。無理もない。泊まる算段はしていなかったはずだ。落ち着かないのは当たり前だ。

「おはようごじゃいましゅ！」

大声とともに賢太が飛んできた。見ると、自分のパジャマを着ている。

「あら、パジャマ持ってきてたの？」

「うん。これ、アンパンマンなんだよ」

「賢太、バーバのウチに泊まるのを楽しみにしてて。一昨日から準備して、自分でリュックにしまってたくらいですから」

「え？　じゃ、最初から泊まる予定で？」

私は知加ちゃんのほうを振り返る。

「だってバーバとはしばらくお別れですから、ちゃんとお見送りしたいねって言ってたので」

「幼児教室は？」

賢太の幼児教室が毎週月曜日になったから、知加ちゃんが日曜日に泊まることはあり得ないと思っていたが、

「あ、それはもう欠席届出しておきましたので大丈夫なんです」

そうだったのか……。私は賢太のそばへ近づいて膝を曲げると、

「バーバのお見送りしてくれるんだね。ありがとねえ」

賢太に礼を言いながら、知加ちゃんへも気持を伝えたつもりである。勘ぐってばかりでごめんなさい。

母は相変わらず、今日が大事な日だという自覚がなく、「出かけるんだよ」と言ってもなかなか起きようとしなかった。

「なあに？　どこ行くの？」

暢気《のんき》なものだ。それでもようやくたたき起こしていつもよりいい格好をさせ、ついでに赤い口紅と眉を引いてやったら、なかなか美人に仕上がった。呆けているようには見えない。本人も多少、気持が引き締まったらしい。鏡の前に立ち、軽く首を傾げてポーズを取ったりしている。新品の黒いズボンと大きな花柄の黒白のカーディガン。首には真珠のネックレスをつけてあげた。

真珠のネックレスは父からの贈り物で、失《な》くした失くしたと騒いでいたが、今回、部屋を片づけたときに出てきたのである。

「ほら、母さん、見つかったよ！」

さぞや喜ぶだろうと母の前に差し出したときは、

「それ、私のよ。あんた、欲しいの？」

失くしたことすら覚えていなかったが、首元に当てると、

「これね、お父さんがくだすったのよ。結婚十年目の記念日に銀座《ぎんざ》で買ってくださったの。もうこんな大玉の真珠ってなかなか手に入らないらしいわねえ」

と嬉しそうに手でさすりさすり説明してくれた。失くしもの同様、丹念に捜してみれば、思わぬところで記憶のかけらが見つかるものである。

にぎやかな朝食を終えると、まもなく迎えの車が到着した。

「おはようございまーす」

鈴の音とともに元気のいい声が玄関に響いた。出てみると、若い男性である。

「お迎えに上がりましたあ」

「ああ、どうも恐れ入ります。今、お手洗いに行ってるので、すぐ来ます」

「どうぞごゆっくり！」

なかなか出てこない母を迎えにお手洗いへ行くと、母はおらず、さっき点検したばかりの自分の部屋に戻り、また片付けを始めていた。

「母さん、もうお迎えの車が来たんだよ。早くして！」

「ちょっとちょっと、なんか忘れ物、ない？」

「ないってば。さっきさんざんチェックしたでしょ」

「眼鏡は？」

「眼鏡はバッグに入れた」

「鍵《かぎ》は？」

「鍵は母さん、持たなくていいの。私が留守番するんだから」

「あら、そうなの？」

それでも不安なのか、枕の裏や籐籠《とうかご》の中などあちこち覗きながら、部屋を歩き回っている。

私は母の手を無理やり引っ張って、

「さあ、行こう。忘れ物があったら、あとで届けるから大丈夫！」

「でも。眼鏡は？」

「眼鏡はバッグに入ってます！」

「鍵は？」

「だから鍵はいらないの！」

ようよう玄関まで引っ張り出し、コートを着せ、靴を履かせようとしたとき、母が見慣れぬ人影を玄関の外に認めたらしい。

「ああ、びっくりしたあ。どなた？」

「佐藤と申します。エバハイムからお迎えにまいりました」

「あら、私も佐藤。おんなじだあ」

「そんなことで喜んでないで、ほら、ちゃんと靴履いて！　かかとが入ってないよ」

母は自分の指を使ってかかとを靴に押し込んでから、迎えの男性のそばに歩み寄り、得々とした声で言い放った。

「この人ね、怖い娘なんです。いつも怒ってばかりいるの」

初対面の人に私の悪口を言うのはやめてもらいたい。

「荷物、運んだよ！」

賢太が外から走り込んできた。岳人と知加ちゃんと賢太が母のスーツケースやその他の荷物を迎えの車に運び込んでくれていた。

私は母の手を握って外へ出る。歩きながら、母に最後の点検を促した。

「ここにハンカチと鼻紙、入ってるからね。わかった？」

「わかった」

「眼鏡は？　どこにあるかわかる？」

「あら、眼鏡は？」

「自分で見つけなさい。ほら、見てごらん？」

「見たけど、ない」

「ここにあるでしょう。この内ポケットに挟んでおくよ！」

「わかった。けど、鍵がないわよ」

「だから鍵はいらないの。私がウチにいるから」

「あんた、ウチにいるの？　一緒に来ないの？」

「行かないの。今日からは、母さん、私と一緒に暮らさないんだよ」

「来たらいいんじゃない？」

「ときどき会いに行くよ」

「私、一人で行くの？　どこ行くの？」

「エバハイムってとこ。すごくきれいなところなんだから。庭もあるし、お花もいっぱい咲いてるから、大丈夫」

「大丈夫ですよ、佐藤さんのことはみんながお世話しますからご心配なく」

迎えの佐藤さんが助け船を出してくれたおかげで、私は危うく涙を押しとどめることができた。

「バーバ、行ってらっしゃーい」

賢太が母とハイタッチをして言った。

「バーバ。僕も遊びに行くね！」

母は賢太に向かって、「はいはい」とハイタッチを返しながら頷《うなず》いてみせるが、今の自分の状況をちゃんと理解しているのかどうか怪しいものだ。それでも私は母を送り出さなければならない。

「母さん、身体に気をつけてね」

「お義母様。お気をつけて」

岳人と知加ちゃんが声をかけるのを背中で聞きながら、母はスタッフの佐藤さんに抱えられて六人乗りの黒いバンに乗り込む。

シートベルトを装着してくれる佐藤さんに「ありがとうございます」と何度も頭を下げ、母は後部座席にちんまり落ち着いた。

「では、ドア、閉めますよ」

佐藤さんの号令のあと、母の姿が車内に消えた。まもなく電動の窓が開き、母の顔が見えた。

「じゃね、母さん、またすぐ会いに行くから」

車窓の縁に手を置いて私が叫ぶと、

「ねえねえ、私、忘れ物、ないかしら?」

「あったら持って行くから大丈夫!」

「眼鏡がないんだけど」

「眼鏡はバッグの中だって。ちゃんと自分で見つけないと。もう私はそばにいないんだよ。自分で見つけないと生きていけないんだからね!」

「はいはい」

「では、発車いたしますが、よろしいですか?」

佐藤さんが遠慮がちに声をかけ、私たちは車から一歩、退いた。

「じゃね、バイバイ!」

「バーバ、バーバ!」

賢太は岳人に抱かれて手を振る。

「行ってらっしゃーい！」

「母さん、元気でね！」

岳人と知加ちゃん、賢太と私が別れの挨拶をしているというのに、母は前を向いたきり、こちらを振り向こうともせず、そして車は動き出した。

しばらくバンを見送って、家に戻ろうとゆっくり踵《きびす》を返したら、

「香子、元気出せよ」

岳人が後ろから私の肩に両手を置いた。私は黙って歩き続ける。岳人が私の肩をもみながら背中に言った。

「だけどさ。香子を見てると、賢太を幼児教室に送り出す知加とそっくりだな。娘と母親の関係って、逆転するもんだね」

私は「そうかもね」と小さく答える。

そうかもね。でも全部がそうではない。母は、少しずつ小さくなっていく脳みそで、必死に母親を続けようとしている。無邪気な子供に戻りつつも、自分が母親であるという自覚を捨てまいと戦っているのだ。だから私は母の母親にはなれない。私はずっと、母の娘だ。母の心配が絶えることのない娘なのである。そうでしょ、母さん。

私はもう一度、振り返る。母を乗せたミニバンはもはや黒い豆粒となり、坂の下の交差点の赤信号が青に変わった途端、右折して、そして完全に見えなくなった。

エピローグ

庭の木立でヒヨドリが鳴いている。

ギーヨギッギイと、冬のなごりの澄んだ空気に矢を射るかのような鋭い声で鳴き交わし、静寂にこだまする。

「母さん？　寒くない？」

すっかり家具がなくなった居間の縁側の、唯一残った籐《とう》椅子に腰をかけ、母はさっきから、フンフフンフンと鼻歌を歌いながらガラス戸の外を眺めている。私はスナップエンドウの筋を取る手をとめて、食卓から母に声をかけた。

「ねえ、なんの歌、それ？　ヒヨドリとハモってんの？」

椅子から立ち上がり、畳の上に放り出された母の膝掛《ひざか》けを拾い上げ、籐椅子のそばへ寄っていく。

「ほら、手が冷たくなってるじゃない。これ、かけておかないと、風邪ひくよ！」

膝掛けを膝の上に置き、母の手を取ると、

「ああ、びっくりしたぁ」

母はささいなことで、すぐにびっくりする。おばけに出くわしたわけでもあるまいに、バネ人形のように身体をピクッと躍らせて、一瞬、不安そうな顔をしたあと、まもなく表情を和らげる。

「なにもそんなにびっくりしなくたっていいでしょ」

私は思い立ち、母の肩を叩《たた》く。

「ねえねえ」

母の視線に合わせて身をかがめ、自分の鼻に人差し指を押しつけて上目遣いで問いかけてみた。

「これは、誰でしょう」

すると母は、口元をムの字にし、食べものを咀嚼《そしやく》するように細かく動かしたあと、

「私の、娘……」

娘にはちがいない。が、もしかして名前が出てこなくなったのか。

「名前は？」

さらに問い詰める。すると、またムの字の口を細かく痙攣《けいれん》させてから、

「名前はね、娘子ちゃん」

母が老人ホームへ入居して二年と四ヶ月が過ぎた。総合病院の隣に建つ完全介護の高齢者施設なので、突然、具合が悪くなるとか奇異な行動に出るとか、大きな異変がない

かぎり、頻繁に家族が駆けつける必要はない。施設側から面会に来いという指示もない。だからこちらは油断する。つい怠け心が働く。

老人ホームに入居した最初の頃こそ、週に一度のペースで母の顔を見に行っていた。私とて、母の姿が見当たらなかったら、きっと母は不安がるだろう。寂しい思いをするだろう。母の笑顔を見ないと落ち着かなかった。帰り際、母に、「今度はいつ来てくれるの?」と問いかけられるたび、切ない思いがした。よし、来週は母の好きなチーズケーキを焼いて持っていこうと、そういう計画を立てるだけで心が浮き立った。

しかし、半年、一年と過ぎるうち、週一度の訪問ペースは少しずつ崩れていった。仕事が忙しくなってきたせいもある。母の世話をしないですむ分、フードコーディネーターの仕事を増やしたからだ。テレビの収録番組に加え、朝の生放送の仕事が復活した。ラテンプロデューサーが人事異動で番組から離れたので、「是非、戻ってきてほしい」と、田茂山社長を通じて声がかかった。タモ社長が働きかけてくれたにちがいない。

収録ものも大変だが、生放送のスリルは生半可なものではない。二度とヘマはできないと思うからなおさら気合いが入る。その反動か、うまくいったときの達成感は大きい。自分は鍛えられている。その実感を毎回味わうことができるのは、幸福なことである。

テレビの仕事に加え、一年ほど前に書籍の話が舞い込んだ。これも田茂山社長の営業活動のおかげである。母の料理を再現しつつ、新たな娘の味を作っていく。そういう物語性のある料理本は、今まであまり出ていません。是非、ステキな本を作りましょう。

熱心な女性編集者におだてられ、料理本を出すことになった。シロウト料理でおこがましいという気持はあったが、売れる本にしたいという意欲も少しずつ湧いてきて、鋭意、本作りの作業を進めているところだ。

仕事に追われるようになるにつれ、母には電話でご機嫌伺いをすることが増えた。ごめんね、今週もちょっと行けそうにない。そう言うと、耳の悪い母は、「え？　聞こえない」とか、「どなた？　わからないから失礼します」とか、素っ気ないこともあるけれど、私だと認識するとホッとするらしく、最後には必ず、

「無理して来なくていいわよ。あんた、忙しいんでしょ」

母のその言葉に甘える癖がついてしまった。

仕事以外にもう一つ、新たな忙殺の種ができた。

この家の買い手が決まったのである。

母を施設に入れるのと同様、私は当初、この家を売ることには消極的だった。父と母と、そして私たち家族全員の思い出が詰まった家である。少なくとも母が生きているうちは、安易に処分するわけにはいかないと思っていた。しかし、住人が私一人になってしまったら、さまざまな状況の変化が生じ始めた。二階や母の部屋など、使わない部屋が増えたわりに、電気代や庭の手入れの手間と経費などは減らない。治安の問題もあった。母と二人で暮らしているときはさほど感じなかったが、一人でこの家にいると、夜中に柱や壁の軋《きし》む音がするだけで、ドキッとした。泥棒か、はたまた地震か……。想像

安になる。

していくうちに眠れなくなる。思えば人生において一人暮らしをするのはこれが初めてだった。そのうち慣れるよと自分に言い聞かせてみるのだが、夜になるとどうしても不安になる。

だからといって、見知らぬ人に間貸しするのは面倒臭そうだ。弟一家に住めと命じるわけにもいかない。母が再びこの家で生活をすることは、たぶん、ないだろう。となれば、結局、売るしか手立てはないのか。私自身がだんだんそういう気持に傾いていった。

そんな折、タイミングよくというか悪くというか、弟から連絡が入った。

「家を買いたいって人が現れて、一度、見学したいって言われてるんだけど、どう？都合、つけられそう？」

瞬く間に話は進んだ。契約が成立し、明け渡す日取りも固まり、私は仕事の合間を縫って、ひたすら、引っ越しの準備と、新たな住処《すみか》探しに奔走する日々が始まった。

とは言うものの、実のところ、私の新居は案外あっさり決まった。母の施設と同じ沿線上で探したところ、駅から歩いて十二分、築年数は十年と、決して新しい物件とは言えないが、一人暮らしをするにはじゅうぶんな広さのある五階建て賃貸マンションの三階の一室が見つかった。私の提示した条件は、キッチンがしっかりしていること、買い物に便利な環境があること、あとは日当たりだ。下見をした日、部屋を一まわりしたあとバルコニーへ出ると、ちょうど西の方角に夕日に照らされた富士山の赤黒いシルエットが浮かんでいた。

母の老人ホームの部屋から見える景色と似ている。そう思ったとき、ここにしようと心が決まった。決してマザコンなんかじゃない。その自信はある。ただ、母と同じ景色を見ながら生活すれば、ホッとできそうな気がしただけだ。

マンション探しよりはるかに大変だったのは、家の片付けである。母をホームに入れるときも片付けに手間取った記憶はあるが、あんな荷物整理はほんの序の口だったことがわかった。なにしろ自分の荷物どころか、家にある家具一切合切、さらに父と母が残していった衣類や身の回りの品々、鍋釜《なべかま》食器に至るまで、ほとんどすべてを処分しなければならないのだ。新しいマンションには入り切らないし、倉庫を借りて保管したところで、将来、取り出すことはないだろう。

考えてみれば四人家族、加えて祖父母を含めると六人、さらに曾祖父《そうそふ》の時代まで遡《さかのぼ》れば八人以上の人間が、八十年住み続けた家である。とてつもない量の荷物が溜《た》まっているのも無理からぬことだった。

こういうとき、テレビ局の人々は役に立つ。音声係の土屋君の声かけによって、十人近くの若いスタッフが協力してくれることになった。仕事が休みの日に軽トラックとども集まってもらい、それこそガレージセールか蚤《のみ》の市かと思う騒ぎが始まった。

「欲しいものがあったら、名前を書いたシールを貼ってください。シールが二枚以上になった場合は、当事者同士で交渉よろしく」

おかげで大物の家具はだいたい嫁ぎ先が決まった。人に譲らないで残しておいたのは、私が新居で使えそうな古い卓袱台（ちゃぶだい）と冷蔵庫と食卓と椅子、そして弟が「俺、これ、もらってっていい？」と申し出た祖父の時代から二階の書斎で使われていた文机《ふづくえ》と、いつからあるのか知らない祖母愛用のアールデコ風ガラス戸付き食器棚ぐらいである。それとて本物かどうかはわからない。そもそもこの家に骨董《こっとう》価値のありそうなものはほとんどなかった。

価値があってもなくても、小さい頃から見慣れていたものばかりだから、未練がないといえば嘘になる。でもそれを言っていたらキリがない。私は自らの「もったいない」主義を封印した。過去を切り捨てなければならないときはいつか訪れる。

家を空にして明け渡す期日は迫っていた。

「これ、どうする？　捨てる？」

テレビのスタッフが家具を運び出して帰ったあと、弟が縁側に置いてあった籐椅子を指さした。その籐椅子は、父が亡くなったあと、私が母のために近所のショッピングセンターで買ったものである。もちろん安物だ。しかし、この椅子がなくなったら、きっと母は寂しがるだろう。この家で落ち着く場所を失ってしまう。

「それは、取っておいて」

私は弟に言いつける。家を明け渡す前に、もう一度、母を座らせたかったのだ。籐椅子に座ってたっぷり庭とお別れをさせてやりたい。私のために植えてくれた桜の木とちゃんと挨拶《あいさつ》させてやりたい。家を明け渡す前に、もう一度。

「奥さん、戻ってるんだって？」

玄関の扉についた鈴をチリンチリン鳴らしながら勢いよく入ってきたのは大工の棟梁《とうりよう》の新山さんだった。私は食堂の扉から首だけ突き出して応《こた》える。

「あ、新山さん！　お久しぶり。どうぞ上がってください。母、今、縁側にいるから。最後にこの家、見納めさせとかなきゃいけないと思って老人ホームから連れて帰ってきたの」

「今朝？」

「いや、昨日の夕方から」

「どう、奥さんの調子？」

「まあまあかな。でもちょっと反応が鈍った気がしないでもない」

「でも、元気なんでしょ？」

「元気は元気。食欲もあるし」

「あそ。じゃ、ちょっくら挨拶してくるわ。ちょいと庭に回らせてもらうよ」

「あら、上がらないの？」

「うん。ついでに家のまわりも見せてもらおうと思ってさ。なんか家の中、がらんとしちゃったねえ。とうとう来週だって？」

棟梁が身体をかがめて屋内を覗き込んだ。

「そうなの。やっとこさっとこ、ここまで片付けたんですよ。でも、今度引っ越してくるアメリカ人夫婦、この家のことをすごく気に入ってくれてるみたいなの。新山さんの連絡先も伝えてあるから、今後ともメンテナンス、よろしくお願いしますね」

「新しい住人はアメリカ人かい？　まいったなあ。俺、英語はダメよ、からっきし」

「大丈夫、日本語ペラペラだから。もう十年くらい日本に住んでるんだって」

「ならいいけどさ。しかし寂しくなるよ。オタクのご家族と俺んとこ、もう五十年以上のつき合いでしょう。あの頃はウチの親父もぴんぴんしてたもん。俺だってまだ、こんなちっこい頃よ。長いおつき合いですよねえ。ま、こうやって、人は出会いと別れを繰り返して生きていくしかねえんだろうけど。じゃ、そっち、回らしてもらいますよ」

棟梁は、中島《なかじま》みゆきの「時代」を口ずさみながら、玄関の脇を抜け、庭へ向かった。

縁側越しに母と棟梁がトンチンカンな会話を交わしている間、私は筋を取り終えたスナップエンドウのザルを手に、台所へ移動する。ほとんどの台所用品を処分したり私の新居に運び込んだりしたので、ここに残っているのは限られた鍋と食器類のみである。たいした料理はできないが、せっかくの「我が家見納め会」だ。弟一家も招いてある。ちらし寿司《ずし》とハンバーグとコーンスープを作ることにした。ハンバーグとコーンスープは甥《おい》の賢太の好物だし、歯の悪い母にとっても食べやすいはずだ。下ごしらえは昨日の夜にだいたい済ませておいた。肉は焼くだけの状態。あとは薄焼き玉子を焼いて、酢飯を作り、具にする人参とレンコンと干し椎茸《しいたけ》を千切りにするだけだ。

「じゃ、失礼しまーす」

玄関から棟梁の声がした。

「あら、もうお帰り？」

エプロンで手を拭《ふ》きながら私は廊下へ出る。

「うん。奥さんと昔話してきたよ」

「どうだった？　話、通じた？」

「うーん、だいぶ繰り返しが多かったかね。俺のこと、ときどき親父と間違えてた。まあでも、顔色はいいから、安心したよ。じゃ、また、香子ちゃんが出て行っちゃう前に顔出します。お邪魔しましたぁ」

棟梁はまた威勢良く玄関の扉を閉めて、帰っていった。


「もしもし？　はい、大丈夫です。タイトルのことですか？」

母と弟一家と一緒に食事を始めたところで、私の携帯が鳴った。相手は料理本の編集を担当してくれている小島《こじま》ノン子さんだ。

「ほら、なにしてるの、賢太」

「だって椎茸、嫌いなんだもん」

「嫌いだからって、そんなとこに捨てないの。こっちのお皿に除《よ》けなさい。お行儀悪いでしょう。わかった？　賢太、返事は？」

知加ちゃんと賢太の声が混ざり、ノン子さんの声が聞き取りづらい。私は食卓を離れ、隣の和室に場所を移して話を続ける。

「編集部内で相談した結果、香子さんに提案いただいたいくつかの書名案のなかで、『ことことこーこ』がいいんじゃないかって話になりまして」

ノン子さんの高い声が耳に響く。

「えー、うそ！」

「つまり、『琴子と香子』って、お母様とお嬢さんのお名前が入っていて、しかもお鍋がコトコト煮立つような長閑《のどか》な雰囲気もあって、これはなかなかいいタイトルですよ」

「でも、それって私、けっこう冗談のつもりで書いておいたもので。いいんですか、そんな書名で。料理本として通用しますかね」

自分で候補案としてあげておきながら反論するのも変な話だが、編集者に「気に入った」と言われると、嬉《うれ》しい反面、それはそれで不安になる。私としてはもっと『母と娘のウチごはん』とか『懐かしのおそうざい』とか、そういう家庭料理的な意味の通じるもののほうがいいのではないかという気持があった。

「料理本であることはサブタイトルで補えると思います。あと、この間、お家にお邪魔して撮影した料理写真の出来が素晴らしいんですよ。すごくインパクトがあります！おいしそうで懐かしくて、しかもお洒落《しゃれ》！ぜったいステキな本になりますよ」

「はあ……。そうですか」

あちらは本を作るプロだ。シロウトの私がとやかく言うより、専門家の意見に従ったほうがいいだろう。しだいにノン子さんの言っていることが正解に思えてきた。

「で、香子さんに一つご相談なんですが、料理撮影で数カット、追加で撮りたいものが出てきまして。できればもう一度、お宅で撮影させていただくわけにはいかないかと、はい。あのレトロな雰囲気はキッチンスタジオではぜったい出せないんですよ。一時間くらいで終わると思うので。いかがでしょう？」

「えーと、それは……」

ノン子さんにはあらかじめ伝えておいたはずである。家を売ることになったので、撮影は早めにお願いしたいと。だからこそ、料理撮影をなにより先に済ませたはずである。

「もちろん、そのことに関しては、こちらもじゅうぶんに承知しております。ただ、そこをなんとか……。引っ越し日を二、三日だけずらしていただくとか」

「ねえ、ハンバーグ、早く食べたいよぉ。お腹すいたよお。まだ焼けないの？」

電話をする私の背中に賢太の声が響く。

「待ちなさい！　香子おばちゃんがお仕事の電話をしてるんだから。静かにしなさい！」

知加ちゃんのひそひそと叱る声が続く。

「お腹すくよなあ、賢太。バーバも待ちくたびれて、ほら、寝ちゃいましたよぉ」

弟の岳人がわざとらしく話しかけると、

「バーバ、起きなさい！　バーバ！」

賢太がさらに声を張り上げた。

「バーバ、起きたよ。ねえ、バーバ！　ハンバーグ焼いてよぉ。お願いします！　僕、お腹すいて死んじゃいます」

賢太は四月から小学生になる。会うたびにどんどん少年らしい顔になっていくけれど、一人っ子のせいか、精神は相変わらず幼児のままである。欲しいと思ったらすぐ手に入らないと気が済まないわがままなところがある。

「賢太！　いい加減にしなさい！」

さすがの知加ちゃんも珍しく感情的になっている。私は反射的に携帯電話を手で塞ぐ。しかし、みんなを待たせているのは私である。私は電話を耳に当てたまま、食卓のほうを振り返り、ごめんと、手と口でジェスチャーを送る。すると知加ちゃんが飛んできて、私の前にそっとメモを差し出した。

（ハンバーグ、私が焼いてもいいですか？）

私はノン子さんと言葉を交わしながら、大きく頷《うなず》く。手を顔の前に立て、頭を下げた。

「撮影の件、わかりました。ただちょっとお時間をいただけますか。なにしろもう来週末には家を明け渡す約束になっているので」

さすがに敏腕編集者である。簡単には引き下がらない。私は頭を巡らせて、どういう可能性があるかを模索した。なによりまず不動産会社に連絡を入れ、先方の引っ越し日を二、三日、ずらすことが可能かどうかの打診をしてもらわなければならないだろう。

「ちょっとこちらも調整してみます。返事はなるべく早くですね。わかりました。はい。じゃ、また。失礼しまーす」

ようやく電話を切り、「お待たせ」と言いながら振り返ると、食卓には岳人しかいない。

「みんなは？」

「台所。ハンバーグ、焼きにいった」

「母さんも？」

「そうみたい」

私は、ごめーんと叫びながら台所へ突進する。と、ガス台の前に母が立ち、その両脇を賢太と知加ちゃんが固め、ケタケタ笑い声を上げながらハンバーグを焼いていた。

「はい、焼けましたよぉ」

母がおぼつかない手つきでフライパンを持って振り返った。フライ返しの上に大きなハンバーグが一枚載っている。それをお皿に移そうとして、

「おっとっと。熱いから触っちゃだめよ。ああ、おっとっと」

「あぶない！　バーバ、ハンバーグ落とさないで！」

賢太が奇声を発しながら母の手元を支え、無事、お皿にハンバーグが載ったところで、

「うわー、バーバ、上手上手！　おいしそうだねえ」

賢太と知加ちゃんが手を叩いた。

なんだか、楽しそうだ。

「ごめんごめん。あとは私が焼くから、焼けた分だけ持ってって、先に食べてて」

私はフライパンを母から引き継いで、三人を食堂へ促した。すみません、じゃ、お先にと知加ちゃんが頭を下げながら、母の背中をゆっくり押しつつ台所から出て行った。そばで賢太は身体をくねらせて、ケラケラ笑いながらおどけてみせると、母もつられて笑っている。やけに楽しそう。バカに三人、仲が良い。


「本、出すの？」

岳人がハンバーグの一かけを口に放り込んでから、私に問いかけた。

「ああ、さっきの電話？　そうなの。なんか料理本を出さないかって言われてさ」

私は母の湯飲みにお茶を注ぎながら答える。

「すげーじゃん。とうとう料理研究家ですか」

「そんなんじゃないわよ。たまたま、母さんの料理ノートからレシピを再現してるって話をしたら、そういうことになっただけで。たまたまよ、たまたま！」

「でも、売れたらね。でも、一冊売れて数十円の世界だからね」

「売れたら印税とか入るんだろ？」

「そうは言っても、すげーじゃん」

「麻有さんも言ってましたよ。お義姉《ねえ》さんの料理、あちこちで評判がいいから、きっとその本も売れますよって。すごく楽しみだって」

知加ちゃんが会話に入ってきた。私は知加ちゃんの顔を覗《のぞ》き込む。

「麻有ちゃんが？　どこで？　会ったの？」

たちまち知加ちゃんが岳人と顔を見合わせた。

「いえ、その、ちょっと」

「いいじゃん。別に隠しとくことじゃないだろ？」

戸惑っている知加ちゃんを岳人が促した。知加ちゃんは一度、母のほうへ目をやってから、私に向き直った。

「実は、お義母《かあ》様のホームのお部屋で、麻有さんと会う機会が何度かあったもので」

たちまち賢太が割り込んできた。

「あのね、コーコね。僕たち、土曜日か日曜日に毎週バーバのとこ、行ってるんだよ。先週はちょっとママが忙しかったからお休みしたけど、来週は武尊に会うんだ。武尊が、ぜったい来いよ、来なかったら殺すって言うからさ。僕ね、武尊とね、ガーデンを探検する約束してるの。あと、バーバのシーツを武尊と一緒に替えてあげるの。ベッドメイキングっていうんだよ。看護師さんに教えてもらったんだ。次んときはね、バーバのクラブ活動にもいくんだ。室内サッカーやるんだぜ」

「室内サッカー？」

思わず声が出た。そんなことになっていたのか。しかも麻有親子まで……。だいいち老人に室内サッカーができるのか……。

「ごめんなさい。お伝えしてなくて。ただ、お義姉さん、ずっとお忙しそうだったから。お家の片付けも大変でしたでしょうし」

知加ちゃんがしきりに恐縮している。

「いや、ちょっと驚いたけど、でもありがとう。そんなことしてくれてたなんて。麻有ちゃんからもぜんぜん聞いてなかったし……」

麻有には二週間に一度、テレビスタジオで会っていたのに、そんな気配のかけらもなかった。笑顔を作って知加ちゃんに礼を言ったつもりだが、口の端がやや引きつったかもしれない。知加ちゃんの弁明は続く。いつも口数の極めて少ない知加ちゃんにしては珍しい。

「麻有さんも、香子さんには言わないでくださいって。通ってることを知られたら、きっと香子さん、気にするだろうし、余計な負担になっちゃうからって。武尊君、バーバのことが好きなんですって。賢太も、武尊君に会いたがるから。ねえ、賢太」

知加ちゃんが賢太の頭をなでた。

なるほどねと私は納得する。子供の力は偉大なり。子供が喜ぶなら、老人介護も苦にならないというわけか。と、どうして私は意地悪に捉《とら》えてしまうのだろう。いかんいかん。

「岳人も行ってるの？」

話の矛先を変えてみる。

「いや、俺は……」

「この人はめったに」

知加ちゃんが岳人に顔を向け、さりげなく冷たい視線を送った。

食事を終えると母はいつのまにか、また籐椅子に移り、鼻歌を歌いながら暗くなりかけた庭を熱心に眺めている。

「息子って、母親の弱々しい姿は見たくないんですよ」

知加ちゃんが呟《つぶや》くように言った。

「そんなことないよ、別に」

分が悪くなったと察したか、岳人は食卓から離れ、テレビのリモコンを取り上げてスイッチを入れた。

テレビ画面に突然、笑い声が爆発し、色鮮やかな映像が映し出された。化粧の濃い女性お笑い芸人が、隣に立つ上半身裸の男性二人を怖い顔でどやしつけている。手を叩いて爆笑している番組司会者の顔もアップになる。どこが面白いのか。途中から見ただけではわからない。でも岳人は、テレビと一緒に早くも笑い転げている。

「誰これ」

岳人に向かって訊《たず》ねたが、岳人は、

「ええ？」

といい加減に応えながら、また笑った。

どこが面白いんだ。知加ちゃんのほうにちらりと視線を移したら、知加ちゃんも、その隣でだらしなく母親に身体をもたせかけた賢太も、よく似た顔が二つ、ポカンと口を開けてテレビ画面に見入っている。

一瞬にして誰もが口を閉ざした。喋《しゃべ》り続けているのはテレビだけだ。ときどき音量の上がるテレビを見ながら、みんな、他のことを考えている、たぶん。

何度目かの大きな笑い声が上がったとき、縁側から小さな声がした。

「なあに、母さん？」

私が聞き直すと、母がまた、何かを言った。

「どうしたの？　なにか欲しいの？」

立ち上がろうとしたとき、

「知加さん？」

母が呼びかけた。

「はい、どうしましたか、お義母様？」

呼ばれた知加ちゃんが賢太を身体から離して席を立ち、母のそばへ寄っていくと、母がごそごそ動き出した。籐椅子から立ち上がろうとしている。

「そろそろ、お暇《いとま》しましょうかね」

よろける母を知加ちゃんが支えた。

「お疲れになりました？　そろそろ帰りましょうか？」

知加ちゃんが訊ねると、

「そうねえ。帰りましょうかねえ」

知加ちゃんに手を引かれ、ゆっくり玄関に向かって歩き出した。その母に、私はコートとスカーフを持って駆け寄った。

「まだ外、寒いから。ほら、ここで着といたほうがいいよ」

母は私を見上げて、

「サンキュー、キューキュー、救急車」

と言い、子供のように両手を広げて待機した。私は母にコートを着せ、首にスカーフを巻いてやり、空いているほうの手を取る。

「じゃ、俺、先に車を回してくるわ。荷物も持っていくよ」

岳人があっさりテレビを消して、立ち上がった。

「賢太、パパと一緒に荷物持って。コートも着なさい！　忘れ物ない？　あ、その前におしっこしてきなさい」

賢太は母親の指示に首を大きく上下に動かしながら、食堂を出て廊下を走っていった。

「パパ、エンジンは僕がかけるから。先にかけないでね。ね、パパ。僕にかけさせてよ」

賢太の声がお手洗いに消えていく。

岳人一家は最近、車を買った。今回も、母が来るときは送迎バスを利用したが、帰りは弟がエバハイムまで送ってくれることになっていた。

以前より母の歩き方がおぼつかなくなっている。膝の痛みが進んでいるのか。手を離すと転びそうだ。ようやく玄関に辿《たど》り着いた母に私は声をかける。

「母さん？ この家で過ごすのは今日が最後だってわかってる？ もう見納めなんだよ。ちゃんとお別れしてくださいね。お世話になりました。さようならってね！」

「はいはい」

母は靴を履きながら、返事だけはするが、感慨深げな様子はない。関心がないのか。それとも意味がわからないのだろうか。私はしつこく語りかける。

「今度、帰ってくるとしたら、私のマンションか岳人のマンションになりますよ。わかってる？」

「はいはい」

母は淡々と返事だけして、靴を履き終えた。そしてゆっくり顔を上げると、

「あらあら？」

と、あたりをキョロキョロ見まわした。そして後ろに立っていた知加ちゃんの姿を見つけるや、

「ああ、よかった。どこ行ったのかと思った」

「大丈夫ですよ、お義母様」

知加ちゃんは母の手を握ってニッコリ笑いかける。安心したのか、母も笑い、それか

ら私のほうに向き直ると、言った。

「どうもお邪魔いたしました」

「なに言ってるの、母さんったら」

私が母の身体を軽く叩くと、母はかすかな笑みを浮かべて、再び丁寧に頭を下げた。

「どうぞ、お母様によろしく」

「え？」

「やだ、お義母様ったら、冗談ばっかり」

知加ちゃんは笑ったが、私は笑えなかった。

「そこ、段差あるから気をつけてくださいよ」

知加ちゃんが母に注意を促して、家に背を向けて歩き出す。私は知加ちゃんと反対側の母の横に並び、手を握るが、こころなしか気のせいか、母の手から力が伝わってこない。私はギュッと母の手を握り直す。

「じゃ、運転、気をつけて」

岳人に言い、助手席の賢太に手を振って、最後に後部座席の母を見つめるが、母は前を向いたきり、私のほうを振り返ろうともしない。

「片付けもしないですみません」

知加ちゃんが申し訳なさそうに頭を下げたので、

「いいのいいの。気をつけてね」

手を振ると、「コーコ、バイバーイ」という賢太の声と同時に、車が静かに動き出した。

母たちが帰ったあと、私は台所から脚立を持って来て、玄関の扉についた鈴を取り外す。取り外した鈴を手に、食べ散らかしたあとの食卓に戻ってきた。

鈴を持ち上げて振ってみる。チリンチリンと無邪気な音が響いた。明るいところで見てみると、だいぶ汚れている。金と銀の鈴だったはずが、もはやどっちがどっちだったか区別すらつかないほどメッキが剝《は》がれてしまった。

錆《さ》びた鈴を持ち上げて、もう一度、鳴らしてみる。チリンチリン。

錆びても呆《ぼ》けてもチリンチリン。鈴は何も悩まず悲しまず、ひたすら鳴り続けるだけ。

鈴をお題にして俳句でも作ってみるか。急にそんな気分になった。

チリンチリン　母の背中に　さようなら

季語がない。ダメだな。

春の月　チリンチリンと　母帰る

うーん、今ひとつな感じ？

忘れられ　チリンチリンと　春ひとり

ちょっと切なすぎるね……。

そのとき表で車のドアを閉める音がして、ガラガラと玄関の扉が開いた。

岳人の声が響いた。私は慌てて立ち上がり、玄関に出ていく。

「忘れ物！」

「なにしてんのよぉ」

「だって母さんがさ、眼鏡がないっていうから」

「眼鏡？」

私は食堂へ戻って食卓のまわりと、籐椅子のそばへ走って行き、椅子を探り、床に目を走らせ、眼鏡を捜すが見当たらない。

「母さんのバッグに入ってるんじゃない？」

台所も見にいったが、ない。

「だって母さん、バッグにはないって言うんだもの」

私は玄関に出て、サンダルをつっかけると弟の車のところへ駆け寄った。後部座席のドアを開け、

「母さん、バッグ貸してみて」

「ああ、びっくりしたあ、誰かと思った」

母はまた、びっくりしている。知加ちゃんの「すみません。捜したんですけど、見当たらないんです」という声を聞きながら、私は母の膝からバッグを取り上げた。ごそごそごそ、ごそごそごそと、しばらく捜した末に、

「ほら、やっぱりここにあったじゃないの」

バッグの奥底に埋まっていた眼鏡を掲げた。

「ダメだよ、忘れちゃ。眼鏡はいつもバッグの中ですよ」

母に手渡すと、

「あら、あったわあ。よかったあ。サンキュー、キューキュー、救急車！　香子、ありがとう」

「なんて？」

私は母の顔に近づいて、自分の鼻の上に人差し指を当てて問う。

「私は、誰ですか？」

母は口元を突き出して、ちょっと考えたあと、

「私の娘」

「名前は？」

「香子」

「よし！」

私は母の頭をなで、それからきつく抱きしめた。母の肩に涙をこすりつけたとき、かすかに母の匂いがした。

あとがき

二〇一八年の秋に上梓《じょうし》したこの物語が文庫になり、新しい表紙絵とともに読者の皆様のお手元に届く運びとなったことをありがたく思う。そもそもは二〇一六年九月から二〇一八年三月にかけて、各地の地方新聞に載った小説である。私にとって初めての新聞連載であった。

連載時は、まさに認知症の母の介護の真《ま》っ只中《ただなか》にいた。現在進行形のテーマをそのときの精神状態で小説に仕立て上げるのはいかがなものか。かすかな迷いもあった。しかし、少しずつ記憶の力を失っていく母のそばにいると、その都度のさまざまな発見がある。母の変化に気づくだけでなく、介護をする自分自身の未熟さをとことん思い知らされることもあった。悪いことばかりではない。認知症の母とつき合うにつれ、嘆く気持を通り越し、いったい母の脳の中はどうなっているのかと、面白がる自分がいたことも事実である。

そういうささやかな発見の数々を題材にして家族の物語を描いてみることはできないだろうか。些末《さまつ》な驚きや気づきの連続ゆえ、喉元《のどもと》過ぎれば熱さを忘れる。その場その場では大きな騒動に思われても、解決してしまえばそれこそ記憶の彼方《かなた》に遠のいていく。

私が生来そういう性格であったせいもあるが、実際、介護の日々の悩みや労苦や精神的肉体的ダメージは、段階的にどんどん変化していくし、一つの問題にかまけていると、翌日には新たな事件が起こるという繰り返しだった。いちいち回顧している場合ではない。だからこそ、今さっき、ついこのあいだ起きたトラブルや面白いエピソードを、もし許されるのであればフィクションという舞台の上で書き留めておきたいと思ったのである。

この物語に登場する母親の琴子《ことこ》は、私の母に似ているようであり、違うとも言える。娘の香子《こうこ》は著者にそっくりとあちこちで言われたけれど、私は香子ほど頑張った覚えはない。この小説を連載するにあたり、弟には伝えておいた。

「これはあくまで小説だからね。まったくの作り物だから誤解しないでね」

よくよく念を押しておいた。「わかってるよ」と弟は笑って承諾してくれたが、もし読者の誤解を招いたら弟に申し訳ないと思い、ここにはっきり言明しておく。両親の介護にあたり、我がきょうだいは驚くほど協力的だった。もちろん、そのときどきの母への対応について意見の違いが生まれることはあったけれど、基本的には「一緒に頑張ろう」という気持に齟齬《そご》をきたしたことはない。ただ、自分の親が介護を必要とする身になったとき、何を優先し、何を犠牲にし、どこまで頑張ればいいのかの見解は、人それぞれによっておのずと異なってくる。正解はない。そのことを、姉と弟の立場の違いに置き換えて書いてみたかった。

本小説のモデルとなった母は、去年の春、九十二歳で他界した。最初に父が「母さんは呆《ぼ》けた」と子供たちに向かって三回繰り返した（これは事実である）のが二〇一一年あたりだったと記憶するので、そこを起点とするならば、母の介護は亡くなるまで九年以上続いたことになる。その間、母は実に明るく素直で可愛らしかった。身内を褒めるのは気が引けるが、最期に息を引き取る直前まで、性格が荒くなったり猜疑《さいぎ》心《しん》が強くなったりすることなく、徘徊《はいかい》の騒動を起こすこともなく、まことに手のかからない認知症の優等生だった。父が先に亡くなった事実がときどき曖昧《あいまい》になったり、つい数分前にいた場所がどこだったかわからなくなったりするのは常のことだったが、そのことで私や家族に咎《とが》められても、「あんたも忘れるくせに」とか「覚えてることだってあるもん！」とか、笑いながら即座に応戦するのが得意だったほどである。

認知症の気配が見え始めた当初は別にして、母は終始、機嫌が良かった。いったい母はどういう気持で毎日を過ごしているのだろうか。もし本人が、過去の記憶を失っても日々を楽しく面白がって生きているのなら、その一日一日を、つき合う側の私たちも一緒に笑って暮らすことが大事なのではないだろうか。いつの頃からか、私はそう思うようになった。

文庫化にあたり、本文を読み返して、「そうだった、そんなことがあったっけ」と思い出すことがたくさんあった。香子とは違い、もはや私には介護すべき父も母もいない。あんなに叱《しか》りつけないで、もっと優しくしてやればよかった。仕事にかまけてばかりいないで、そばにいる時間をもっとたくさん作ればよかった。後悔することは山のようにある。しかし、思い返すと母と笑っていた光景ばかりが蘇《よみがえ》る。まるで私が母の母親になったかのような場面もたびたびあったけれど、私の心では、母は最後まで私の母だった。認知症になっても、母は母に違いなかった。

今さらながらではありますが、改めてお礼を申し上げたい。連載時、ずっと支えてくださった学芸通信社の荒木真紀さん、KADOKAWAの遠藤徹哉さん、佐藤愛歌さん、三村遼子さん、今井理紗さん、細田明日美さん。この方々が「チームことことこーこ」となって叱咤《しった》激励、なぐさめおだててくださらなかったら、両親の介護中に書き終えることはできなかった。そしてこのたびの文庫の表紙を描いてくださったながしまひろみさんと、デザインの大久保伸子さんにも、深く感謝申し上げます。

現在、介護奮闘中の人々や、これから介護を迎えるであろう人たちに、この小説がかすかな安堵《あんど》と笑いをもたらしてくれたなら、著者としてこれほど嬉《うれ》しいことはない。

二〇二一年六月

阿川佐和子

本書は、二〇一八年九月に小社より刊行された単行本を加筆修正のうえ、文庫化したものです。

ことことこーこ

阿川佐和子《あがわさわこ》

令和3年 8月25日 初版発行

発行者●堀内大示

発行●株式会社KADOKAWA
〒102-8177 東京都千代田区富士見2-13-3
電話 0570-002-301（ナビダイヤル）

角川文庫 22778

印刷所●株式会社暁印刷
製本所●本間製本株式会社

表紙画●和田三造

●お問い合わせ
https://www.kadokawa.co.jp/（「お問い合わせ」へお進みください）
※内容によっては、お答えできない場合があります。
※サポートは日本国内のみとさせていただきます。
※Japanese text only

ISBN 978-4-04-111623-4 C0193

◇◇◇

角川文庫発刊に際して

角川源義

第二次世界大戦の敗北は、軍事力の敗北であった以上に、私たちの若い文化力の敗退であった。私たちの文化が戦争に対して如何に無力であり、単なるあだ花に過ぎなかったかを、私たちは身を以て体験し痛感した。西洋近代文化の摂取にとって、明治以後八十年の歳月は決して短かすぎたとは言えない。にもかかわらず、近代文化の伝統を確立し、自由な批判と柔軟な良識に富む文化層として自らを形成することに私たちは失敗して来た。そしてこれは、各層への文化の普及滲透を任務とする出版人の責任でもあった。

一九四五年以来、私たちは再び振出しに戻り、第一歩から踏み出すことを余儀なくされた。これは大きな不幸ではあるが、反面、これまでの混沌・未熟・歪曲の中にあった我が国の文化に秩序と確たる基礎を齎らすためには絶好の機会でもある。角川書店は、このような祖国の文化的危機にあたり、微力をも顧みず再建の礎石たるべき抱負と決意とをもって出発したが、ここに創立以来の念願を果すべく角川文庫を発刊する。これまで刊行されたあらゆる全集叢書文庫類の長所と短所とを検討し、古今東西の不朽の典籍を、良心的編集のもとに、廉価に、そして書架にふさわしい美本として、多くのひとびとに提供しようとする。しかし私たちは徒らに百科全書的な知識のジレッタントを作ることを目的とせず、あくまで祖国の文化に秩序と再建への道を示し、この文庫を角川書店の栄ある事業として、今後永久に継続発展せしめ、学芸と教養との殿堂として大成せんことを期したい。多くの読書子の愛情ある忠言と支持とによって、この希望と抱負とを完遂せしめられんことを願う。

一九四九年五月三日

角川文庫ベストセラー

正義のセ
ユウズウキカンチンで何が悪い！
阿川佐和子

東京下町の豆腐屋生まれの凜々子はまっすぐに育ち、やがて検事となる。法と情の間で揺れてしまう難事件、恋人とのすれ違い、同僚の不倫スキャンダル……山あり谷ありの日々にも負けない凜々子の成長物語。

正義のセ2
史上最低の三十歳！
阿川佐和子

女性を狙った凶悪事件を担当することになり気合十分の凜々子。ところが同期のスキャンダルや、父の浮気疑惑などプライベートは恋のトラブル続き！　しかも自信満々で下した結論が大トラブルに発展し⁉

正義のセ3
名誉挽回の大勝負！
阿川佐和子

小学校の同級生で親友の明日香に裏切られた凜々子。さらに自分の仕事のミスが妹・温子の破談をまねいていたことを知る。自己嫌悪に陥った凜々子は同期の神蔵守にある決断を伝えるが……⁉

正義のセ4
負けっぱなしで終わるもんか！
阿川佐和子

尼崎に転勤してきた検事・凜々子。ある告発状をもとに捜査に乗り出すが、したたかな被疑者に翻弄されて取り調べは難航し、証拠集めに奔走する。プライベートではイケメン俳優と新たな恋の予感⁉

水やりはいつも深夜だけど
窪　美澄

思い通りにならない毎日、言葉にできない本音。それでも、一緒に歩んでいく……だって、家族だから。もがきながらも前を向いて生きる姿を描いた、魂ゆさぶる6つの物語。対談「加藤シゲアキ×窪美澄」巻末収録。

角川文庫ベストセラー

肉小説集　坂木　司

凡庸を嫌い、「上品」を好むデザイナーの僕。正反対な婚約者には、さらに強烈な父親がいて——。(「アメリカ人の王様」) 不器用でままならない人生の瞬間を、肉の部位とそれぞれの料理で彩った短篇集。

鶏小説集　坂木　司

似てるけど似てない俺たち。思春期の葛藤と成長を描く(「トリとチキン」)。人づきあいが苦手な漫画家が描く、エピソードゼロとは? (「とべ　エンド」)。肉と人生をめぐるユーモアと感動に満ちた短篇集。

ただいまが、聞きたくて　坂井希久子

埼玉県大宮の一軒家に暮らす和久井家は、両親と娘2人の4人家族。どこにでもあるごく普通の家族に起こったある出来事。バラバラになった家族の絆は果たして再生できるのか。不器用でいびつな一家の感動の物語。

とんび　重松　清

昭和37年夏、瀬戸内海の小さな町の運送会社に勤めるヤスに息子アキラ誕生。家族に恵まれ幸せの絶頂にいたが、それも長くは続かず……高度経済成長に活気づく時代と町を舞台に描く、父と子の感涙の物語。

ファミレス (上)(下)　重松　清

妻が隠し持っていた署名入りの離婚届を発見してしまった中学校教師の宮本陽平。料理を通じた友人である、一博と康文もそれぞれ家庭の事情があって……50歳前後のオヤジ3人を待っていた運命とは?

角川文庫ベストセラー

ある晴れた日に、墓じまい　堀川アサコ

バツイチ独身、44歳の正美は乳がんを患ったことから、実家の墓じまいを決心する。でも降りかかるのは難題だらけ。この先、うちのお墓はどうなるの？　気になるお墓事情もしっかりわかるイマドキの家族小説。

作家ソノミの甘くない生活　群　ようこ

元気すぎる母にふりまわされながら、一人暮らしを続ける作家のソノミ。だが自分もいつまで家賃が払えるか心配になったり、おなじ本を3冊も買ってしまったり。老いの実感を、爽やかに綴った物語。

うちのご近所さん　群　ようこ

「もう絶対にいやだ、家を出よう」。そう思いつつ実家に居着いたマサミ。事情通のヤマカワさん、嫌われ者のギンジロウ、白塗りのセンダさん。風変わりなご近所さんの30年をユーモラスに描く連作短篇集！

いつかパラソルの下で　森　絵都

厳格な父の教育に嫌気がさし、成人を機に家を飛び出していた柏原野々。その父も亡くなり、四十九日の法要を迎えようとしていたころ、生前の父と関係があったという女性から連絡が入り……。

気分上々　森　絵都

〝自分革命〟を起こすべく親友との縁を切った女子高生、一族に伝わる理不尽な〝掟〟に苦悩する有名女優、無銭飲食の罪を着せられた中2男子……森絵都の魅力をすべて凝縮した、多彩な9つの小説集。